만
남 2

만남 2

초 판   1쇄 발행 1992년 5월 30일
초 판   5쇄 발행 2000년 9월 5일

개정판   1쇄 인쇄 2005년 3월 20일
개정판   1쇄 발행 2005년 3월 25일

지은이   한무숙
펴낸이   정낙영
펴낸곳   (주)을유문화사

기획 권오상 | 편집 이소라 | 마케팅 정승원
영업 허심택, 김기완, 강정우 | 관리 김덕만
디자인 디자인 비따 | 인쇄 백왕인쇄 | 제본 정민제책

창립 1945. 12. 1
등록번호 1-292
등록날짜 1950. 11. 1

주소   서울시 종로구 수송동 46-1
전화   734-3515, 733-8152-3
FAX   732-9154

E-Mail   eulyoo@chollian.net
인터넷 홈페이지 www.eulyoo.co.kr

ISBN 89-324-5238-5 03810
       89-324-5236-9 (세트)

값 8,000원

한무숙 장편소설

만남

2

한무숙 지음

을유문화사

역사를 더듬어 보면 너무나 세인世人 위에 뛰어났기 때문에, 너무
나 고결한 생활을 하였기 때문에, 또 남들보다 몇 발 앞선 사고로
남들보다 일찍 눈떴기 때문에 고난과 실의의 생애를 살고 비참한
최후를 마친 인물들과 적지 않게 만나게 된다. 개국開國의 이념으
로 주자학朱子學을 금과옥조金科玉條로 받들었던 *조선왕조도 말
기에 들어서면서 이 지상이념至上理念은 낡고 경색되고 공소화되
어 오히려 국가 사회의 발전을 크게 저지하고 있었건만 조금이라
도 이에 어긋나면 사문난적斯文亂賊이라 하여 극형을 받아야 했던
그 시대를 살았던 대학자大學者 다산茶山 정약용丁若鏞 역시 그런
사람의 하나였다.

  그 해박무변의 학식, 넓은 시야, 고금 학문의 예리 명석한 이해,
그리고 새로운 문물의 수용, 합리적인 사고방식 등으로 너무나 솟
아 있었기 때문에 그는 시달리고 모함받고 배척당하고 항상 죽음
의 그림자가 드리워진 삶을 살아야만 했다. 그러면서 18년이라는
긴긴 유배 생활을 하면서 한자漢字가 생긴 이래 가장 많은 저서를

남기기도 하였다. 남김없이 섭렵한 뛰어난 고서주해古書註解와 일표이서一表二書를 비롯하여 7백여 권에 이르는 방대한 저서의 내용의 넓고 깊음 앞에서는 그저 망연자실할 수밖에 없으면서 천학비재의 몸으로 그에게 깊은 관심을 갖게 된 것은 그의 기구하면서도 위대한 생애는 물론 그의 영혼의 굴절과 상흔의 죄과, 그리고 승하에 깊은 감명을 받았기 때문이다. 높은 이상과 탁월한 학식과 실학자實學者로서의 합리적인 사고와 생활신조, 그리고 선각자다운 사회 정의 의식을 가지면서 한편 근본적인 사회 개혁에까지는 상도想到하지 못하고 고결한 뜻을 가지면서 끝내 인성人性에의 집착을 버리지 못했던 이 위대하면서도 모순과 인간적인 약점을 지닌 고독한 영혼은 오래전부터 나를 사로잡아 왔었다. 그의 어디까지나 인간적인 얼마큼의 잘못과 죄과도 어느덧 그의 위대성 못지 않게 나에게 감명을 주었기 때문이다.

또 그와는 아주 달리 아무런 흔들림 없이 믿음의 길을 곧장 걸어 기꺼이 목숨을 바쳤던 그의 조카 성 정하상 바오로의 순결무구한 삶은 언제나 내 마음을 씻어 주고 있다. 이 대조되는 두 영혼은 어느 한쪽도 그 무게를 덜하지 않고 나를 채워 주고 있는 것이다. 그들이 살았던 병든 시대를 함께 산 사람들의 마음의 지주, 그리고 우리 민족의 고귀성을 증명한 장렬한 순교자들의 생애도 쓰고자 애썼으나 나의 힘에는 모두 벅찬 과제였던 것 같다.

이 소설을 쓰면서 나는 많은 분의 도움을 받았다. 주책없을 정도

로 보채는 나에게 싫은 얼굴 한번 보이지 않고 끊임없이 사료史料
를 제공해 주신 오기선吳基先 최석우崔奭祐 박희봉朴喜奉 신부님,
김옥희金玉姬 수녀님, 다산茶山 댁과 가까운 집안이 되시는 정덕
진丁德鎭 신부님과 정해성丁海星 신부님 부자분, 이을호李乙浩 차
주환車柱環 최근덕崔根德 김열규金烈圭 송재소宋載邵 선생님들,
그리고 난해한 다산茶山의 문장 해독에 많은 도움을 주신 김진해
金振海 선생님께 감사를 드린다.

韓戊淑

| 2권 차례 |

머리말 고결한 영혼과의 만남   5

복음의 씨 9 │ 회포懷抱 50
북경행北京行 115 │ 뜨거운 포옹 183 │ 만남 250

내가 아는 한무숙 선생님 · 김후란   338
연보   343
참고문헌   349

| 1권 차례 |

해설 진리와 약한 인간의 만남 · 구중서

무상계無常戒 │ 배은背恩 │ 이별의 아픔
무가巫家의 딸 │ 천주실의天主實義

복음의 씨

"그, 그것만은 남겨 두고 가세요. 그것마저 없으면 어린것들이 겨울을 나지 못합니다."

주인의 애원에는 울음이 섞였다.

"천주학을 하믄 요술로 배도 앙이 고프다 카든데, 우리 조선 사람은 곡식 없이 살지는 못해. 이까짓 조, 감자 그리 대단한 것도 앙인데 곤장 맛이 더 좋아 싸서 앙탈이가?"

"천주학?"

때마침 용변을 마치고 움막 뒤에서 나오려던 하상은 뱀을 본 듯 그 자리에 서 버렸다.

"모르고 있는 줄 알지만 우린 버얼써 알고 있었당이. 느그가 천주학쟁이란 걸 관가에 알리는 건 손바닥 뒤집는 거라 말이다."

"온 터무니없는 말씀을……."

주인의 음성이 떨렸다.

"느그가 하전(화전=火田)을 시작할 때부터 소문이 돌았당이. 우리 강원도 산골 사람은 인정이 많아 마 봐준 거다. 참, 어제 담배 팔았제. 그것도 내놓는기 좋을 기다."

"그, 그것은 빚을……."

주인은 질려 허덕였다.

"곱게 내놓으라캉이."

사나이가 주인을 떠밀었는지 털썩 소리가 나고 젊은 여자의 음성이

"아버님!"

하고 비명같이 들렸다.

어린것이 불에 데인 것처럼 울기 시작했다.

"천주학을 하는 주제에 거짓말까지 할라꼬?"

그때 하상이 움막 앞으로 나섰다.

"거짓말이 아니에요. 내가 빚돈을 받으러 온 거예요."

우악스럽게 소리를 지르던 사나이가

"어?"

하고 눈이 둥그레졌다. 육 척이나 되는 키에 떡 벌어진 어깨, 앳된 얼굴이면서 자라기 시작한 수염이 짙다.

"난 빚을 받으러 철원에서 왔소. 우리 아버님 심부름을 왔단 말요."

"철원서?"

"성님, 거짓말이라요. 이 자슥 어제 이 집 아들하고 담배 지고 장에 온 거 봤수다."

"그럼 담뱃짐을 지고 철원까지 가야 하겠수?"

하상이 눈을 들어 따라온 사나이를 노려보았다. 맑으면서 날카로운 눈이다. 사나이는 저도 모르는 사이에 한 발 물러서서 입을 다물었다.

"다 챙기지도 못한 빚돈 채 갈 생각 말구 돌아가요. 왜 빚을 갚지 못하나 했더니 댁 같은 사람 등살 때문이었군요. 나쁜 사람들 같으니."

"머라꼬?"

"내가 왜 틀린 말 했소?"

하상은 가슴을 펴고 등짐을 졌다. 밀어도 흔들어도 움직이지 않는 바위 같은 자세다. 그때 나뭇짐을 가득 진 젊은이가 산에서 내려왔다. 봉두난발이지만 기골이 이만저만이 아닌 젊은이다. 나뭇짐을 진 채 눈이 휘둥그레진다. 하상이 입을 열었다.

"신서방, 글쎄 이 사람들이 내가 간신히 받아 낸 빚돈을 내놓라지 않소. 참 기가 막혀서."

"뭐라구요?"

신서방이 나뭇짐을 내려놓고 두 손으로 북데기(검불)를 툭툭 털며 말했다. 하상보다 키는 작았지만 다부지게 생긴 몸집이다. 사나이들은 기가 죽어,

"두고 보라캉이, 한양에서 내빼 온 천주학쟁이들아."

악다구니를 하며 산을 내려갔다.

움막 주인은 좀처럼 일어서지 않았다. 떠밀려 쓰러졌던 자리에 하염없이 앉아 있다가 한참 만에야 얼굴을 들고,

"고맙소, 젊은이. 그러나 한시바삐 이곳을 떠나 주셔야겠소. 그들은 또 올 게요. 작당을 해서 말요. 아니면 포졸들을 데리구."

신서방이 돌아서서 고개를 떨구었다.

주인은 긴 한숨을 쉬고,

"이번이 처음이 아니라오. 악산惡山에 들어와 화전하여 밭을 이루어 천신만고로 작물을 거둘 만하면 떠날 수밖에 없는 사정이 생긴다오."

그는 또 한숨을 쉬고 남편 옆에 서 있는 며느리를 불렀다.

"에미야, 잘 들어라. 네게두 고생만 시켰지만 이제 와서 뭘 속이겠느냐. 그자들의 말대로 우린 천주학을 하는 사람들이다. 영문도 모르는 너를 고생만 시켰구나. 어린것은 무슨 일이 있어도 잘 거두어 줄 테니 너는 지금이라두 곧 이곳을 떠나라. 우리 생각은 아예 잊고, 좋은 사람 만나 잘 살아라. 그 동안 잘 섬겨 준 네 정성을 어디루 가두 잊지 않겠다. 고맙다, 고맙다."

젊은 며느리는 아이를 업은 채 두 손으로 얼굴을 가리고 흐느껴 울기 시작했다. 젊디젊은 나이에 누더기 같은 입성이다.

앙상한 어깨가 마구 떨린다. 어미가 우는 것을 보고 치맛자락
에 감겨 있던 배만 부른 두서너 살짜리 어린것이 삐죽삐죽 울
기 시작한다.

"오, 명식아. 할아비한테 온. 명식인 사내대장부지? 대장부
가 울어 쓰나."

신노인(그는 40을 한두 살밖에 넘기지 않은 나이였으나 머리는 백
발이고, 얼굴은 저민 듯한 주름에 덮여 60이 넘어 보였다)은 하상 쪽
을 향하여,

"젊은이두 어서 이곳을 떠나시우. 공연히 애매하게 말려들
지 말구요."

하상은 저도 모르는 사이에 그 앞에 무릎을 꿇고 있었다.

"명식이 할아버지, 저는 바오로라 합니다. 교우들의 고초는
소문을 듣고 있었습니다만 고생이 너무 심하십니다."

"바오로라구요? 내 아들도 바오로요. 오, 주여! 당신은 견디
기 어려운 시험은 주시지 않으십니다. 이처럼 큰 위로를 주시
니 감사하올 뿐입니다."

신노인도 어느덧 무릎을 꿇고 있었다. 아들 바오로가 옆에
와 합친다.

"삼종三鐘 때가 가까웠소. 저 나무 그림자가 나무 밑에 바짝
오그라들 때가 오정午正이니깐. 죄가 많아 교우 본분도 수계守
誡도 잘 지키지 못했었는데 오늘이야말로 내 죄가 얼마큼은 가

벼워지는 것 같소."

신노인은 나무껍질 같은 거스러미투성이의 구부러진 두 손을 합친다.

"주의 천신이 마리아에게 고하매 이에 성신을 인하여 잉태하시도다. 주의 종이 여기 대령하오니 네 말씀같이 내게 이루어지이다."

세 사람이 성호聖號를 긋고 일어서려 했을 때였다. 그들은 어느 틈엔가 곁에 와서 무릎을 꿇고 있는 젊은 며느리를 보았다. 그녀의 손에는 묵주가 걸려 있었다.

"오, 너도……."

신노인의 뺨을 타고 굵은 눈물 줄기가 흘러내렸다.

"네, 가타리나입니다."

"그것도 모르고."

"저두요."

"네가 외교인(外敎人=천주교를 믿지 않는 사람)인 줄만 알고, 공과工課도 수계도 몰래몰래……."

"묵주 감추느라구 고생했습니다."

"핫하하……."

"핫하하……."

젊은 두 바오로는 쾌활하게 웃었다.

신노인이 떨리는 음성으로,

"영광이······."

하고 영광경을 봉송하기 시작하자 젊은 세 사람의 남녀는 감격
에 떨며 합송으로 응하는 것이었다.

"······성부와 성자와 성신께 처음과 같이 이제와 항상 무궁세
에 있어지이다. 아아멘."

그러나 그들은 언제까지나 감격과 기쁨에 있을 수는 없었다.
쓰라린 경험이 위기를 자꾸만 일깨워 주고 있었다. 그들은 잔
인의 극한 박해와 유다스(배신자)들의 음험 비루한 배신과 포졸
들의 치사한 사욕과 만행을 너무나 잘 알고 있었다.

신유년의 대박해는 정치적 복수의 구실로 시작된 것이었으
나 그때 반포되었던 이른바 토사교문討邪敎文은 언제까지나 철
폐되지 않았으므로 오래도록 현행법으로 살아 있어 고루한 사
람들의 혐오와 증오, 유다스들의 비열한 배신, 지방 관리들의
변덕, 포졸들의 만행 등으로 교우들의 괴로움과 시달림은 끝이
없었다.

순교자의 유가족은 가산도 적몰되어 적빈 상태에 있었고, 다
른 교우들도 얼마 되지 않는 가재 집물을 챙겨 팔아 변비邊鄙한
두메나 심심산중으로 숨어들어 원시에 가까운 비참한 생활을
할 수밖에 없었다.

굶고는 살 수 없으므로 그들은 산에 불을 놓아 태우고 험산
을 골라 밭을 일구고 서속, 감자 등을 심었다. 그리고 담배 재

배에 힘을 썼다. 담배는 그들의 생계를 얼마큼 도와주었지만 많은 교우들이 담배를 재배하게 되자 담뱃값이 터무니없이 떨어졌다. 어제만 해도 하상과 신서방 같은 힘센 장골이 등뼈가 휘도록 져다 판 담뱃값이 겨우 20냥이었던 것이다.

산중의 기상은 언제나 고르지 못해 비와 눈은 때 없이 내렸다. 바람과 비와 눈을 피하기 위해 그들은 움막을 지었다. 그러나 입성에까지는 힘이 미치지 못하여 몸에 감는 옷은 누더기에 지나지 않았다.

그래도 얼마를 지나면 화전도 얼마큼 기름지게 되어 다음 해의 수확을 기대할 수도 있었지만 박해의 흉한 발톱은 그들의 잠시의 평화마저 끊임없이 할퀴는 것이었다.

암하노불岩下老佛이라는 강원도 산사람이었건만 천주교우에게는 무정하고 가혹했다. 나라에서 금하는 교를 고집하는 금수만도 못한 놈들, 살려 두는 것이 차라리 잘못이었다며, 그들은 가엾은 교우의 집에 예사로 침입하여 주인이 보는 데서 버젓이 많지 않은 곡식을 들고 나갔다.

포졸들은 교우 집 물품 약탈의 재미를 알고 있었다. 저항 없는 교우들을 잡아 형심하며 피를 보면서 느끼는 잔인한 쾌감도 잊지 않고 있었다. 유다스에 이르러서는 어제의 교형敎兄 자매를 팔아 손쉽게 얻는 얼마 되지 않는 금품의 맛에 구미를 돋우고 있었다. 이들은 전날의 교우였던 만큼 교중의 일도 성교 예절도 알고 있어 가장 두려운 존재이기도 하였다. 외교인들은 흔히 놓치는 교우로서의 행신 거조라든가 말 한마디까지 그들은 지나치지 않고 재빨리 밀고를 하는 것이었다. 하여 교우들은 그 깊은 산골에서조차 버젓이 수계도 예규도 지키지 못했다.

자녀들의 나이가 차면 짝을 맞추어 주어야 하지만 교우 속에서 상대를 쉽게 찾을 수 있는 경우는 흔치 않아 외교인과의 결혼이라고 마다할 수는 없었다.

속을 잘 모르는 사위, 며느리를 맞고 살면서 그들은 교우라는 것을 눈치채이지 않게 교우 본분 지키는 데 무진 애를 써야했다. 부부가 다 숨어 다니는 교우 집 자녀이면서 서로를 잘 몰라 서로를 속이는 경우도 적지 않았다. 깊어 가는 부부의 정으로 자녀를 낳으면서도 외교인과의 혼인을 서글퍼하며 몰래 신공을 드리곤 하였다.

신서방의 아내도 내포 수리산 밑에 살던 교우의 딸이었다. 양친은 어느 해 부활 축일날 인근 교우들과 함께 기구를 드리고 있던 중, 유다스의 밀고로 포졸들의 습격을 받아 잡혀가서 옥중에서 죽고 고모의 손으로 양육된 고아였다. 역시 고향을 버리고 강원도 깊은 산속에 숨어 살던 고모 내외는 신덕이 깊은 사람들이라 씻은 듯한 가난 속에도 어린 조카딸을 잘 보살펴 주고 오랜 피신 생활로 자신들의 지식도 흐려 가고 있었으나 종교 교육도 게을리하지 않았다.

조혼_{早婚}의 시절이라 그녀가 열네 살 되던 해부터 은근히 혼처를 구했지만 뿔뿔이 헤어진 교우들의 소식은 들을 수 없었다. 외인(外人=미신자) 신랑은 마음이 내키지 않아 안타까워하면서 해를 보내니 처녀는 어언 스무 살이 되어 있었다. 늙어 가는 고모 내외는 심심산중 타향에 젊은 처녀 혼자 남기고 죽을 수는 없다고 비장한 각오를 하게 되었다. 즉 교우가 아니더라도 짝을 맞추어 주어야 하겠다고 생각하게 된 것이다.

그러던 어느 날 늙은 고모부는 약초를 캐다가 발을 헛디뎠다. 낭떠러지에서 떨어져 정신을 잃고 있는데, 지나가던 사람이 나무를 하러 왔던 신서방이었다.

고모부는 신서방에 업혀 움막으로 돌아갔다. 열아홉 살의 신서방은 남달리 기골이 탄탄하면서 색시같이 살뜰하고 마음이 고왔다.

"교우가 아니더라도 탐나는 신랑감이다."

늙은 내외는 진심으로 그가 마음에 들었다. 비슷한 처지에 있던 신노인네도 처자를 보자 같은 생각을 했다. 두 사돈은 서로 성교 예절대로 혼배_{婚配}를 하지 못하는 것을 섭섭해 하면서 어울리는 젊은 한 쌍을 보고 흐뭇해 했던 것이다.

신서방네도 처음부터 외딴 움막에 홀로 떨어져 살았던 것은 아니다. 충청도 논산이 고향인 그들은 신유박해 때 살아남은 사람들이었다. 그때만 해도 팔팔했던 신노인은 포졸들이 마을을 덮쳤을 때 장인 환갑에 참례하기 위하여 마을을 떠나 있었다. 바로 그날 아침에 길을 떠났던 것이다.

몇 해를 근친한 일이 없는 아내와 아직 외조부모와 상면을 한일이 없는 남매를 데리고 처가에 갔다가 닷새 만에 돌아온 신서방은 마을이 내려다보이는 고갯길에서 아는 사람을 만났다.

조실부모한 그에게는 직접 피해는 없었지만 삼촌과 사촌 아우들이 변을 당하고 마을의 교우들의 참상도 말이 아닌 것을 알았다.

공주에서 참수된 작은집 가족의 시신을 곱게 거두어 모신 후겁에 질려 있는 순교자의 유가족들을 거느리고 멀리 강원도 산중으로 들어가 교우촌을 이룩하였던 것이다. 모두 다섯 세대, 삼십 명 남짓한 그들을 거느리고 정착하기까지의 고생은 필설로는 적을 수 없는 것이었다. 겨우 사십에 그는 남이 사는 인생의 수십 곱을 살아야 했다. 고비를 넘길 때마다 그의 얼굴에는 깊은 상처 같은 주름이 저며졌던 것이다.

천주학이라면 겁부터 집어먹었지만 그래도 그들은 몇 권의 작은 교리책과 공과책을 챙겨 가지고 있었고, 벌벌 떨면서도 신공을 게을리하지는 않았다.

험하고 깊은 산중이나마 얼마큼의 곡식도 거두게 되고 나무뿌리, 산나무 열매로 굶주려 죽지는 않게 되었을 무렵, 다시 시련은 내려져 그들은 누군가의 밀고로 거의 전멸을 당하고 공들여 가꾼 그 터전을 떠나야 했다. 그런 일이 거듭되는 동안 교우들은 뿔뿔이 흩어지고 신노인 가족만이 남았는데 이태 전 가난한 추수를 끝마쳤을 무렵 명식이 엄마의 고모부가 세상을 떠났다.

의지할 데 없는 그 집으로 달려가 장례를 치르고 돌아간 신노인 부자와 명식이를 업은 그 엄마의 눈앞에는 눈뜨고 볼 수 없는 참상이 벌어지고 있었다. 그들은 다시 그곳을 떠나 더 험하고 더 인적이 드문 이곳으로 옮겨 와 또 산을 태워야 했던 것이다.

박해의 피 묻은 검은손은 그처럼 무자비하고 잔인하고 집요했다. 그러나 누가 알았으랴. 잔인무도하게 괴롭히며 쫓는 박해자도, 끝없는 괴로움 속에서 정처없이 쫓겨만 다니는 교우들도, 자신들도 자각지 못하면서 기실 복음의 전파에 크게 이바지하고 있었던 것을.

애초 서울 경기를 중심으로 받아들여졌던 복음은 공청도(公淸道=충청도)와 호서 해남에 전파되게 되었는데, 박해로 말미암은 교우들의 피신으로 전연 천주교를 몰랐던 경상도 강원도와 그 밖의 지역에까지도 복음의 씨는 뿌려지게 되었던 것이다.

실로 사람은 일을 저지르고, 천주는 처분하시는 것이다.

신노인은 몹시 서두르고 있었다. 이태 전의 참변으로 아내와 딸을 잃은 후부터 그는 모든 것을 체념한 사람처럼 언제나 잠잠했지만 어린 손자들을 쳐다볼 때마다 미칠 듯한 불안에 사로 잡히는 것이었다. 그는 얼마 전 보아서는 안 될 사람을 장터에서 보았었다.

화전민이 장에 나가는 것은 담배, 약초 같은 것을 내다 팔고 소금, 무명, 바늘, 실 따위를 사기 위해서였다. 깊은 산에는 방물장사도 들르지 않아 눈이 깊기 전에 나갔던 것인데, 장 한복판 선술집 평상에 앉아 있는 그자의 뒷모습을 본 것이다.

강원도에서 그자를 본 것은 처음이 아니다. 그 참변 며칠 전에도 다른 장터에서 만났었다. 무척이나 반가웠다. 고향 사람인 데다가 비오라는 본명을 가진 교우였던 것이다.

비오 승낙종은 고향 마을에서 얼마 떨어지지 않은 옹진의 권진사 집 종이었으나 주인을 본받아 신심信心이 두터웠다. 신노인은 그도 강원도로 피신 온 것이려니 생각하고 그 동안의 사정을 대충 이야기한 후, 그리 힘들지 않으면 자기 움막도 찾아달라고 사잇길까지 가르쳐 주었었다.

자기는 움막을 비우고 있었지만 승낙종은 왔었던 것이 분명했다. 증거는 없지만 실의에 빠져 있던 어느 날 낙종을 만났을 때의 광경이 또렷이 되살아나 저도 모르는 사이에 벌떡 일어서고 말았었다.

어딘지 이상하다고 생각했던 것은 낙종이 갓을 쓰고 있었기 때문이었다고, 이것도 나중에야 생각이 미쳤다. 양반이 쓰는 음양립은 아니었으나 통인, 아전 따위가 쓰는 테두리가 좁은 갓이다. 패랭이 비슷한 것이지만 말총으로 만든 갓임에는 틀림이 없다.

그런 데다가 함께 마시고 있던 자들이라는 것이 보기만 해도 몸서리가 쳐지는 더그레 자락의 나졸들이 아니었던가. 직감이었으나 뒤늦게나마 유다스는 낙종임을 그는 확신했던 것이다. 그의 소박한 직감은 옳았다. 낙종은 그 무렵 전국 각지를 돌아다니며 교우촌과 교우를 가려내고 밀고를 일삼고 있었다.

그 낙종이 또 나타난 것이다. 뒷모습만 보았던 것이지만 어쩌면 저쪽에서 먼저 자기를 보았을지도 모를 일이었다. 신노인의 마음은 초조할 수밖에 없었다. 그들은 서둘러 살림이랄 것도 없는 허섭스레기들을 챙겼다. 그날 밤따라 산중의 호랑이는 등잔보다도 더 밝은 눈을 번들거렸고, 호랑이 눈불이 꺼지는 틈을 타서 승냥이들이 기분 나쁘게 울었다.

먼동이 트기 전에 움막 사람들은 감자 섞은 조밥 한 덩이씩으로 요기를 하고 정처 없이 길을 떠났다.

목숨만큼이나 소중한 감자, 서속 나부랭이 부대와 누더기 같은 두 채의 이부자리, 장, 된장, 먹다 남은 소금 등을 챙겨 보니 아무것도 가진 게 없었다는 것은 거짓말이었다.

아이 엄마는 깨어진 솥, 새옹(작은) 솥도 아쉬웠고 며칠 전에 절인 무, 배추도 버리고 갈 수가 없었다. 쓰레기 같은 짐이 올

망졸망 모여 두 장골이 진 바지게를 가득 채운다. 젊은 엄마는 아이를 업고, 역시 누더기 같은 옷가지를 머리에 이고, 양손에 금이 간 이남박이랑 이 빠진 뚝배기 따위를 들었다. 할아버지는 허섭스레기가 든 봇짐을 진 위에 큰놈을 얹고 걸었다. 정처가 있어 떠난 길이 아니다. 걷다가 머무는 곳이 정처가 될 것이었다. 진 짐이 힘에 겹지는 않았지만 하상은 이상하게 말려들게 된 처지가 믿어지지 않아 자꾸만 고개가 기울어졌다. 지난 일이 꿈만 같다.

잎이 다 떨어진 앙상한 나뭇가지가 얼굴과 손을 할퀸다. 아직 구월이 다 가지 않았는데 산속은 벌써 겨울이었다. 마른 풀숲 속이 바사삭거리더니 여우의 긴 꼬리가 잠깐 보이고 사라졌다. 지나는 곳마다 산새들이 요란하게 울어 대었다. 마른 풀이 깔린 땅은 풀 밑이 돌인지 흙인지 알 수 없어 젊은 아이 엄마는 자주 비틀거렸다. 넘어지면서도 쓰레기와 진배없는 짐 나부랭이를 떨어뜨리지 않으려고 안간힘을 썼다. 누더기 같은 치마 밑의 정강이는 피를 흘린 지 오래였다.

그러면서 그들은 한 번도 자기들을 이런 고초 속에 있게 한 원인을 캐려 하지 않았다. 그들은 다만 자유롭게 천주를 섬길 수 있는 곳을 찾을 수 있으면 되는 것이다. 굶주려도 헐벗어도, 아니 목에 칼을 받아도 그들은 천주의 지자至慈하심을 믿고 감사했다. 그분을 위해 죽는 것은 영원한 목숨을 얻는 것이었다.

따라서 순교는 크나큰 은총이 아닐 수 없다. 하여 그들은 단 한 마디로 모든 고초가 끝날, 그 무섭고 저주스러운 말을 입에 올릴 수는 없는 것이다. 배교! 그 말을 생각만 해도 큰 죄를 짓는 것만 같아 그들은 몸서리쳤다.

드물게 보는 아름다운 날씨였다. 산속이면서 바람도 불지 않고 햇빛은 따사로웠다. 어디로 얼마를 왔는지 몰랐으나 신노인의 해시계는 정오에 가까웠다. 그들은 때마침 지나다 발견한 물가에서 짐을 내렸다. 바위틈에서 흘러내린 물이 고인 자연의 옹달샘이었다.

"샘이다."

하상이 소리치고, 신서방이

"정말이다"

하며 손뼉을 쳤다.

다행한 것은 그뿐이 아니었다. 샘에서 멀지 않은 돌벼랑에 주렁주렁 매달린 머루를 따다가 젊은이들은 그곳에 동굴이 있는 것을 알았던 것이다.

이내 닥쳐올 추위를 진심으로 걱정하고 있던 신노인의 눈에는 눈물이 핑 돌았다.

'하늘에 나는 새도 거두어 주시나니…….'

동굴 속에 들어갔던 젊은이들이 돌아와서 한마디씩 말했다.

"굴 속이 아주 뽀송뽀송하구 아늑해요."

"호랭이 굴일지도 모르죠?"

"호랭이 굴이면 어때. 우리 둘이면 때려잡을 수 있어요."

"호피 이불 덮고 잘 수 있겠네, ……."

젊은이들은 매양 즐거워했다.

호혈일지도 몰랐으나 우선 그날 밤은 그곳에서 쉬기로 하고 좀더 살펴본 후 정착 여부를 결정하는 것이 좋겠다는 데 의견이 일치되었다. 왠지 모두의 마음에서 불안과 공포가 사라져 있었다.

밤이 되어도 호랑이는 오지 않았다. 삭정이를 꺾어 굴 밖에 모닥불을 놓고 그들은 그 불에 그슬린 뜨거운 감자와 무소금절이를 맛있게 먹었다.

얼레빗 모양의 달이 청회색 하늘에 걸리고 별이 쏟아질 듯이 총총했다. 신노인의 담뱃대 끝에서 타는 담배가 석류알같이 바알갛다. 고요와 평화 속에 밤이 깊어 가고 있었다. 신노인이 담뱃대를 입에서 떼고 모닥불 옆에 탁탁 재를 털었다. 이윽고,

"난 밤하늘을 볼 때마다 천주의 지능至能하심과 지선至善하심을 사모쳐 느낀단다. 보아라. 저 정연한 하늘의 모습을! 해와 달, 낮과 밤, 그리고 저 많은 별들이 지키고 있는 자리들을. 누군가 지고하신 주재자主宰者 없이 저토록 어김없이 이 엄숙한 법칙이 지켜질 수 있겠느냐. 내 힘으로는 아무리 힘써도 천주를 찬양할 말을 다 못하겠다."

하상은 숙연히 머리를 숙였다. 산심야심山深夜深의 별하늘 아래 박해의 손에 쫓겨 헤매어야 하는 걸인이나 진배없는 노인의 입에서 흘러나오는 이 신앙 고백같이 숭고하고 진실된 말을 그는 일찍이 들은 일이 없었다.

서둘러야 하는 길이었으나 하상은 이틀 밤을 더 그들과 함께 지냈다. 호혈이 아닐까 하는 염려에서였다. 그러나 호랑이의 눈불과 포효는 밤마다 보이고 들렸지만 굴 가까이까지는 모습을 나타내지 않았다.

나흘째 되는 날 아침 하상은 그곳을 떠났다. 나뭇가지에 찢기고 돌부리에 걸리면서 마을이 보이는 곳까지 왔을 때, 그는 눈을 들어 산을 올려다보았다. 맑은 하늘에 엷은 연기가 퍼지고 있는 것이 보였다. 그들은 돌아오는 봄을 위하여 산을 태우기 시작하고 있었던 것이다. 눈 속이 뜨거워 오는 것을 느끼며 하상은 어머니가 늘 하는 대로 마음으로 간절히 외웠다. 몇 번이고 외웠다.

"주여 우리를 긍련히 여기소서.

주여 우리를 긍련히 여기소서.

주여 우리를……."

아마도 이 세상에서는 다시는 만날 일이 없을 그들을 위하여 진심으로 기구를 하고 하상은 다시 걷기 시작했다. 목적하는 무산茂山은 아직도 아득한데 구월이 가고 있었다. 그리고 그 자신은 아직도 강원도 산중을 헤매고 있는 것이었다.

무산이란 고장이 어딘지 어떤 곳인지도 모르면서 그는 무산을 향하여 걷고 있었다. 기다리는 사람이 있는 것도 아니었다. 만나려 하는 사람이 과연 반겨 줄지 그것도 모를 일이었다. 그래도 그는 가야 했다.

조동섬趙東暹, 그 사람을 만나기 위해서였다. 그 사람을 스승으로 모셔 학문을 닦고 성교 교리도 철저히 배워야겠다고 결심한 것은 그 사람의 학덕과 사람됨을 들은 후부터다.

배워야 한다, 학문을 닦아야 한다는 말은 철들기 전부터 귀에 못이 박히도록 어머니에게서 들은 말이다. 그러나 학덕으로 이름 높은 집안의 아들로 태어나 무식자로 있다는 것은 죄스럽고 부끄러운 일이라는 자각을 스스로 갖게 된 것은 강진에서 돌아온 후부터다. 더욱이 일생을 무너진 성교회를 다시 세우기 위하여 바치겠다는 각오를 뼈에 새긴 이래 배워야겠다는 갈망은 몸부림에 가까운 것이 되어 갔다.

신유 이래 교중에는 이렇다 할 학자가 없었고, 또 한양 성중에서 교리를 가르친다는 것은 위험도 하였다. 명문의 아들이라고는 하나 적빈의 하상은 남의 심부름이나 해 주고 허드렛일이나 거들어 겨우 밥이나 얻어먹는 형편이었다.

몸을 의탁하고 있는 곳은 이종누이가 살고 있는 집이었다. 이종누이 조 발바라 역시 친척 집에 얹혀 사는 몸이어서 그는 하루가 민망한 처지에 놓여 있었다.

집주인들은 열절한 교우였다. 그들의 신앙생활은 아름다운 표양이 되어 영신 사정에는 도움이 되었지만, 박해 중의 대개의 교우가 그렇듯 그들도 가난 속에 간신히 살아가고 있어, 밥 한 그릇 축내는 것도 미안함을 금치 못하는 형편에 있었다.

발바라 누나의 사정 역시 딱했다. 그녀는 열여섯 살 때 교회 창설시에 입교한 남씨 가문으로 출가를 했었는데, 열여덟 때부터 남편 남이관南履灌과 헤어져 살아야 했다. 신유 대박해가 시작되자 친척 몇 사람은 순교하고 시아버지는 귀양 가서 그곳에서 세상을 떠났으며, 스무 살의 이관 역시 경상도로 귀양을 가게 되었기 때문이다. 그는 아직 성세聖洗를 받기 전이었고 사교로 인한 귀양살이였지만 교리도 예절도 몰랐다. 기해己亥 대박해 때 아내 발바라와 함께 순교하여 성인위에 오른 이 사람은 마흔이 넘어서야 세바스띠아노라는 본명으로 영세하였기 때문에 그전에만 해도 겨우 천주경, 성신도문聖神禱文을 저녁마다 외울 정도였고 아내에게 아들이 없다는 핑계로 첩까지 데리고 살았었다.

하여 발바라 누나는 외롭고 가엾은 사람이었다. 혼인 후 얼마 가지 않아 아들을 낳았지만 아기는 이내 죽고 말아 자식도 없었다. 그녀는 자식을 갖지 못하여 남편이 죄를 짓고 있는 것을(첩을 얻은 것) 항상 미안해 했다. 박해로 인하여 집안은 멸망 지경에 이르고, 남편은 귀양 가 의지할 곳 없는 발바라 누나는 친정 동생의 집에 몸을 붙이게 되었는데, 동생 내외의 구박은 남의 입에 오르내릴 지경이었다. 발바라 누나는 그것이 미안스러워 한양으로 올라가서 교우인 친척 집에 몸을 의탁한 것이었다.

착한 발바라 누나는 언제나 하상을 싸고 돌았다. 학문에의 하상의 갈망을 알고부터는

"그 어른이 가깝게 기셨으면 얼마나 좋았을까"

하고 안타까워하였다.

'그 어른'이 바로 조동섬 유스띠노였던 것이다. 하상은 나이 지긋한 교우들로부터 그 어른의 말을 많이 들었다.

역시 신유 때 양근에서 피체된 그 어른은 누구보다도 교리에 밝고 학문이 깊고 높았다. 신덕도 애덕愛德도 뛰어났었다. 외교인에게까지도 애긍시사哀矜施捨를 아끼지 않았던 사람이었다. 그는 심문받는 자리에서 누구보다도 용감하게 신앙을 고백했지만 결안(決案=사형 결정 문서)은 내려지지 않고 귀양을 가게 된 것이다. 그의 인격과 노령(61세)이 감형의 원인이 되었는지도 모른다.

그 어른에 대한 교우들의 존경 어린 이야기를 들을 때마다 상면도 없는 그 어른에 대한 하상의 경모는 커만 갔다.

'그 어른을 찾아가서 배우리라.'

하상의 결심을 안 발바라 누나는,

"무산이 어딘지 넌 모를 거야. 그야 나두 뭘 알겠냐만 두만강이라는 크나큰 강 근처에 있는 험한 곳이란다. 강 건너는 바로호인이 사는 곳이래. 너무너무 추운 곳이라 말을 하면 입김이공중에서 얼어 버린대요. 철산이 있어 철가루 바람이 분대."

염려를 하면서도,

"그래두 그 연세에 그 어른두 가셨잖니. 네 기골루는 달포믄갈 수 있을 거야. 부디 몸조심하구, 그 어른 잘 섬기면서 학문을 닦아라. 마재 아주머니(하상의 어머니께)는 손 닿는 대로 잘여쭤 드리겠다."

간곡히 격려를 해 주는 것이었다.

열아홉 살 되던 해의 사월 중순, 하상은 한양을 떠났다. 가진것이라곤 발바라 누나가 틈틈이 바느질품을 팔아 모은 돈 여섯냥과 마리아가 성경의 필사료로 받은 다섯 냥, 그리고 발바라누나가 정성껏 지어 준 바지저고리 두 벌이었다. 함경도가 멀다지만 남달리 기골이 장대한 그의 발로는 달포면 목적지에 다다를 수 있을 것이고, 노자는 터무니없이 적지만 농번기인 만큼 노중에서 품을 팔아 가면서 가면 굶어 쓰러지지는 않을 것이었다.

그러나 일이란 마음대로만 되어 나가는 것은 아니었다. 가뭄의 계속으로 모낼 때가 지났는 데도 갈라진 논바닥에서는 먼지만 났다. 집에 둔 머슴도 하늘만 보고 노는 판이니 뜨내기 일꾼

을 필요로 하는 집은 없었다. 하상은 밥도 사 먹지 않으면 굶을
판이어서 애초에는 셈에 넣지 않았던 출비에 울상이 되었다.

농촌의 피폐는 말이 아니었다. 그래도 계절이 좋을 때라 아
이들은 입성 없이도 지낼 수 있어 그것만이라도 가난한 살림에
는 도움이 되겠지만, 지나다 어이없는 광경도 보았었다.

그 아이는 세 살짜리 재롱둥이였다. 농촌의 대개의 아이들이
그렇듯이 그 아이도 삼월을 반쯤 넘길 때부터 칠월까지는 등거
리 하나로 지냈다. 팔다리는 실같이 가늘면서 배만 퉁퉁 부어
가지고 아무렇게나 자랐다. 그런대로 같은 또래끼리 뛰놀고 있
던 중, 벌 한 마리를 잘못 건드렸다. 성이 난 벌은 노출되어 있
는 고추 끝을 그만 쏘아 버렸던 것이다.

아이는 목에 칼이 들어간 것처럼 울어 댔다. 어른들이 달려
갔을 때는 기절 상태에 빠져 있었다.

"에그머니나, 하필이면 하처를……."

"남자는 거기가 급소래요."

"길내 괜찮을까?"

한바탕 소동이 벌어졌었다.

아이들은 아무렇게나 자라고 있었다. 물 한 그릇 얻어 마시
러 들른 집에는 사람 기척이 없었다. 몇 번이나

"아무도 없으세요?"

하자 외짝문이 배시시 열리며

"아무도 없어요"

하는 대답이 들리고, 이어 아이들의 낄낄거리는 소리가 들렸다. 하상이 방 안을 들여다보니 넝마 같은 무명 이불이 깔려 있고 올망졸망한 얼굴이 대여섯 이불 밖에 나와 있었다. 하상을 보자 그 얼굴들은 일제히 이불 속으로 들어갔다. 사내 계집애 할 것 없이 벌거벗은 몸뚱어리들이었다. 한 벌밖에 없는 옷을 벗겨 아이들을 한 이불 속에 처넣고 에미는 개울로 빨래하러 간 것이 분명했다.

어느 집에서는 밤이 깊었는데 불이 켜지고 사람들이 웅성거리고 있었다. 몇 해나 이엉을 얹지 못해 노래기가 들끓고 있는 지붕 아래 눈이 퀭하게 들어간 사나이가 무표정한 얼굴로 서 있었다. 그를 둘러싸고 서 있던 사람들 중에서 나이가 지긋해 보이는 한 사나이가

"지서방, 자알 생각해 보게나. 이 문서 하나로 자네는 남의 집 종이 되는 거야. 문서 하나로 마소처럼 끌려 다녀야 하구, 뼈가 부러지게 일해두 새경 하나 못 받는단 말일세. 다시 속환을 하려면 얼마나 힘이 드는지 아나?"

지서방은 혼잣말처럼 중얼거렸다.

"속환은 무엇 때문에 합니까. 양민이면 무엇해요. 부역이다, 호포戶布다, 군보軍保다, 지긋지긋한 양민치레, 차라리 남의 집 종이 속 편하지요. 그럭저럭 한세상 살다 가는 거죠."

젊은 하상은 길을 가면서 견문도 넓어지고 생각도 깊어 갔다.

비는 강원도에 들어서면서부터 쏟아지기 시작했다. 가뭄이 장마라면 살아날 사람 없다는 말대로 길 가는 사람에게 비는 흉기와 같은 것이었다. 비만 오지 않는다면 나무 밑이건 바위 위건 젊고 건강한 몸으로 잠자리 걱정이 없었지만, 억수로 쏟아지는 비를 그대로 맞고 잘 수도 없어 안타까운 돈을 쪼개 주막에서 묵어야 했다.

평강에서는 어느 부잣집 상여도 메었다. 신행길 신랑 앞에서 초롱도 들었다. 논의 벌초도 했고, 잔칫집에서 닭 목도 비틀고, 돼지 멱도 땄다. 어느 술도가에서는 하루에 스무 섬의 볏짐을 져 나른 일도 있다. 하상의 손에는 얼마큼의 돈이 모아져 있었다.

조금이나마 돈도 벌었지만 배운 것은 더 많았다. 사회의 밑바닥에서 구르면서 백성들의 가난과 고통, 위정자의 횡포, 사회의 부조리, 그리고 무엇보다도 희망도 구속救贖도 없는 영혼의 암흑을 그는 보았다. 아직 어린 나이였지만 그는 그가 믿는 성교의 공변됨과 사랑과 구속의 희망에 새삼 감사하지 않을 수 없었다. 이리하여 교회 재건에 몸바치겠다는 그의 결의는 굳어만 갔다.

마음은 급했으나 그는 추석 이튿날에야 다시 길을 떠났다. 농사는 수확기에 들어 웬만한 집에서는 손이 딸렸다. 장마를 피하기 위하여 잠깐 들어갔던 집에서는 그의 출발을 아쉬워했다. 잠깐 동안의 인연이라도 저버릴 수 없는 것은 그의 성격이었다. 어이없게도 그는 얼마만큼 책임을 느꼈던 것이다.

강원도 험준한 산령만 넘으면 동해로 나가게 되어 그곳부터는 험한 길은 그리 없다고 들었는데, 며칠이면 넘을 수 있으리라 생각했던 그 산에서 그는 한 달을 헤매야 했다. 안변으로 나가는 길을 잘못 잡았던 것이다.

산중에서 만난 석청 따는 사람에게 길을 물었던 것이 탈이었다. 심한 사투리를 쓰는 그 사람은 어느 산등성이를 가리키며 그리 가는 것이 첩경이라고 하였다. 그러나 그곳에 이르러 길을 잃은 그는 천신만고 끝에 심마니들의 움막 하나를 찾았는데, 그들이 하는 말로 자기가 남쪽으로 가고 있었던 것을 알았다.

심심산중에서는 짐승보다 사람 만나는 것이 더 무섭다고 들은 말대로 어느 골짜기에서 만난 사람은 산사람〔山賊〕들이었다. 그 소굴을 빠져나오는 데 죽을 만큼의 애를 써야 했다. 밤이면 밤마다 산짐승이 기분 나쁘게 울부짖고 어느 날은 대낮에 호랑이와 맞닥뜨린 일도 있었다. 호랑이는 웬일인지 그를 본 체도 않고 지나갔지만 그때를 생각하면 식은땀이 겨드랑이를 타고 흘렀다.

며칠을 머루, 다래 따위로 허기를 채우다가 어느 골짜기에서 나무를 하는 젊은이를 만났다. 오랜만에 보는 사람이었다. 그 사람이 신서방이었던 것이다.

하룻밤을 그들과 함께 지내며 하상은 움막에 사는 화전민일 망정 그들의 순박함과 선량함에 그때까지의 고생을 잊었다. 하여 다음 날 그는 기껍게 신서방을 도와 등뼈가 휠 만큼 담배도 장에까지 져다 주었던 것이었다.

그들이 박해를 피해 다니는 교우라는 것은 뜻밖의 일이었다. 하상은 '천주의 안배'로 필설을 절하는 그들의 고초와 고초 중에서도 믿음을 지키는 용기와 성실을 목도하였다. 하상은 자꾸만 커 가고 있었다.

여러 해를 산중에서 이리저리 피해 다니며 살았던 만큼 신서방은 산속 일에 밝았다. 그는 상세히 하상에게 길을 가르쳐 주어 하상은 구월이 가기 전에 원산을 지나 해안을 끼고 북으로의 길을 재촉할 수 있었다.

하상이 무산에 당도한 것은 시월 중순이었다. 북국의 겨울은 일러 삭풍이 불고 눈도 휘날렸다. 철분이 많기 때문인지 땅은 검고, 아직은 꽁꽁 얼어붙을 만큼은 기온이 내려가지 않은 까닭인지 눈은 검은 땅에서 녹아 지저분하고, 웅크리고 앉아 있는 것 같은 얕은 집들이 스산해 보였다. 배소配所라는 느낌이 강한 실감으로 가슴에 와 닿는 첫인상이었다.

한양에서 귀양 온 천주학 양반의 거처는 이내 알아낼 수 있었다. 그 집은 약간 높은 곳에 위치하고 있었다. 비탈길을 올라가 싸리문 앞에 섰을 때, 언덕 아래 밀생하고 있는 잎이 모두 떨어진 참나무 숲 너머로 유유히 흐르고 있는 물빛이 유달리 푸른 두만강 줄기가 눈에 들어왔다.

싸리문은 닫혀 있었으나 파수 보는 사람은 있는 것 같지 않고, 기척을 두어 번 한 후에야 열서넛쯤 되어 보이는 총각이 소매 끝을 끌어 내려 손등을 덮으며 문을 열고

"어데서 왔음?"

하고 물었다.

"나는 한양에서 왔다. 선생님은 계시나?"

대답을 기다리지 않고 하상은 집안으로 들어서 뜰 아래 무릎을 꿇고 앉았다.

"선생님, 한양서 손님이 왔읍메."

총각이 큰 소리로 외쳤다. 그러자 지게문이 안으로부터 열리고 서너 사람의 젊은이들이 밖으로 나왔다.

"어찌 왔음?"

한 사람이 물었다.

"조 선생님을 뵈오러 왔어요."

오랫만에 듣는 경사京辭가 반가웠던지 전갈도 받지 않고 노인은 곧 밖으로 나왔다.

"나를 찾아왔다구? 그대는 누군가?"

칠십은 확실히 넘었을 터인데 노인의 음성은 쩌렁쩌렁했다. 하상은 땅에 엎드려 공손히 절을 올렸다.

"마재의 정씨 가문의 아들입니다."

"마재의 정씨?" 노인은 부르짖듯이 말하고

"약종 선생의……?"

하며 하상의 얼굴을 응시하는 것이었다.

"네, 제 선친이올시다."

노인은 떠다밀리기나 한 것처럼 버선발로 뜰 아래로 뛰어내려 하상의 손을 덥석 잡고 그를 일으켜 세웠다.

"오, 오, 약종 공의 자제가 어찌 여기를……."

노인은 울고 있었다.

"선생님의 가르치심을 받잡고자."

하상도 눈시울이 뜨거워지는 것을 어찌할 수 없었다. 노인은 그 말도 귀에 들어가지 않는지 자꾸만,

"약종 공의 자제가…… 약종 공의 자제가…… 약종 공의……."

같은 말을 되풀이하고만 있는 것이었다.

칠십오 세의 노학자와 십구 세의 제자의 생활은 이렇게 시작되었다. 동향同鄕 동색(同色=같은 당파)인 데다 신앙까지 같이하는 옛 동지의 유아遺兒의 교육에 노석학은 전력을 다했다. 제자의 불타는 향학심과 스승의 깊은 뜻은 완전히 일치되어 하상의 학업은 실로 일진월보의 놀라운 발전을 보이고 있었다.

유스띠노 노인은 일반 학문만을 가르친 것이 아니다. 성교

교리에 누구보다도 밝은 노인은 그에게 교리 교육도 철저히 시켰다. 후일 순교에 앞서 가슴을 울리는 처절하고도 합당한 호교문護敎文 상재상서上宰相書를 써서 관에 바친 성 정하상 바오로의 신학적 바탕은 삭풍이 몰아치는 황막한 북방의 배소에서 닦아졌던 것이다.

유스띠노 노인은 앞서 간 순교 교우들의 이야기도 자주 해 주었다. 하상은 그로부터 아버지의 삶과 죽음을 들었고, 거룩한 순교의 모습과 위정자들이 억지로 그를 사죄死罪로 몰아넣은 전말도 알았다.

아버지 정약종은 『천주실의』를 비롯하여 이태리인 애유략艾儒略의 『만물진원萬物震源』, 『성세추요』, 고일지高一志 편의 『성년광익聖年廣益』 등의 중국으로부터 들어온 많은 교리서를 섭렵하여, 우매한 서민 부녀자들도 읽을 수 있게 언문으로 교리서를 엮었었다. 주문모 신부가 『성세추요』보다도 훌륭하다고 격찬한 『주교요지主敎要旨』, 그 저서 속에서 강조한 삼구三仇설이 그의 범상犯上 부도죄의 구실이 되었던 것이다.

삼구란 세속·육신·마귀, 세 가지를 말하는 것으로 사람이 죄를 범하는 동기가 그 세 가지에 달렸기 때문에 사람에게 죄를 범하게 하므로 원수일 수밖에 없다는 해석이다.

처음부터 죽이려고 마음먹은 사람들이고 보니 구실에 궁하지는 않았겠지만 그들은 이 삼구란 말을 물고 늘어졌다.

세속은 이 세상 것, 즉 나라와 가정과 사회를 말함 같으나 나라에는 임금이 계시고 가정에는 가장이 있는데, 그것이 다 원수가 된다면 나라도 임금도 원수란 말인가 하는 것이 첫째 트집이고, 육신은 우리의 몸뚱이를 가리켜 말함이며 우리 몸은 부모로부터 받은 것인데, 몸을 준 부모가 원수란 말인가 하는 것이 첫째 못지않은 말썽이 되었다. 끝으로 동정이 결혼보다 더 완전하다고 가르치니 인류를 멸하려고 하는 것이다 하며 길길이 뛰었다. 하여 천주교는 무군무부의 금수만도 못한 사도이며, 인류를 멸하려는 흉도들이라는 것이었다. 약종은 임금을 어기고 범한 대역 죄인으로 가산적몰, 능지처참의 결안이 내려졌던 것이다.

　그는 정조가 승하하고 어린 순조가 보위를 이었을 때, 벌써 그의 운명을 예지하고 있었음에 틀림이 없었다.

　정순왕후가 어린 임금의 옥좌 뒤에 발을 드리우고 도사리고 앉게 되자, 그때 한양에서 살고 있던 약종은 신변을 정리하고 교회 서적, 성물, 그리고 주문모 신부의 편지 등을 챙겨, 보다 안전하다고 생각한 동대문 안 송재기라는 사람의 집에 맡긴 후 고향 집으로 내려갔다. 약종보다 이십 세나 손위였으나 조동섬은 약종의 학덕과 인격을 존경하고 있었다. 그는 약종의 귀향을 알고 마재로 달려갔다. 약종은 단신으로 와 있었다. 동섬은 약현 댁 작은 사랑에서 그를 만났다.

약종의 신수는 여전히 허여멀쑥게 좋았다. 태도는 언제나처럼 늠름하고 온화했다. 정세는 급박하였으나 두 사람의 대화는 느긋하고 유식하고 정다운 환담이었다.

얼마를 적조의 회포를 풀다가 동섬은 일어섰다. 그때였다. 따라 일어선 약종을 마주 보던 동섬의 눈에 경악의 빛이 달렸다. 때마침 들이비치는 석양을 받은 약종은 일찍이 보지 못한 의복을 입고 있었던 것이다.

좀 전만 해도 약종은 북청색 수실끈 띠를 띤 하얀 도포를 입고 있었던 것이 분명한데, 지금 이 도포에는 무수한 작은 십자가가 별같이 반짝거리고 있는 것이 아닌가.

그는 저도 모르는 사이에 약종의 두 손을 싸잡으며,

"잘 가게, 부디 잘 가게"

하고 울먹였던 것이다.

사흘 후 그는 약종의 피체를 알았다. 정월 열하룻날 마재를 떠나 한양으로 향하던 약종은 도중에서 금부도사 한 사람을 만났다. 그를 이미 지나쳤는데 자기를 잡으러 가는 사람이 아닌가 하는 생각이 들어, 하인을 그에게 보내어 누구를 잡으러 가느냐고 묻게 하고, 자기를 잡으러 가는 길이라면 더 멀리 갈 필요가 없다고 하라고 일렀다.

눈이 휘둥그레진 금부도사에게 그는 태연히 말했다.

"내가 그 사람이오."

바로 그날 김 대왕대비의 이름으로 금교령은 전국에 반포되었다.

동섬은 약종의 피체 소식을 듣고 오랜 묵상에 잠겼다. 자기의 운명도 바람 앞에 놓인 등잔불이나 진배없지만 모든 것을 각오한 약종이 고향의 육친 친지에게 작별을 고하고, 뒤에 남게 될 가련한 가족을 위탁하고자 귀향했었으리라는 짐작도 가서 그의 마음은 아팠다. 아우들 때문에 시달리고 있기도 하였지만 백씨 약현의 태도가 너무도 무정하고 냉랭했던 것을 그는 알고 있었던 것이다.

그러던 중에 정월 열아흐렛날에 사건이 터진 것이다.

해토가 시작된 즈음이라 날씨도 풀리고 정월 대보름날에 놀던 윷가락도 아직은 방 한구석에 굴러 있는 그런 태평한 계절이었건만, 천주학 한다는 사람들이 자꾸 잡혀가고 조정도 술렁거려 장안 공기가 묘하게 돌아가고 있을 때, 한성 별육別肉 고지기가 밀도살한 쇠고기를 단속하려고 거리를 돌아다니다가 수상한 나뭇짐 하나를 발견했다.

솔가지를 쳐 낸 것을 지고 가는 나뭇짐인데 솔가지 밑이 어쩐지 수상해 자세히 보니 솔가지 밑에 궤짝 하나가 숨겨져 있는 것이다. 그는 그 나뭇짐을 즉시로 세우고 나뭇가지를 헤쳐 궤짝을 꺼냈다. 밀도살 고기가 들어 있는 줄 알았던 궤짝 속에는 괴상한 물건과 책들이 들어 있어, 그는 그 길로 짐꾼을 포청으로 끌고 갔다.

궤 속을 살피던 포청은 온통 발칵 뒤집어졌다. 궤 속에는 성교 서적과 상본, 성패, 묵주 등의 성물, 그리고 가로 쓰인 이상스러운 글씨의 편지들이 가득 차 있었던 것이다. 그들의 경악은 너무나 컸다. 천주교는 이미 사교로 낙인찍혀 대비의 이름으로 금교령이 전국에 발포된 때가 아닌가.

조사 결과, 짐을 지고 가던 사람은 임대인 토마라는 교우고, 얼마 전에 정약종이라는 자가 갖다 맡긴 궤짝이 왠지 수상하고 꺼림칙해진 집주인인 동대문 안에 사는 송재기라는 자가 그것을 맡긴 정약종에게 돌려주려 하다가 발각이 된 것이 판명되었다. 나뭇짐으로 위장은 했으나 궤는 크고 솔가지는 너무 적었던 것이다.

실로 정순왕후의 금교령이 발포된 지 여드레 만에 일은 벌어졌으니 교회로서나 조정으로서나 중대한 사건이 아닐 수 없었다. 그래도 열흘 동안은 기분 나쁜 정적이 계속되더니 검거의 회오리는 광란하기 시작했다. 며칠을 못 넘겨 그 모진 바람은 지방에도 불어 닥쳐 열심 교우 조동섬의 늙은 몸도 형관 앞으로 끌려 나갔다.

노인의 이러한 회고담은 하상만을 감동시킨 것이 아니었다. 그러한 거룩한 혈제血祭의 현장으로부터 이천 리 가까이, 멀리 멀리 떨어져 있는 이 변방의 젊은이들까지도 비분의 눈물을 흘리며 늙은 스승의 말에 귀를 기울였던 것이다.

유스띠노 노인에게는 제자가 꽤 많았다. 변방에 산다고 배움에의 원망願望이 없겠는가. 젊은이들과 부형들은 그가 이름난 석학인 것을 알자 가르침 받기를 진심으로 원했다. 인자한 노인은 그들을 받아들였지만 관헌이 용서치 않아 그의 집 문은 잠겨 버렸었다. 그러나 배움에의 열정으로 젊은이들은 몰래 담을 넘었다. 쫓아도, 금해도 효과 없는 것을 안 관가에서는 알고도 모른 체하고 있다는 것이다. 그들 역시 학문과 성교 교리를 함께 배웠다. 이리하여 유락의 죄인은 사도가 되고, 복음의 씨는 그 뿌리를 뽑기 위해 유배 보낸 그 바로 유배지에서 더욱 소담하게 널리 뿌려지고 있었다. 사람은 아무도 그 황막한 비지鄙地를 염두에 두지 않고 있었을 때, 섭리의 손은 벌써 은밀히 움직이고 있었던 것이다.

해가 바뀌고, 세월은 달려가 어느덧 북국의 짧은 봄이 가고 있었다. 한양을 떠난 지 일 년, 무산 생활도 반 년이 넘었다. 북방의 봄은 순간의 화려한 꿈같이 짧고 찬란했다. 며칠 전까지만 해도 황막했던 산야가 믿어지지 않을 만큼 선명한 진달래의 엷은 연지빛으로 덮이고, 울타리의 개나리는 투명하고 순수한 노란빛으로 피었다. 냉이꽃도 민들레도 배추꽃도 무꽃도 다투듯이 핀다. 남쪽같이 피고 지는 것이 아니고 일제히 와아 소리를 치듯이 피고, 그리고 봄은 갔다. 어느덧 산과 들은 녹음 속에 있었다. 하상은 떠날 때가 되었다고 느끼기 시작했다.

훌륭한 스승의 정성을 다한 적절한 지도와 총명한 제자의 피 어린 정진으로 하상은 딴사람이 되어 있었다. 그의 학문은 아직도 미숙했지만 기초는 단단하고 이제 특별한 지도 없이도 넓이와 깊이를 더해 갈 자질을 충분히 갖추고 있었다.

"역시 혈통이야."

유스띠노 노인은 혼자 뇌며 왠지 자꾸만 눈 속이 뜨거워 오는 것을 느끼는 것이었다.

노인의 춘추 칠십육 세, 육신을 기옥羈獄으로 깨달은 지 오래였지만 역시 육정은 남아, 그는 하상의 마음을 이해하면서도 그와의 이별이 아팠다. 천상의 만복소萬福所를 그리워하여 고신극기로 몸을 다듬었던 노인은 하상이 온 이래, 전에 없이 제자들로부터 폐백(사례금)도 받았다. 하상은 소상한 말을 하지 않았으나 봄에 떠나 초겨울에야 당도한 그의 노정의 신고를 노인은 알 수 있었다. 돌아가는 길을 편하게 해 주고 싶은 깊은 사랑으로 그는 은근히 준비를 하고 있었던 것이다. 날카롭고 깊은 통찰력으로 그는 나이 어린 제자의 성실한 사람됨과 뛰어난 자질을 간파하고 장차 큰 인물이 될 것을 믿어 의심치 않았다.

그러던 어느 날 노인은 연녹색으로 눈엽이 피어난 느티나무 밑에 서 있다가 물지게를 지고 들어오는 하상을 불렀다. 감시하기가 더 좋다고 생각했는지 배소의 집은 약간 높은 데 있고,

집 아래는 낭떠러지가 되어 있었다. 느티나무는 그 낭떠러지에 서 있었으나, 가지는 노인의 거처 마당에 드리워져 그는 이 나무 그늘을 사랑했다. 거기서는 숲 너머로 두만강이 보였다.

하상이 가까이 가자, 노인은 손을 들어 강을 가리켰다.

"바오로야, 저 강이 두만강이다. 저 강을 따라 서쪽으로 가면 백두산이 있느니라. 다시 얼마를 서행하면 압록강이 나오지. 너는 언젠가 그 강을 넘어야 할 게다. 이 반석 같은 몸……."

그는 하상의 완강頑强한 어깨를 어루만졌다.

"천주께서 섭리하시는 것을 잘 알아야 하느니라. 네 그 기상은 어찌하여 그토록 뛰어났으며, 네 체력은 또 어떻게 그리도 비상한가를 생각할 때, 뜻하시는 것이 무엇인가를 알 게야."

노인은 말을 끊고 자애에 찬 눈으로 젊은 제자를 훑어보았다.

"주문모 신부께서 치명하실 때, 이 나라 교회는 삼십 년 동안 목자 없이 지낼 것이라고 예언하셨단다. 그 절반의 세월이 흘렀다. 그렇다고 가만히 앉아 연한만 채우면 저절로 성사가 되겠느냐. 진인력대천명盡人力待天命해야지. 넌 바로 간선된 자이니라."

"명심하겠습니다."

"하루빨리 탁덕鐸德들을 모셔 와서 불쌍한 교우들을 거두어 주시게 하고, 거룩한 성사로 우리 영신 사정에 위로와 용기를 주시도록 하여야 할 것이야."

노인은 말을 끊고 잠시 망설이다가, 끊는 듯이 단숨으로 말했다.

　"오늘 당장 이곳을 떠나라."

　"선생님……."

　"지체할 건 없다. 서둘러라."

　노인은 앞장서 방으로 들어갔다. 북방식으로 솥이 걸린 부뚜막이 방 안에 있는 방이다. 노인은 비틀거리지도 않고 높은 문지방을 넘었다.

　그는 곧장 벽장 앞으로 가서 벽장문을 열고 새로 지은 옷 한 벌과 봇짐 하나를 꺼냈다.

　"이 옷으로 갈아입고, 이 봇짐을 지면 된다. 넉넉지는 않겠지만 한양까지의 노자는 될 게다. 그리고 한양에 올라가면 옥동, 북악산 밑이니라. 조숙이라는 자를 찾아가거라. 내 당질인데 그 아내가 양근에서 왔어. 신해 때 애석하게 돌아간 일신日身 공 방지거, 사베리오의 따님이다. 너희 댁과도 세교가 깊은 댁이니 반겨 줄 게다."

　노인의 배려는 너무나 살뜰했다. 하상은 가슴이 막혀 다만

　"선생님…… 선생님……"

하고 울먹이고만 있었다.

　노인은 젊은 사람처럼 민첩하게 채비를 차려 준 후, 벽에 걸렸던 자기 갓을 벗겨 하상의 머리에 씌워 주고 한 발 뒤로 물러

섰다.

"이제 되었다. 어서 떠나라."

언제 왔는지 그들 주위에는 노인의 제자들이 모여 이별을 아쉬워했다. 그들도 모두 정성 어린 선물을 주었으므로 하상은 노인이 꾸려 준 괴나리봇짐을 몇 번이라 끌렀다 다시 싸야 했다.

노인은 끝내 눈물을 보이지 않았다. 그러다가 마지막으로 하상이 절을 하고 일어서자 격정을 이기지 못하였는지 그의 손을 으스러지듯 잡고 울음 섞인 음성으로 말했다.

"잘 가거라. 잘 가거라, 토마스야."

"토마스?"

모두의 눈이 휘둥그레진 것을 보고 노인은 당황해 하면서 고쳐 말했다.

"아냐, 아냐, 바오로야. 잘 가서 큰일을 해야 한다."

그러나 하상이 떠난 후 노인은 방으로 들어가 안으로 문을 잠갔다. 비로소 뜨거운 눈물을 하염없이 흘렸다. 그는 마음으로 외치고 있었다.

토마스! 내 아들! 내 장한 아들!

십여 년 전의 그 비장한 이별이 어제 일처럼 또렷이 눈에 떠올랐다.

효성이 극진했던 아들 토마스는 아버지 유스띠노가 금부로 붙들려 가서 경기 감영으로 출부出付된 후, 거기서 무산으로 유배될 때까지 줄곧 따라다녔다. 형심에서 받은 상처와 무리한 여행으로 쇠약할 대로 쇠약해진 아버지를 그는 극진히 구완하여 목숨을 보전케 하였다. 그의 효성은 유배지의 사람들을 감탄시켜, 그들 부자는 고을 사람의 경모의 대상이 되기도 하였었다.

아들의 극진한 간병으로 병도 낫고, 서로 위로하며 고통스럽고 부자유한 유배지의 생활에도 얼마큼 익어 갈 무렵, 고향 양근에서 포졸들이 왔다. 당시의 양근 군수는 정주성鄭周誠이라는 탐관오리였다. 우연한 일로 조 유스띠노에게 사원을 갖게 된 그는 유스띠노가 사형되지 않고 귀양으로 끝난 것이 못마땅했다. 그는 무슨 수단을 쓰든 그를 해치려 했으나 임의대로 되지 않자, 역시 천주학 신자인 아들을 잡아간 것이다.

사또 앞에 끌려 나간 토마스는 혹독한 고문을 받았다. 사또가 말했다.

"네 아비의 죄를 아느냐?"

그제껏 온순만 하던 토마스는 이 말을 듣자, 고개를 똑바로 들고 큰 소리로 사또를 꾸짖었다.

"사또께서는 어찌 인륜을 무시하고 그런 말씀을 하실 수 있습니까? 제 아버지가 무슨 죄를 지으셨습니까? 지금 아버지께서 당하시는 처지는 제 잘못으로 인한 것이지, 아버지의 잘못으로 인한 것은 아닙니다."

말문이 막힌 사또는 그에게 더욱 혹독한 형벌을 가하게 했다. 토마스는 거듭되는 형벌을 견디지 못하고 그해 시월 초에 옥중에서 죽었다.

소식을 듣고 유스띠노는 눈을 감았을 뿐이다.

"만복소에서 만나리."

그 아들이 붙들려 가던 모습이 눈에 선했다. 그때도 그는 잠잠히 벽에 걸린 갓을 씌워 주려 했으나 죄인인 아들은 상투가 풀린 봉두蓬頭였던 것이다.

노인은 그날 곡기를 끊었다. 가슴이 자꾸만 벅차 와 아무것도 목에 넘어가를 않았던 것이다.

한편, 하상은 걸음걸이도 가볍게 길을 가고 있었다. 축지법을 쓰듯 그의 걸음은 빨랐다. 강원도 산길에 들어섰을 때, 그는 저도 모르게 발걸음을 멈추고 산등성이를 올려다보았다. 그러나 지난해 헤매던 골짜기는 어디였던가 짐작도 가지 않고, 산 위에는 화전하는 연기도 보이지 않았다.

그는 고개를 돌려 다시 길을 재촉했다.

회포 懷抱

1

풍물 소리는 녹우당 뒷산 비자숲이 보이기 시작할 때부터 요란하게 들려왔다. 장구, 북, 피리, 꽹쇠, 징에 호적까지 어울려 법석을 떤다. 무가巫歌 소리는 아직 또렷하게 들리지 않았지만 마을 공기가 스런스런 용기를 띠고 있는 것 같았다. 어디선가 굿이 벌어지고 있는 것이 분명했다. 다산의 미간은 저도 모르는 사이에 찌푸려져 있었다.

냉철 명석한 실학자인 그에게 있어 무巫는 우민을 현혹하고 음사淫祀를 자행하는 요사스러운 무리들이다. 언감생심 지체와 체모를 갖춘 해남 윤씨 가묘를 모신 곳 언저리에서 소란을 피울 수 있단 말인가. 그는 찌푸린 채 걸음을 빨리했다. 풍물 소리는 기승을 부리듯 점점 더 요란해 갔다.

"이분 굿의 단골은 다른 단골판에서 왔다지러. 사설이나 춤

이나 아무도 당할 수 없는 단골이랑게. 그런디 그 딸이 안즉 에
리믄서 또 기차게 굿을 잘 헌디어."

"고것이 또 겁나게 새처버(예뻐) 사람 같지 않단 소문이어."

"어쨌거나 이런 굿은 마을 나고 처음이랑게."

"생각허믄 짠한 일이요잉. 워죽허믄 진사 댁 같은 집에서 이
런 굿판을 벌이겠소."

"하믄 그렇구말구, 이분이 네 분째 아닌가비어. 이러다가는
그 집안이 절손이 델 것이어잉? 큰 굿이라도 히어야재."

뒤에서 아낙들이 주고받는 소리가 들린다. 굿 구경 가는 아
낙들은 갓 쓰고 도포 입은 그를 차마 앞지를 수는 없어 안타까
워하면서 연방 지껄이고 있었다.

"그나저나 우린 많이 늦었소잉. 벌써 몇 거리는 지났을 기
어."

"열두 거리 다 헌다는디 이녘은 열두 거리 다 볼 작정이어?"

"고 새처븐 지집아 단골이 '바리데기'를 부른디어. 낸 그건
꼭 듣고 싶당게."

"그라믄 안즉 머리도 올리지 않았단 말여?"

"열한 살이라 카던가 두 살이라 카던가."

"머리도 얹지 않은 지집아가 굿당에?"

"그렇단게."

"요상한 일이요잉."

다산은 더욱 깊이 미간을 찌푸렸다. 못마땅해 그는 짐짓 걸음을 늦추고 있었다. 어려서 들었던 말이 머리에 떠올랐다.

'굿 하고 싶어도 맏며느리 춤추는 꼴 보기 싫어서 못한다.'

요사스러운 것들 같으니. 이토록 우민들을 들뜨게 하고 있구나. 그러면서 그는 그 굿당을 피해 갈 수는 없었다. 굿 당주가 바로 찾아가는 사람이었기 때문이다.

당내(堂內=십촌 이내)는 아니었지만 외가인 해남 윤씨 집안으로 같은 항렬인 윤지목에게는 출중한 아들 오형제가 있었다. 두 살 터울로 한 삼줄에 뽑아낸 아들들이 모두 총명하여 크게 앞날을 촉망받았었는데, 팔 년 전 가을에 첫 참척을 보았다.

열 살 난 막내는 아름답고 쾌활한 소년이었다. 적극적인 성격으로 면학도 게을리하지 않아 어버이의 사랑도 한결 도타웠다. 그 아이가 어이없는 일로 죽은 것이다. 그때도 가을철이었다. 아직 장난기가 덜 가신 소년은 물들기 시작한 감을 따서 먹었다. 감은 떫었으나 그는 씹어 넘겼다. 떫은 감은 잘 넘어가지 않고 목에 걸렸다. 목이 막힌 아이는 어쩔 줄을 몰랐다. 소동이 벌어지고 아이 못지않게 어쩔 줄을 몰라 했던 어른들이 당황 속에서 베풀었던 응급처치가 아이를 죽였다. 때마침 남자는 집에 없었고 아낙들만 있던 터이라 얄팍한 짐작으로 아이에게 참기름을 먹였다. 이 경우 소금을 먹여 떫은 감물을 삭여야 했을 것인데 참기름은 그것을 응고시켜 아이는 질식사하고 말았던 것이다.

이태 후 역시 가을철에 열여섯 살 난 셋째가 죽었다. 역시 어이없는 원인에서다. 인중에 난 여드름을 짠 후 고열에 시달리다가 사흘 후에 세상을 떠났다.

다음다음 해에는 넷째가 갑자기 실성하여 개 짖는 소리를 하다가 죽었다. 공수병의 증상이었으나 외출한 일도 없고 마을에도 미친개는 없었다. 달포 전에 난 귀여운 강아지가 발병한 것은 그의 초종이 끝난 후였고, 그는 유달리 그 복슬강아지를 귀여워했던 것이다.

세 번의 참척을 본 부모들은 실성한 사람들이 되어 오래 자리에 누웠다. 집안은 부유한 쪽이었으나 만사에 관심을 잃고 불 꺼진 집같이 어둡고 음산했다. 혼인한 지 일 년도 안 되는 청상 며느리의 소복이 애처롭고 아팠다.

어머니인 임씨 부인은 머리에 끈을 질끈 동여맨 채 누웠다 앉았다 하고 지내면서

"저 불쌍한 것을 우찐디어"

하곤 눈물이 말라 버린 울음을 울었다.

그래도 세월이 약이 되어 삼시 끼니도 두어 술이나마 들게 되었는데 이번의 참변을 당했다.

열이틀 전의 일이다. 지종가支宗家의 증손인 지목은 종손의 의무로 정성스럽게 제물을 차려 멀지 않은 산소에 성묘를 갔다.

맏아들과 둘째도 그를 따랐다.

　화창한 날이었다. 묻어 날 듯이 푸른 쪽빛 하늘 아래 흰 도포를 입고 가슴에 하늘빛 술띠를 두른 두 아들은 하나같이 결곡하고 아름다웠다. 지목은 모처럼 흐뭇함을 느끼고 왠지 자꾸만 눈 속이 뜨거워 왔다.

　"그랴, 내겐 안죽도 두 아들이 있재."

　산길을 내려오면서도 그는 오랜만에, 실로 오랜만에 흠쾌함을 느꼈다. 음복으로 마신 술에 알맞게 취해 있던 그는 가슴을 펴고 눈을 들어 하늘을 쳐다보았다. 순간 가벼운 현기를 느끼고 비틀거렸던 것이다. 큰아들이 황급히

　"아부님, 조심하시요"

하며 그를 부축했다.

　그것뿐이었다. 그런데 아들은 그날 저녁부터 헛소리를 하기 시작했다. 열이 치솟아 불덩어리가 되어 앓았는데 의원도 어지럽게 뛰는 맥을 가려낼 수가 없었다. 이틀 후 그는 혼수 속에서 숨을 거두었다.

　염습을 할 때 시신의 바른편 팔꿈치 가까이가 몹시 부어 있는 것을 비로소 알았지만 피도 나지 않은 가벼운 찰상擦傷이 있었을 뿐으로 그것이 사인이 되었을 것이라고는 아무도 짐작조차 하지 않았다. 그는 비틀거리는 아버지를 부축하려다가 자신이 미끄러질 뻔하여 길가 바위에 의지하는 바람에 가벼운 찰상

을 입었던 것이다. 그러나 바위에는 무서운 균이 붙어 있었다. 피도 비치지 않을 만큼 가벼운 상처였지만 균은 그리로부터 침입했던 모양이었다. 결국 그는 파상풍으로 죽었던 것이다.

아버지는 실성한 사람처럼 전신을 부들부들 떨며 말을 하지 못하고 누워 버렸고, 단지까지 한 어머니는 아들이 운명하자 광에 들어가 보에 목을 매었다. 광 문이 열려 있는 것을 때마침 그 앞을 지나던 머슴이 수상히 여겨 들어가 보니 아직 실같이 숨이 이어져 있어 두 죽음은 겨우 면했었다.

성묘 직후에 일어났던 일이라 별별 소문이 다 돌았다. 아무래도 조상을 덧들인 모양이며 산소 자리부터 옮겨야 할 것이고, 악사한 영혼들을 잘 위로하고 상제님, 부처님, 칠성님께 치성 드려 그 원력願力으로 극락세계에 천도해야 하며 집안에 계신 조상님, 성주대감, 조왕님, 삼신님, 손님인 호구별신(戶口別神=痘神) 모두 모두 잘 섬기고, 덮였을지도 모르는 몽달귀신, 손각시, 온갖 영산(靈山=비명에 죽은 영혼), 잡귀 다 푸짐하게 풀어 먹여 다시는 얼씬도 못하게 해야 한다고 수군수군 시끌시끌했다.

그러려면 굿을 해야 한다. 굿도 영검 높은 큰단골 청해다가 박수(博手=男巫), 고인(鼓人=男巫)도 푸짐히 불러 닐니리 덩더꿍 풍악 잡히고 크게크게 해야 한다. 이 판에 재물 아끼고 체면 차릴 땐가.

줄곧 부들부들 떨고만 있는 영감과 곡기를 끊은 채 시신같이 누워 있는 마누라 머리맡에는 집안의 아낙들과 임실에서 온 죽은 아들의 외숙모가 수심에 싸여 모여 앉아 있었다.

주인의 고모들, 누이동생들, 출가한 딸들은 진심으로 친정의 운명을 걱정하며 한마디씩 하는 것이었다.

"야아, 요러콤 누버만 있으믄 쓰것냐. 정신 차리고 다시는 이런 일을 없이 해야 쓰재."

늙은 고모가 옷고름을 눈에 갖다 대며 간곡히 말해도 주인은 대답이 없고 중년의 누이들이

"오라버니, 워쩔라고 이라시지라우"

하고 울어도 말이 없었다. 쪽을 찌고 있어도 앳된 딸은 그저

"아부지, 아부지"

하며 울먹이고 있는데, 갓 과부가 된 며느리가 애처로운 소복으로 미음을 고아 들고 들어왔다. 그녀의 등에는 돌이 될까 말까 한 어린것이 업혀 있었다.

어미가 미음 쟁반을 방바닥에 놓고 일어서려 했을 때 아이는 할아버지 쪽으로 두 손을 뻗으면서 발버둥을 쳤다.

"하부…… 하부……."

할아버지를 부르고 있었던 것이다.

순간, 텅 비어 있던 할아버지의 눈빛이 달라졌다. 나갔던 넋이 돌아왔다고나 할까, 그런 느낌을 주는 눈빛이었다.

그는 벌떡 일어나 어린것을 빼앗듯이 받아 안고 한마디의 말

도 없이 안채로 들어가 안방 문을 열었다. 이윽고 시신같이 누워 있는 아내에게 어린것을 던지듯 안긴 후 어린것을 안고 있는 아내를 어린것과 함께 일으켜 앉히고 두 몸을 함께 싸안았다. 그리고,

"이기이, 이기이"

하며 그는 아들이 죽은 후 처음으로 목을 놓아 울었다.

집안은 새롭게 울음바다가 되고 삼대의 딸들의 성화와 설득으로 대규모의 씻김굿(망자를 씻겨 저승으로 보내는 천도제의遷度祭儀)이 구체적으로 계획되었다.

단골(巫)은 영검하다는 이름이 높은 임실의 단골 만년과 근래 소문이 자자한 그의 딸 나비와 그 단골판의 고인들을 부르기로 했다. 해남의 단골판과 함께 어울리게 할 참이었다. 단골판은 각기 민간 신자가 정해져 있어 다른 단골판에 가서 굿을 하지는 못하게 되어 있고, 이 규제를 어기면 제재를 받게 되어 있지만, 해남의 명문 윤씨가의 일이고, 또 너무나도 엄청난 일이 속출되었던 끝이라 해남의 단골들의 양해는 너그러웠다.

효종대왕의 사부였던 대학자 고산 윤선도의 자손들이다. 학문으로도 이름난 집인 만큼 선비로서의 행신을 부끄럽게 가져본 일이 없었지만 아비를 여읜 가엾고 애처로운 손자를 아내와 함께 싸안고 운 이후, 지목은 그 아이를 위하여 어떠한 부끄러운 일도 참아 낼 수 있을 것 같았다. 하여 굿은 버젓이 요란하

게 벌어졌던 것이다.

뒤늦게야 기별을 받고 불효자(어버이보다 먼저 세상을 떠난 자식)의 조상을 하러 해남까지 갔던 다산은 굿당에 아낙들과 함께 앉아 있는 지목을 발견하고 눈살을 찌푸렸다.

길에서 여인들이 주고받던 말대로 굿은 시작된 지 한참인 모양으로 넷째 거리인 '사재(使者) 타령'이 한창이었다.

마당에 차일을 친 아래 망재(亡者)와 선영을 위한 조상상과 사재상(使者床)을 차려 놓고 단골은 '삼신재석', '서사무가'를 부르고 있었다.

단골은 임실에서 청해 온 만년이었다. 그녀는 소복 위에 남쾌자를 받쳐 입고 너비 네 치가량의 하늘색 띠를 가슴 높이 두르고 뒤에서 크게 매듭을 제비 모양으로 매고 있었다. 흰 머리띠로 머리를 예쁘게 동이고 있는 그녀는 굿당 앞에 앉아 장구를 치며 무가를 부르고 고인들이 반주를 하고 있었다. '사재타령'도 시작한 지 얼마쯤 된 모양이었다.

　　　억만 사천 지옥 거두시고
　　　열두 남망재씨 불러들여
　　　문초하며 묻는 말이
　　　이 세상에 나갔다가 무슨 공덕하였느냐
　　　목마른 이 물을 주어 급수공덕하였느냐

배고픈 이 밥을 주어 기갈공덕하였느냐
헐벗은 이 옷을 주어 의대공덕하였느냐
병든 사람 약을 써서 활인공덕하였느냐
깊은 물에 다리 놓아 행인공덕하였느냐

만년의 음성은 위엄에 차고 매섭고 찼다. 이어 그녀는 망자의 답변으로 겁에 질려 떨리는 초라한 소리가 되어 창을 이어갔다.

이 망재씨 하는 말이
나이 많아 들어오고
춘추 많아 왔다 해도
못 다 살고 왔나이다
못 다 쓰고 못 다 먹고 왔나이다
없는 게 많아 놓고 있는 것이 적사와
어려움이 한이 없고
가난하기 짝이 없어
공덕한 것이 없사오니
이 앞 공덕 하오리다

허망한 소리일망정 사람의 숙명과 심리를 얼마큼 나타냈다

고도 할 수 있는 사설이었다. 만년은 군색하고 힘없는 어조로
바꾸어 구슬프게 넋두리를 시작했다.

> 살이 썩어 물이로다
>
> 뼈는 썩어 황토로구나
>
> 존친 부모 뒤에 두고
>
> 처자식을 다 버리고
>
> 북망산에 홀로 누워
>
> 두견으로 벗을 삼아
>
> 불쌍한 우리 부친
>
> 통곡으로 밤새우고
>
> 애절타 우리 모친
>
> 곡기 끊고 몇 날인고
>
> 어찌 가나 어찌 가나
>
> 불효하고 어찌 가나
>
> 용서하소 용서하소
>
> 측은한 어린 자식
>
> 천방지축 철없으니
>
> 어찌 가나 어찌 가나
>
> 자식 불쌍해 어찌 가나
>
> 인제 가면 언제 오나

명사십리 해당화야

꽃이 진다 서러 마라

명년 삼월 봄이 되면

너는 다시 피련마는

우리 인생 한 번 가면

옴도 없는 길이로다——

만년의 창은 울음이었다. 여기저기서 훌쩍거리는 소리가 들렸다. 만년은 울면서 망자의 이 세상에 대한 미련, 죽음에 대한 슬픔 등을 절절히 늘어놓는 것이었다.

망자상 앞에 꿇어앉아 있는 자식 잃은 아버지의 얇아진 어깨가 끊임없이 떨린다. 다산은 이제 그를 경멸할 생각은 없었다. 그 자신의 눈 속도 뜨거워지고 있었던 것이다. 구경 온 아낙네들의 눈도 젖어 있고, 어떤 노녀老女는 소리 내어 울고 있었다. 점잖은 노인의 얼굴에도 숙연한 빛이 어렸다.

어리석게 어느덧 분위기에 휘말려 들어갔던 다산은 만년의 창이 끝나자 입 언저리에 쓴웃음을 흘렸다. 어리석고 황당한 소란 속에 풀려 들어갔던 것은 유락 십오 년에 부지중 내 오성이 흐려 있었던 탓일까. 초토에 묻혀 고차高次의 사물과의 접촉을 끊고 지내는 중 어느덧 짜장 촌로村老가 되어 버린 까닭일까.

그는 쓰게 웃으며 저도 모르는 사이 가볍게 머리를 가로저었다.

'그러나—'

그는 마음으로 가만히 뇌었다.

그러나 그 소박하고 순수한 일치감은 어디서 온 것일까. 인간이란 모두가 낳고 죽는다는 점에서 절대로 동일한 것이어서 하나의 죽음이, 타인의 죽음이, 모두 자기 것으로 받아들여지기 때문인가. 아니면 아득한 그 옛날 아마도 존재한 일이 없었을지도 모르는 신성한 사건—하늘의 아들 환웅이 신단수 아래 내려와 신시를 열었다는 그 사건 이후 제정일치의 체제 아래 오래도록 무巫에 의하여 아직 미개했던 무리들이 다스려졌었을 그 기억이 겨레의 정신, 신앙의 모태母胎를 이루게 된 까닭인가.

하늘에서 하강한 천왕의 아들의 이름이 환웅桓雄, 그리고 신라의 왕호王號의 하나도 차차웅次次雄 · 자윤慈允 등이 아닌가. 이는 무의 이름을 가리키며 상고 시대에는 천신을 섬기는 주제자는 존경되어 무리를 다스리는 자로 받들어졌다는 것을 뜻하는 것이 아닐까. 바람직한 일이었다고는 할 수 없어도 있었던 일에는 틀림이 없을 것이었다. 다산은 야릇한 심정이 되어 굿당을 옮기는 무와 지목을 따라 안방으로 들어갔다.

안방은 요사하게 꾸며져 있었다. 우선 섬뜩한 느낌을 주는 것이 윗목에 세워진 말린 돗자리였다. 망인의 옷을 넣고 돌돌 말아 일곱 군데를 동인 돗자리 위에 사람 형체를 오려 내어 요사한 흰 종이 술을 달은 침척 반 자쯤 되는 백지를 붙인 것인데 그것이 넋이라는 것이었다. 그 넋 앞에 제상이 셋 놓여 있었다. 가운데 놓인 상이 망인상이고 좌우의 것이 조상상과 성주상이라고 했다. 망인상 앞에 망인의 의복 일습과 넋이 든 석짝(네모진 작은 고리)과 백지를 깔고, 서 되는 좋이 되어 보이는 쌀과 백지 한 권, 향로 등이 든 소지받침 함지가 놓였다.

망인상에는 메가 두 그릇, 백설기 한 접시, 그 앞줄 중앙에 청수 한 대접, 그 양옆에 각각 술잔, 청수 앞에는 백지를 깐 위에 백미 석 되 부어 놓고 그 위에 촛불을 켜서 꽂았다. 대추, 감, 배, 밤, 어물 따위의 제물도 놓여 있다. 다른 두 상도 규모는 적었으나 대체로 같고 방문 밖 마루에는 희살잡귀를 먹이는 '바깥 내건상'이라는 것이 차려져 있었다. 어딘지 흉흉하고 으스스하고 요사하여 정말 귀신이 득실거리고 있는 인상이다.

단골은 굿상 앞에 자리 한 잎을 펴 놓고 그 위에 망인이 입던 옷 한 벌을 입은 모양 그대로 늘어놓고 버선과 신까지 제 위치에 놓았다. 옷섶, 허리께에 놓은 모주머니, 그리고 저고리 고름을 얼마 타서 거기에도 엽전을 넣고 늘어놓은 망인의 옷 위에 '석짝'을 놓았다. 석짝 속에는 무명필이 들어 있고 그 위에 또 돈을 놓고 '대신칼' 두 개를 올려놓은 위에 넋을 얹었다. 이윽고 단골은 망인의 유족을 이 옷에다 참배케 한 후 굿상 앞에 앉혀 놓고 굿상을 바라보고 앉았다.

다산의 눈살은 다시 찌푸려졌다. 모든 것이 헤프고 낭비가 너무 심하며 하는 짓들이 황당하고 으스스하고 흉흉하면서 난잡하다. 주술呪術에나 걸린 것처럼 점잖은 당주가 무가 하라는 대로 앉았다, 섰다, 꿇었다, 절했다 하는 것이 망측스러워 바라보기 민망하다. 그는 자리를 피하고 싶었으나 헤치고 나갈 수 없을 만큼 구경꾼들이 빽빽이 들어차 있어 그는 또 미간을 찌푸린 채 서 있을 수밖에 없었다.

거리는 '오구물림'으로 가장 중요한 거리였다. '바리데기'라고도 불리우는 이 오구물림은 망령을 '바리데기 무가'를 부르며 저승으로 천도하는 것이다.

바리데기는 칠공주라고도 하며, 무조巫祖가 된 공주의 이름이다. 죽은 이의 영혼을 좋은 곳으로 보내고자, 무는 주제하는 지노귀굿이나 씻김굿에서 긴 신화를 읊는다.

무당의 굿에는 많은 신화나 노래가 전해 내려와 있는데 가족과 구경꾼들은 이러한 이야기나 노래를 조용히 들으면서 깊이 감동도 하고 공명도 하여 무와 일체가 되어 복을 기원하고 망령의 극락왕생을 빌기도 한다. '바리데기 무가'는 그 가운데서도 대표적인 것이다.

굿상 앞에 정좌해 앉은 만년은 왼손에 숟갈을 잡고 바른손에 장구채를 들고 있다. 서른아홉의 살결이 이토록 고울 수 있을까. 눈같이 흰 소복에 받쳐 입은 쾌자의 남빛과 가슴에 두른 띠의 하늘색이 너무나 선명하다. 칠흑의 머리를 동인, 역시 눈같이 흰 석거리가 그녀의 총명한 눈빛을 더욱 빛나게 하고 있었다. 그녀는 바른손을 들어 둥, 장구를 쳤다.

바로 그때였다. 화려한 색채가 굿당에 날아 들어왔다. 그렇다. 그것은 바로 화려하고 희귀한 아름다운 나비처럼 하늘하늘 날아 만년의 옆에 사뿐히 앉은 것이다.

"아 나비다, 나비다."

구경꾼 속에 가벼운 소동이 일어났다가 이내 조용해졌다. 장내는 물 뿌린 듯 고요가 깔렸다.

만년이 또 한 번 둥, 장구를 쳤다. 그러자 방울 소리와 함께 사람의 소리라고는 믿어지지 않는 맑고 고운 소리가 흘러나왔다.

세월이 여류하야 광풍이 건듯 부니
무정세월 약류파라 선위궁 대왕마마
길레거동 하옵신 지 삼 년이 되옵시니
중전마마에 없던 문안이 나는구나
수라에서는 생쌀내며
의승의 해감내며 국에서 날장내며 금강초 풀내 나고
서창 독창 부는 바람 여영 싫다―

나비가 바른손에 든 방울을 흔들며 '바리데기 무가'를 부르기 시작한 것이다. 고운 새가 지저귀는 것 같기도 하고 향기로운 바람이 산들거리는 것 같기도 한, 형용을 할 수 없는 음성이 물 흐르듯 무가를 읊고 있었다.

소녀 무巫 나비는 무지개 치마 위에 원삼, 족두리, 큰머리로 성장하고 있었다. 이것은 중부 지방의 지노귀굿에서 바리공주를 창할 때 하는 차림이다. 곱게 화장한 얼굴은 너무나 아름다워 섬뜩한 느낌조차 준다. 요물이 아니면 선녀의 모습이다.

단골 뒤에 꿇어앉아 있는 가족들과 구경꾼들은 숨마저 삼킨 채 지상의 노래라고는 믿어지지 않는 그 노래에 혼을 잃어 갔다.

'바리데기 무가'는 긴 신화의 서사무가다. 무가 중에서도 가장 대표적인 것인 만큼 부르기도 어렵다. 한 시간 가까이 걸리는 것이고 보니 예사 기억력으로는 외우기부터 어려운 것이다. 소녀 무 나비는 그 긴 무가를 한마디도 막히지 않고 읊어 나가고 있었다. 어린것의 총기도 놀랍거니와 감정 표현이 뛰어나 모였던 아낙네들은 모두 눈물을 흘렸다.

"참말로 참말로잉. 바리데기 공주의 화신이요잉."

"그만하믄 망재도 극락왕생했지러."

"하믄. 진짜 바리데기 공주가 천도를 했지 않은가벼."

모두가 찬탄하여 마지않았다.

바리데기 공주는 버려진 공주다. 버려졌다 하여 바리(버려진) 공주다. 무당의 말을 믿지 않고 결혼한 왕이 일곱 번째로 낳은 딸이다. 딸을 일곱이나 낳은 왕은 화가 나서 그녀를 내다 버리게 했던 것이다. 딸을 버린 죄로 왕과 왕비는 죽을 병에 걸리는데 무당에게 점을 치니 버린 딸을 찾아 그 딸이 약수를 구해 오면 살 수 있다는 것이다. 한편 산신의 도움으로 잘 자라난 버려진 공주는 어느 날 왕이 보낸 사람들의 안내로 왕궁으로 돌아가서 병든 부모를 만난다. 공주는 부모를 살리기 위하여 약수를 떠 올 결심을 하고 저승으로 삼천 리 여행을 떠난다. 그녀는 저승에서 무장승과 혼인하여 아들 셋을 낳고 약수를 구해 가지고 왕궁으로 돌아가 죽은 부모를 살려 낸 후 무당이 되는 것이다.

이 무가를 나비는 너무나 잘 불렀다. 만년은 고인과 함께 반주를 하며 그 창을 들을 때마다 언제나 그렇듯 눈시울이 뜨거워지는 것이었다. 고인들도 나비가 창을 하다가 숨을 돌리려고 쉴 때면 징, 아쟁, 가야금을 정성 들여 합주하며 알 수 없는 감동에 숙연해지곤 하였다. 어쩌면 나비의 운명도 바리공주와 같은 것일지도 모른다는 생각도 스쳐 그들은 슬프도록 아름다운 동녀의 모습을 지켜보곤 하는 것이었다.

그들은 모두 나비의 기구한 사연을 알고 있었다. 아비도 모르고 어미도 모르고 자기가 누구인지도 모르는 동녀는 누구에게 버림을 받았는지도 몰랐다. 나이도 성도 집도 모르고, 이름도 모르고 '나비'라는 말 이외는 말도 못했었다. 바리데기 공주는 부모를 찾았지만 신화가 아닌 현실에서 그런 일은 바랄 수 있는 일이 아니었다.

그러나 그녀는 외로운 단골 만년의 등불이 되어 있었다. 그러니깐 햇수로는 오 년 전의 일이다. 첫 시앗을 본 만년은 여인으로서도 쓸모없는 석녀였고 무로서도 제신청배諸神請陪에 자신을 잃고 있었다. 뛰어난 미모의 천부의 무로서 뭇사람의 마음을 사로잡아 그들의 정신적인 길잡이가 되어 있었지만 기실 자신은 절망과 허망 속에서 허전한 나날을 보내고 있었던 것이다.

그런 그녀에게 나비의 출현은 하나의 기적이고 구원이었다. 이름도 모르고 성도 모르고 나이도 모르고 '나비'라는 말 이외에는 한마디의 말도 못하는 꿈같이 아름다운 동녀는 그런 애처롭고 슬픈 사연 자체가 신비였으며 하나의 '자격'이었다. 하여 이름난 단골 만년은 그녀를 만명(萬明=巫神)님이 점지한 신딸이라고 믿었다. 믿고 싶었다.

완전히 기억을 상실했던 나비는 얼마 후부터 고운 경사(京辭=서울말)로 말을 다시 하기 시작했으나 다른 기억은 영영 되찾지를 못했다. 그러면서 세월이 흐르자, 그녀는 놀라운 총기를 보이기 시작했고, 만년은 규정과 상식을 벗어난 사랑과 정성으로 그를 익애하며 무로서의 학습에 열중했다. 하여 아직 석거리도 매지 않은 동녀의 몸으로 어린 나비는 굿당에 나와 무가를 불렀다. 석거리란 결혼을 한 무가 머리를 동이는 흰 띠로, 무녀는 결혼을 한 후에야 이 흰 띠를 머리에 두르고 굿당에 나가는 것이다. 결혼은 무당 사회에 있어 단순한 통과의례通過儀禮가 아니고 무당으로서의 입문을 뜻하는 것이므로 아직 어린 나비가 굿당에 선다는 것은 무당 사회의 규범을 어기는 것이었다.

그러나 그녀의 뛰어난 미모와 총명과 불가사의한 출현은 하나의 신비여서 만년의 소행을 심히 탓하는 사람은 없었고, 오히려 그 이름을 더 높여 동녀 단골 나비의 굿은 영검하다는 평이 높았다. 다른 단골판에서도 굿청이 많이 들어와 그는 이제 당당한 단골이 되어 있었다.

한 시간에 걸친 '바리데기 무가'를 들으며 다산은 이제 그 자리를 뜰 생각을 버렸다. 어린 무녀는 슬픔같이 아름답고 신비스러우리만큼 총명했다.

'천격에서 어찌 저토록 귀태를 타고났을꼬.'

탄식처럼 속으로 되뇌이고 있었다.

모인 사람들 중에는 임실에서 온 망인의 외숙모가 있었다. 시누이가 아들을 잃은 충격으로 목을 매었다는 기별을 받고 달려온 것이다. 하나밖에 없는 시누이가 내린 참척을 보고 자문코자 했다는 것도 큰 충격이었지만 그는 때마침 벌어진 굿당에서 동녀 무 나비를 보고 전신이 오싹해 오는 것을 어찌할 수 없었다. 나비는 너무도 너무도 귀여운 자기 딸 국님이와 닮고 있었던 것이다.

국님은 관촉사 칠성님이 점지하신 딸이다. 햇수로 벌써 오

년이 되지만 그때의 감격은 아직도 뜨겁게 가슴에 남아 있다. 그 칠성당에서 열흘을 치성 드리고 돌아오는 길에 그는 그 귀여운 딸을 얻은 것이다. 울고만 있던 아이는 며칠이 지나자 다섯 살이라고 나이를 밝혔다. 신씨 부인은 이름도 성도 듣는 것이 두려웠지만 그녀의 성이 권씨고 이름이 국아라는 것을 알았다. 살던 고장 이름을 몰랐던 것이 차라리 구원이었다.

"국아 국아…… 쪼개 희한한 이름이여. 안 그려"

하자 어린것이 말했다.

"율리엣다라구두 했어요."

"유리다? 그기이 무신 말인디?"

하다가 신씨 부인은,

"국님이라고 하재. 국님이…… 좋은 이름 아녀?"

그때부터 국아는 국님이가 되었다. 막내면서 날 적부터 보챈 일도 떼를 쓴 일도 없는 어른 말을 잘 듣는 온순하기만 한 아이였지만 국아는 자기가 국아라는 이름을 가졌었다는 것을 어린 가슴에 접어 넣었다. 어린 나이이면서 너그럽고 원만하여 그녀가 좌수 댁에 들어온 이후 집안에는 화기가 돌고 만사가 순조로워졌다.

"복동이여, 업이란 말여."

신씨 부인의 사랑은 커만 갔다.

이듬해부터는 언문도 가르쳤는데 글도 잘 익혔지만 국님이는 어머니 곁에서 헝겊 조각으로 마름개질이랑 꿰맴질 흉내내는 것을 더 좋아했다.

"천상 지집이여, 안들은 그저 자슥 잘 놓고 집안 우애 지키며 음슥(음식) 침선 잘 허몬 쓰는 거여."

국님이는 신씨 부인의 극진한 사랑을 입으며 어린 나이에 벌써 부도를 닦고 있었다.

한시도 곁에서 떼어 놓고 싶지 않은 장중의 주옥인 그 딸을 신씨 부인은 집에 두고 왔다. 사외를 많이 하는 그녀는 아무리 고모 집이라도 상가에 귀여운 딸을 데리고 오기는 싫었던 것이다. 나비를 보고 섬뜩했던 그녀는 나비의 원삼 띠에 달려 있는 비취 호리병 노리개를 보았을 때 자신의 처사가 더욱 잘했던 것이라고 느꼈다. 그녀의 가슴은 소리가 들리도록 뛰고, 그 두근거림은 임실로 돌아가 국님이의 얼굴을 볼 때까지 가라앉지 않았다.

굿은 밤새워 계속되었다. 굿 구경하려면 계면떡까지 먹으라는 속담도 있듯이 굿은 거리마다 절정을 가지고 있어 끝까지 보아도 지루하지도 지치지도 않는 모양이지만 환갑을 바라보는 나이에 강진에서 걸어온 피로는 적은 것이 아니었다. 다산은 아직도 벅적거리고 있는 굿당을 빠져나와 외종가로 향했다.

외종가는 덕음산 아래에 자리잡고 있다. 낮 같으면 집 뒤 그

산에 울울창창 우거진 비자림이 보이련만 그믐 가까운 이슥한 밤은 칠흑이었다. 컴컴한 하늘에 낫 모양의 실달이 걸리고 총총 박힌 별이 쏟아질 것만 같다. 길섶에서는 풀벌레 소리가 쏟아져 나오고 가을이 깊어 간다는 느낌이 실감으로 가슴에 와 닿았다.

외종가의 행랑채에는 불이 켜져 있었다. 모두들 굿 구경을 간 모양으로 조용한데, 문고리를 두어 번 들고 치자 늙은 비부가 웅크리고 나와 그를 반겼다.

"밤이 이슥헌디 은지 오싯지라우? 나리 마냄은 주므시닝게 아침에 보시시고 요리로 오시시소. 따시게 불을 때 낫으라우."

지종가의 불행으로 해남 윤씨 마을인 연등리는 십여 일 전부터 오가는 사람이 끊이지 않아 집집마다 몇 사람의 손님이 있다면서 사랑채의 방 하나로 그를 인도하는 것이었다.

약 백 년 전에 고산 윤선도가 효종대왕으로부터 하사받은 넓은 터에 자리잡은 이 집은 사당, 안채, 사랑채, 행랑채, 곳간, 후당, 연자방앗간 등 백 칸에서 한 칸 빠진 아흔아홉 칸의 대저택으로 사랑채만 해도 큰사랑, 작은사랑, 책방, 약방, 골방, 누마루 등으로 서른 칸에 가까웠다. 가을이면 뜰에 서 있는 아름드리 은행 고목의 잎이 빗발처럼 쏟아진다. 해서 이름 지어 '녹우당'이라고 부른다.

귀양 온 첫해부터 다산은 이 집을 자주 찾았다. 사학에 연루

된 유락 죄인이라 모두 두려워하고 반기지 않았지만 이 집의
어마어마한 장서와 윤씨 가전 고화집, 그리고 고산 수적, 갖가
지 고문서 등의 매력은 굴욕을 능가했다. 그는 눈치를 보면서
도 이 집을 찾지 않을 수 없었던 것이다.

늙은 비부가 깔아 주고 나간 객침에 몸을 뉘고 다산은 눈을
감았다. 노곤하고 지쳐 있었으나 잠은 좀처럼 오지 않았다. 풀
벌레 소리만 어지러울 뿐 사위는 고요하고 밖도 방 안도 감은
눈 속도 캄캄칠흑이었다. 그러다가 감은 눈 속에 좀 전에 본 광
경이 선명히 떠오르고 어디선가로부터 무가도 들려왔다.

소복 위에 남 쾌자 입은 우아한 만년과 요기 서린 아름다운
동녀 무의 모습이 화려한 나비같이 나타났다가는 사라지곤 하
다가 잎이 달린 채 잘려 온 지붕 높이만큼이나 긴 생죽이 보이
고 무명필을 접어 양 갈래로 낸 것이 거기 걸리더니, 이번에는
그 무명필에 고가 매어졌다. 단골 만년은 한 가닥에 일곱 매듭
씩을 만들었지만 감은 눈 속에 나타난 곳베의 매듭은 일곱 개
의 일곱 배가 넘는다. 아니 일흔 배가 넘는지도 모른다. 앳되고
맑고 고운 무가가 들렸다.

　　　동은 감을목이고 남은 병자와요
　　　서는 임계화 북은 머그토요
　　　주요 부정 사요 부정 인간 삼신 부정

초상 상자 영정 부정 일제 소멸 급급시고

다 맹인에 불쌍한 맹인에 원혼고

신원고를 풀어 보세

풀어 가세 풀어 가세

원혼고를 풀어 가세

신원고를 풀어 가세

아름다운 나비가 날듯이 뛰며 춤추며 고의 매듭을 하나하나
풀어 가면서 동녀 무 나비가 부르던 고풀이 무가다. 굿당의 곳
베 고는 하나하나 풀려 갔지만 다산의 감은 눈 속의 곳베 고는
하나도 풀리지 않았다.

감은 눈 속이 뜨거워 오는 것을 느끼며 그는 소리없이 외쳤다.

'형님! 손암巽庵 형님!'

그의 소리 없는 외침에는 피눈물이 맺혔다. 둘째형인 손암
정약전은 같은 핏줄의 골육이라는 점을 빼고서도 생애의 스승
이요 지우였다.

모당母堂 해남 윤씨 소생의 동복형이다. 다산은 어려서부터
이 형을 따르고 존경했었다. 서제 황을 빼고서도 사형제, 모두
가 당대의 큰 학자로서 이름이 높았지만 약전 역시 아우인 희
세의 대학자 다산 못지않은 자질을 가진 사람이었다.

그는 문과에 합격하여 병조좌랑兵曹佐郎을 지내는 등 촉망받

는 학자이며 관료였으나, 신유사옥에 아우 약용과 함께 연루되어 신지도로 귀양 갔었고, 황사영 사건으로 다시 투옥되었다가 혐의가 풀려 형은 흑산도로, 아우는 강진으로 다시 유배되어 15년이라는 긴긴 세월을 귀양살이를 하다가 영영 풀려나지 못한 채 적소에서 생을 마친 것이다.

대학자 다산은 이 형을 선생님이라고 호칭하였으며, 모든 학문적인 문제들을 유배 생활 중에서도 서한을 통하여 문의하였었다. 실로 손암은 진실한 형제지우였으며 불우한 처지를 한탄만 하고 있지 않고 학문 연구에 깊이 침잠하여 상호 좋은 도움을 받을 수 있었던 동지이기도 하였다.

부음을 받은 것은 대흥사 일지암에서였다. 두륜산 중턱에 자리잡은 대흥사의 승려 초의草衣는 본사에서 한참 떨어진 계곡 옆에 초암을 짓고 일지암一枝庵이라 이름하고 그곳에서 기거하고 있었다. 초의는 죽은 아암보다 십오 세가 연하였다. 따라서 다산보다는 스물다섯 살이나 손아래가 된다. 아암과는 달리 청아 단정한 성품으로 삼십을 겨우 넘긴 나이에 벌써 격함이 없었다. 우리 나라에서 사라진 지 오래인 다도茶道를 부활시키려 힘쓴 고승이다. 암자 뒤는 대나무가 밀생한 대밭인데 그는 과수도 심고 꽃피는 나무도 심고 앞을 흐르는 계곡 물을 끌어 와 그 물로 차를 달였다. 저서 『동다송東茶頌』에서,

밝은 달 촛불 삼고 또한 벗 삼고

흰 구름 자리하고 또 병풍을 하여

죽뢰인 양 송도인 양 시원도 하네

마음도 몸도 맑고 또 맑으니

흰 구름 밝은 달 손님으로 맞으면

도인의 앉은 자리가 이보다 나을손가

하며 끽다의 멋을 노래한 바로 그 경지에서 차를 즐기며 유유
히 살고 있었다.

그는 같은 대둔사(대흥사) 소속이면서 아암의 제자가 아니고
완호선사玩虎禪師의 제자였으나 다산에게서 유서儒書를 읽고
시를 배웠다. 다산은 그의 온화한 사람됨과 학문에의 진지한
탐구심과, 그리고 차에 대한 청아한 취미 생활을 사랑했다.

성격은 전혀 달랐으나 스승에 대한 경모는 아암 못지않은 초
의는 스승을 극진히 섬겼다. 그의 동다송을 보면 찻잎은 곡우
날 딴 눈잎이 으뜸이고, 곡우 후 사흘 안에 딴 것이 버금이며,
사흘 전에 딴 것이 다음이라 하지만, 동다(東茶=한국차)는 곡우
후 사흘 안에 딴 것이 가장 좋다고 말하고 있는데, 그는 해마다
곡우 후 사흘 안에 딴 눈잎으로 향기로운 병다를 만들어 귤동
다산 초당으로 보냈다. 그리고 간곡히 일지암에서 다회를 함께
할 것을 청하곤 하는 것이었다.

이 청은 다산에게는 실로 불감청인정고소원이 아닐 수 없었다. 누구보다도 차를 사랑한 다산은 일찍이 아암에게 편지를 보내어 차를 청한 일이 있다. 이른바 걸명소乞茗疏다.

　나는 요즘 차벌레가 되어 차를 약으로 마신다오. 글은 육우陸羽의 다경 3편을 전통하는 아취를 더할 수 없고 병든 몸은 노동의 칠완七椀이 한밥 잡힌 누에인 양 한창이오. 갱년기 노화 방지에는 다인茶人 기모경綦毋煛의 가르침을 잊지 않고, 다인 이찬황李贊皇의 차 마시는 버릇이 생겼소.
　아침 놀 일고 뜬구름 희고도 희게 나는 맑은 날 낮잠에서 깨어나니 명월(明月=차) 이름은 벽간(碧澗=차 이름)에 아름답게 걸려 있어 이즈음의 한 잔 차는 곧 준영雋永이오.

　이런 다산이고 보니 다성茶聖의 길을 닦고 있는 초의의 점다點茶로 차를 마시는 즐거움은 놓칠 수 없는 것이었다. 일지암에는 유천乳泉이 있어 이 물로 달이는 차는 실로 심신의 때와 괴로움을 씻고도 남음이 있었다. 초여름의 훈풍으로 고달픈 속진을 씻으며 한 잔 차 마시는 경지는 선경仙境이라고나 할까. 유락의 몸에는 실로 과한 사치가 아닐 수 없었다.
　그 즐거움을 다산은 올해에는 제때에는 놓쳤었다. 무릎의 신경통이 심해 걷지 못하고 있다가 여름에 들어 일지암을 찾은 것이다. 스승의 뜻밖의 방문을 초의는 민망하도록 기뻐하며 있는 정성을 다하였다. 그들은 두륜산에 자생하는 약초나 진배없는 산채에 해남의 김 굽고 다시마 튀겨 선식仙食 같은 식사로 몸을 다스리고 향기로운 차를 즐겼다. 누구보다도 차, 특히 동다(한국차)를 사랑하여 한국차를 찬양하는 동다송東茶頌을 시로 지은 초의는 저서 『다신전茶信傳』에서 차에 대한 모든 것을 설명하고 올바른 조차造茶, 판차(辨茶=차)의 품질 식별, 화후(火候=불 가늠), 포법(泡法=물 끓이는 방법), 투차(投茶=차관에 찻잎을 넣는 법)를 비롯하여 차의 진가인 감甘, 향香, 기氣를 잃지 않는 비법 등을 전수하고 있는 만큼 그의 점다로 마시는 차는 다산의 신경통마저도 치유해 주는 것 같았다. 약전의 부음은 그럴 때 전해진 것이다.

하늘이 무너지면 이렇게도 황막하고 슬플까. 다산의 애통은 너무나 컸다. 한동안 머리를 얻어맞은 것처럼 멍하고만 있다가 그는 체면도 아랑곳없이 통곡을 했다. 불가에서는 사람이 사망해도 곡을 하지 않는 것을 모를 바는 아니지만 나이도 자신의 처지도 체모도 생각할 여유가 없어 그는 울다 지치면 자고 술을 퍼마시다 이취泥醉하면 쓰러져 자다가 다시 깨어 울었다. 며칠 만에야 겨우 정신을 돌리고

"초종치상은 어찌 하였느냐?"

하고 물었다.

그때껏 떠나지 않고 있던 흑산도에서 온 그 순박한 소년은,

"섬사람이 모두 상예를 메었지라우. 선상님은 온채 좋은 분이싱게 통곡 통곡이었지라우. 양지바른 산턱에 메(묘)두 썼어라우."

더듬더듬하면서도 치상의 경위를 말하는 것이었다. 다산은 암자의 방바닥을 치며

"이 못된 아우는 형님의 양례도 못 치러 드리구…… 죄인입니다. 죄인이에요."

하고 다시 통곡을 했던 것이다.

그래도 섬사람들이 후히 치상을 했다는 말은 얼마큼 위로가 되었다.

"정말 그런 분이셨지. 유배 가신 섬에서 딴 섬으로 옮겨지셨을 때도 온 섬사람들이 길을 막으며 더 머물러 주시기를 원하며 울었다지 않던가."

인자하고 너그럽던 생전의 모습이 떠오르자 그는 다시 눈물을 흘렸다.

"옥에서두 말이다. 그렇게도 도척같이 심한 매질을 하던 옥사장들이 막상 형님을 떠나 보낼 때는 모두 눈물을 흘렸어. 어느 옥에서 죄인을 떠나 보내며 옥사장이 눈물을 흘린 일이 있었더냐. 우리 형님은 정말 그런 분이셨어."

백팔번뇌 다 끊고 기세棄世한 출가出家와 변비한 낙도에서

온 소박하나 무지한 소년에게 그는 넋두리를 하고 있었다.

"정조대왕께서 생존해 계실 때 늘 말씀하셨지. 재才는 형제가 같으나 덕은 아우가 형을 따르지 못한다구. 성군이셨던 만큼 통찰력이 놀라우셨지. 그래, 그렇구말구. 우리 형님은 덕기德器가 헤아릴 수 없이 크고, 깊은 학식과 밝은 식견을 가지구 계셨어."

그는 말을 끊고 눈을 감았다가,

"그분은 나같이 허덕이시던 분이 아냐. 하여 저술하신 책은 그리 없지만 나로서는 도저히 따라갈 수 없는 분이셨어. 이런 분은 다시는 이 세상에 나타나지 않을 거야."

그래도 약전은 『자산어보玆山魚譜』라는 책을 남기고 있다. 자산은 흑산이라는 뜻이고 이 근해의 해물 일체를 면밀히 조사하고 체계를 세워 정리한 놀라운 일종의 박물지博物誌이다.

외로운 유배인이 외롭게 아무도 하지 않은 이 사업에 몸을 바친 마음이 거룩하고 슬펐다. 버림받은 몸이나마 자기의 비참한 조건하에서 할 수 있는 일을 해야겠다는 거룩한 결의와 피나는 노력 없이는 할 수 없었던 일이 아니었던가. 가난한 어민을 위하는 마음 없이는 이루어질 수 없는 일이 아니었던가. 슬픔 속에서도 다산의 머리는 수그러지는 것이었다.

흑산도에서 온 소년이 떠난 후에도 다산은 초의의 구완을 받으면서 며칠을 더 일지암에서 머물렀다. 신열이 오르고 무릎 신경통이 도져 일어날 수가 없었던 것이다. 늦장마가 들어 비에 막힌 까닭도 있었다.

어지러운 벌레 소리를 들으며 다산은 어제 일 같은 그 슬픔에 새삼 잠겨 있었다.

눈앞에는 여전히 수없는 고가 맺힌 곳베가 늘어져 있었다. 형님의 고, 세상고, 고적고, 원한고는 언제까지나 풀려지지 않을 것 같았다.

아무리 단골들이 치성을 드려도, 아무리 고풀이 무가로 도무하며 풀려 하여도 그 고는 풀리지 않을 것 같았다.

한잠도 잠을 이루지 못하고 밤을 지샌 다산은 돌아갈 채비를 서둘렀다. 좋아하는 비자과가 조반에 곁들여 들어왔지만 그는 조반에도 비자과에도 손을 대지 않고 길을 떠났다.

2

"음양의 이름은 햇빛이 비치거나 가리어지거나 한 데에서 생겨난 것으로서 가리어진 곳은 음이라 하고, 햇빛이 비치는 곳은 양이라 하니 본시 어떠한 형체나 질량감이 있는 것도 아니며, 다만 밝고 어두움이 있을 따름이다. 따라서 만물의 부모로 여기는 것은 옳음이 아니니라."

굵고 풍부한 저음이 음량을 낮출 때 흔히 그렇듯 다산도 강의할 때의 음성은 언제나 약간 쉰 듯이 들렸다. 있는 대로의 음량을 다 뽑으면 눈앞 바다에 떠 있는 가우도駕牛島 저쪽까지도 울리는 음량을 가지고 있었지만 그 풍부한 음량을 쉰 듯 들리도록 낮추어 널리, 길게, 깊게 퍼져 나갈 그 엄청난 학문을 그는 배소의 외로운 초당에서 단 열여덟 명의 제자들에게 조용히 강의하고 있는 것이었다.

그날의 강의는 재작년에 『중용자잠中庸自箴』과 함께 완성시킨 『중용강의보中庸講義補』에서 강조한 음양론陰陽論이었다. 낮은 소리로 자연스럽게 강론되고 있었지만 그 내용은 삼사백 년 동안 성리학性理學에 젖어 있던 이 땅에서는 들어 보지 못한 학설이었다.

그는 성리학에서 음양론에 부여한 생성론적 기능을 부인하고 단지 자연 현상의 일부로 이해하고 있는 것을 명확히 발언하고 있었다. 성리철학의 음양론은 천하만물의 생성生成 원인原因을 한갓 우연이나 불가지不可知한 것으로 돌리지 않고 엄밀한 법칙성과 합리성 속에서 찾아보고자 하는 요구에서 비롯되었다고 하겠지만, 다산은 우주의 본질과 생성에 관한 비밀을 이러한 이기론理氣論 속에서 해결하고자 하지 않고 가시적인 기발氣發의 세계 안에서 국한시켜 찾고자 하는 태도를 취했다.

경학자로서 그는 율곡의 기발이승(氣發理乘=기氣가 먼저 발하고 이理가 여기 탄다. 즉 기는 자유지물自由之物이나 이는 이부지품

以附之品이다)을 취하고 있었으나 이기설理氣說 자체에 비판적
이었다. 무엇보다도 현실을 바탕하고자 했던 그는 객관적인 검
증이 불가능하며 자칫 주관적이고 개인적인 차원의 학문이 되
기 쉬운 이기론을 부정할 수밖에 없었고 성리학에서의 근본 개
념, 즉 이理, 기氣, 태극太極 등을 처음부터 잘못 정의되어진 것
이라고 주장했다.

또 조선조에 있어서 성리학의 논쟁은 지나치게 세분화되고
관념화되었고, 그 논쟁은 당파적 성격을 띠기 때문에 국가와
사회에 큰 여파를 미치게도 하는 것을 개탄했다.

그는 태극을 성리학자들처럼 만유의 구극자究極者로 보려 하
지 않았다.

성리학에서 "형이상자形而上者인 태극(즉, 理)을 형이하자形
而下者인 음양(즉, 氣)의 변화 과정 속에서 찾을 수 있다〔於陰陽變
易之中 有太極之理〕"고 주장한 데 대하여, 다산은 '기발이이승지
氣發而理乘之'에서는 형이상자와 형이하자를 매개시킬 수 있는
어떠한 보편자普遍者도 갖추어져 있지 않다고 보았다. 그에 있
어서의 이理는 단지 형이하자에 예속되어 있는 속성일 뿐이지
우주와 인간, 인간과 사물을 관류하는 선험적 보편자의 의미는
없었다. 하여 그는 태극조차 형이하자로 규정하는 것이다.

"공씨〔孔子〕는 태극을 원기元氣로 여겼고, 또 노자가 도道는
하나를 낳았다는 말을 인용하여 태극으로 삼았으니, 이는 오

히려 근리近理하지만 이에 후세 사람들의 논론論은 태극을 추론하여 형이상적 물건으로 삼고 매양 이것은 이理요 기氣는 아니며, 이것은 무無요 유有는 아니라고 하니 형이상적 물건이 어찌하여 흑백이 교권交圈한지 알 수가 없다"라고 『역학서언易學緖言』에서 자신의 태극관을 밝히고 있는 그는, 이어 태극의 위에는 조화의 근본이 따로 있음을 말하며, 초월자이며 주재자主宰者인 상제上帝의 실재를 인정하고 있다. 만물의 궁극적 존재를 기氣로 보지 않고 그 구극자를 인격적人格的 신인 상제로 파악하고 있는 것이다. 그의 상제 관념은 일단 중국 고대의 천관을 바탕으로 하고 있었다.

"시경詩經의 대아大雅 증민편烝民篇을 보면, '천생증민天生烝民에 유물유측有物有則이라 민지병이民之秉彛하니 호시의덕好是懿德이라 천감유주天監有周에 소가우하昭假于下하니 보자천자保玆天子가 생중산보生仲山甫로다' 하였다. 즉 인간의 생명은 천으로부터 나온 것으로 하늘이 인간에게 생명을 부여하는 것을 자각하는 것은 유교의 가장 근원적이고 핵심적인 사상이니라. 무릇 하늘은 눈으로 볼 수 있는 창창유형지천蒼蒼有形之天과 무형無形하면서 엄연한 실재인 영명주재지천靈明主宰之天이 있는데, 시경詩經과 서경書經의 천이나 상제의 여성與性은 전지·지선·전능·생살대권의 주재자로서 만물을 창조하시고 다스리시는 영명한 존재로 상고 중원인들은 이를 외경하고 숭상하였다."

　다산은 말을 끊고 제자들 쪽으로 눈을 주었다가 다시 말을 이어 갔다.

　"대아大雅는 제후諸侯가 천자(天子=임금)를 조회할 때 혹은 제사할 때에 부르던 노래이며, 송頌은 천자가 종묘제례시 사용했던 악가樂歌들로서, 주周의 선조로부터 문무왕에 이르는 역대 군주들의 덕과 천명天命, 즉 경천사상의 숭신 행위를 노래한 곡曲이다. 여기에는 천자의 권력의 근원이 천·상제로부터 나왔다는 것과 천자는 상제로부터 천명을 받은 상제의 대리자로서 백성을 성심껏 돌보고 다스릴 의무가 있다는 뜻이 깃들어 있다. 서경書經 대우모편大禹謨篇에도, '요堯가 제요帝堯가 되어 천하를 통치하게 된 소이所以는 황천상제皇天上帝께서 요를 돌보사 천명을 내리심으로 인하여 된 것이며 황천상제는 요의 준덕을 보신 때문이니라'라고 하였고, 탕서편湯誓篇에는, '내〔湯王〕가 하夏의 걸桀을 정복하려는 것은 천명에 의한 것이다'라고 나와 있다. 즉 상제·천은 만유를 섭리하고 화복을 주재할 뿐 아니라 인간과 만물을 창조하고 법칙을 부여한 조물주로서 그의 명을 받은 자가 인간 사회를 통치한다 하여 임금을 천자라 부르는 것이다."

　다산의 음성은 여전히 약간 쉰 듯하면서 한결같은 어조로 물 흐르듯 이어져 나갔다.

"무릇 유학은 마땅히 수사학洙泗學으로 복귀하여야만 진유眞儒를 만나게 되는데, 수사학의 근본이 되는 공부자의 사상 기반 역시 상제 및 천명에 대한 인간의 자각에 있다고 할 수 있는 것이다. 그도 인간 문제의 구극적인 목적의 위치에서 최초적이고 최후적 실재자로서 천의 존재를 인식하고 있다. 논어에 나타난 그의 천에 관한 언급을 살펴보면 '획죄어천獲罪於天이면 무소도야無所禱也니라'라고 하여 사람이 하늘에 죄를 지으면 빌 곳이 없다고 한 것을 비롯하여 수다한 말씀이 실려 있는데, '천하언재天下言哉여 사시행언四時行焉하며 백성생언百姓生焉이로되 천하언재天下言哉니라'고 하시어 하늘은 말없이 사시를 운행하고 백물을 낳게 한다고 하셨다. 사랑하는 제자 안연顏淵이 죽었을 때, 공자께서는 그저 '천상여天喪予, 천상여天喪予'하고 하늘이 당신을 버리셨다고 슬퍼하셨지. 천은 절대 주재자이므로 하늘이 하는 일은 인력으로는 어찌할 수 없다는 개탄일 거야. 여하튼 그분의 언행을 살펴보면 그분은 스스로 '고천종지장성固天從之將聖'이라 하셨 듯이 옛것을 전할 뿐 창작을 하지 않으시고 상고 시대의 여러 성현들이 전한 천명과 인도를 전했던 것이라고 할 수도 있다는 거지."

그는 말을 끊고 가볍게 한숨을 쉬었다. 이런 일은 전에 없던 일이다. 육친이라는 정을 떠나서도 너무나 존경하고 사랑했던 선중형先仲兄 약전의 죽음 후 새로 생긴 버릇이다. 지난 봄만 해도 열두 권이나 되는 음악에 관한 저술인 『악서고존樂書孤存』
을 완성시켰었는데, 지금 그는 아직 저술에 몰두할 의지도 기
력도 되찾지 못하고 있었다. 겨우 약전의 묘지명을 처참한 심
정으로 쓰고 있는 중이었다.

유월부터 중지되었던 강의는 팔월에 들어서야 다시 시작하
게 되었는데, 해남의 외가 쪽 참척을 조상한 후로는 처음 갖는
강론이었다.

열여덟 명에 지나지 않는 제자들이지만 초당의 넓이는 그만
한 인원도 수용하기 힘들다. 향리에서는 명선의 자재들이었으
나 공간이 좁고 보니 경상도 놓지 못한 채 천하의 명강의를 듣
고 있는 것이다.

다산은 몇 번 잔기침을 했다. 이런 일도 전에는 없었던 일이
다. 기침이 가라앉자 그는 다시 입을 열었다.

"공부자는 스스로 '오십이지천명五十而知天命'이라고 하셨는
데 그가 깨달은 천명은 무엇이었던가? 그의 일생은 '지천명'한
오십 세를 중심으로 하여 그 이전을 수기도학修己道學의 시기
로 보고 그 이후를 치인행도治人行道의 시기로 보아야 하겠는
데, 내 견해로는 공자에 있어 천도(天道=천명)는 세간적인 어떤
것과도 비할 바 없는 존귀한 것으로 초월적 존재였던 것 같다.
그리고 그의 천에 대한 경외심과 절대적인 순명은 도덕적이면
서 대단히 종교적이라고 생각되지 않느냐? 공자의 '천'과 '명'

의 관념 속에는 인간의 내면 속에 내재하고 있는 것보다 인간 능력을 초월하는 외재적 존재로서의 중국 전통적 천관념天觀念이 포함되어 있는 것으로 나는 보는데……"

다산은 말을 마치고 제자들을 둘러보았다. 모두 진지한 얼굴로 긴장하고 말없이 스승의 얼굴만 지켜보고 있었다. 감히 조대條對할 용기가 없는 것이다. 다산은 약간의 환멸을 느낀다. 두 아들에게처럼 절실하고 초조롭기까지는 않았지만 어딘지 서운하다. 선중형 약전의 아들 학초를 자신의 학문을 이어 갈 후계로 알았었는데, 아깝게 요절하였으니 심혈을 기울인 저서인들 제대로 챙겨 후세에 전해 줄 인물이 있기나 한지? 허무하고 안타깝다.

학연·학유 두 아들은 승어부勝於父는 할 수 없지만 만만치 않은 학자였고 집안의 자질로 십팔인 제자 중에 들어 있는 정학가丁學稼, 정학보丁學圃 등은 학식도 넉넉하여 다산의 역학 정리에 많은 조력을 했으며 윤종심도 다산을 도와 『해남 대둔 사지』의 편찬에 참획하였으니 비록 출람出藍은 못했을망정 진지하고 쏠쏠한 학자들이었다.

그만한 아들들과 제자들의 학문이 어딘지 미흡하게 느껴지는 것은 유배 십오 년에 외부와의 연락이 두절 상태에 있는 까닭에 무엇이든 자기 자신이 표준이 되었기 때문도 있겠지만 아들들과 제자에 대한 그의 사랑이 그만큼 컸던 까닭이기도 할 것이었다.

제자들은 해남 윤씨 자질들이 열 명에 정씨가 셋, 이씨가 다섯으로 집안이 아니면 인척 관계자들이었으나 읍성邑城 제생諸生들은 고을 사람들로 특히 이학래李鶴來, 황상黃裳 같은 사람들의 정성과 도움은 유배 초기에 얼마나 큰 힘이 되어 주었던가. 다산은 이들 제자 하나하나가 모두 소중하고 사랑스럽고 고맙다. 하여 큰 학자가 되어 주었으면 하는 바람이 그의 마음을 미흡케 하는 것이었다.

십팔인 중에는 윤종영尹鍾英이 들어 있는데, 그는 신해 권윤지옥權尹之獄으로 순교 형사한 윤지충의 아들이었다. 윤지충은 윤문의 보책譜册에도 주서朱書로 복죄伏罪라고 적혀 있으니, 그 아들 종영은 갈 곳조차 없었던 처지에 있었던 것이다. 사교 형폐刑斃 죄인의 아들은 역병처럼 두려움과 버림을 받았으리라. 사학에 연루되어 유배 생활을 하면서 다산은 그런 그를 거두어 준 것이다.

가벼운 실망을 느끼고 시선을 떨구었던 다산은 다시 입을 열었다.

"공자는 '천생덕어여天生德於子'라 하여 하늘이 인간의 내면적 도덕률로 인간 안에 실재하는 존재로서 덕의 근본 목적임을 말씀하신다. 즉 인간의 본래 천으로부터 품부하여 받은 덕은 인간의 중심에 내재하는 원동력이 되고, 객관적 초월성인 '천'

이 주체인 인간성 속에 내재하신다는 뜻이야. 이런 뜻에서 경천敬天은 인간 존중과 애인하는 정신과 상통하며 선덕의 뿌리가 되는 것이다."

다산은 또 잔기침을 했다. 계속 말을 이으려다가 문득 제자들의 얼굴에 걱정스러운 빛이 서리는 것을 보고 비로소,

"오랜만에 말을 너무 많이 했구나"

하고 책을 덮었다.

맨 앞자리에 앉아 있던 종심은 스승의 건강을 깊이 우려하면서도 속으로

'선생님은 두斗자 서緖자 할아버님 화본(畵本＝초상화)과 점점 같아져 가신다!'

하며 감탄하고 있었다.

해남 윤씨 종가에서는 춘추로 두 번 서고 거풍을 한다. 만여 권이 넘는 서책들, 묵은 문서들, 가전 고화집 등이다. 성실한 종심은 철들고부터 한 번도 빠지지 않고 이 거풍을 거들고 있었다. 긍지와 심심한 흥미를 가지고 선조들이 남긴 일기, 서로 주고받은 서간들, 문집, 화집 등을 챙겼다.

고문서들도 흥미로운 것이 너무 많았지만 조선 삼원三園 삼재三齋 중의 하나로 뽑히는 공재恭齋 윤두서가 남긴 그림들은 특히 신기했다.

화기畵技는 말기末技라 하여 천시하던 그때 문인화라면 모르

되 명가의 자손인 공재가 그처럼 본격적인 그림을 그렸다는 것이 신기했고, 그가 인물과 동물을 즐겨 그렸던 것도 이채로웠다.

종심은 거풍 때마다 그의 자화상을 골똘히 들여다보았다. 털끝 한 올 틀리게 그려도 딴사람이 된다는 것은 조선조 초상화가라면 다 알고 있는 경계라고 듣고 있었던 까닭에 화면 가득히 그려진 그 모습은 분명 그분의 풍모임에 틀림없을 것이었다.

이마도 넓고 윤곽도 넓은 그 얼굴은 다산의 얼굴처럼 훤했으리라. 크고 긴 눈이 쌍꺼풀 진 것도 다산과 같다. 수염에 둘러싸인 작은 편인 입술이 인자하게 가볍게 다물어진 것도 같다. 코는 정면 모습이라 높은지 얕은지 분명치 않지만, 아마도 다산같이 콧마루가 곧고 높았으리라.

"요상한 일이여, 백 수십 년 후에 외손에게 그 모습이 새겨졌으니 말이여."

그분의 화본을 본 일이 있는 사람들이면 모두 하는 말을 종심은 요즘 와서 더욱 실감하게 되었다. 그러면 경모해 마지않는 높은 스승과 얼마큼 피를 나누고 있다는 감격과 긍지로 몸이 떨리는 것이었다. 그의 극진한 정성은 스승의 잔기침 하나, 식사의 진·부진 하나 놓치지 않았다.

"그럼 오늘 강의는 이로 끝마치겠다. 내일부터는 논어를 상해詳解할 테니 공부들 많이 하여라."

다산은 부드럽게 말하고 경상에 기대 앉았다. 제자들은 그런 그에게 공손히 절을 하고 한 사람씩 초당을 떠나기 시작했다.

세살 쌍닫이문이 열리자 차꽃 향기가 그윽하게 풍겨 들었다. 가을에 피는 이 향화茶花는 귤동 다산 전체를 향기로 감싸고 파아랗게 펼쳐진 가을 하늘까지도 귤동에서는 향기를 뿜는 것 같았다.

"어, 손님이 와 기셨군요."

첫번째로 밖에 나갔던 사람이 약간 놀란 듯이 말하고,

"어디서 오셨지요?"

하고 물었다.

뒤따라 나오던 종심이 의아한 듯이 잠시 머뭇거리다가 갑자기,

"자네가 언제?"

반가움을 감추지 못하고 버선발로 뛰어내려 찾아온 젊은이의 손을 덥석 잡았다.

"아까부터 강의를 듣고 있었다네."

젊은이는 빙그레 웃었다.

짙은 눈썹, 길고 큰 쌍꺼풀 눈, 높은 콧마루, 짙고 숱이 많은 구레나룻과 턱수염, 마재의 압해 정씨가의 특징을 고루 갖춘 얼굴—정하상이 찾아온 것이다.

그는 이제 천인 차림이 아니다. 테가 넓은 음양립에 흰 도포를 입고 북청색 술띠를 가슴 위에 매고 있었다. 육 척을 훨씬 넘는 키에 떡 벌어진 어깨, 행전을 친 두 다리가 작은 기둥만큼

이나 굵고 길다. 헌헌장부의 모습에 종심은 압도당하면서

　"선생님, 한양에서 조카님이 오셨습니다."

　초당을 향하여 말했다.

　"누가 왔다구?"

하며 밖으로 나온 다산에게 하상은 땅에 엎드려 공손히 절을
올린다. 다산은 얼떨떨하다가 일어나 고개를 든 조카를 보고,

　"음."

　신음 같은 소리를 내고 한참 만에야,

　"네가 왔구나"

하는 음성이 약간 떨렸다.

　다산은 하상을 초당 안에 인도하지 않고 자신이 뜰 아래로
내려섰다. 구월 중순의 한낮 지난 햇볕은 엷고 맑았다. 바람이
지날 때마다 차꽃 향기가 한층 향기롭고, 그 향기는 차나무에
서부터뿐이 아니고 싱그러운 젊은이로부터도 풍겨 오는 것 같
은 느낌을 주었다.

　"많이 자랐구나."

　다산은 어루만지듯 말하고,

　"언제 왔었니?"

하고 물었다.

　"아까부터 와서 밖에서 넷째아버지의 강의를 처음부터 들었
습니다."

"내 강의를— 허허."

'일자무식'이라 하던 사오 년 전의 하상의 말이 상기되어 저도 모르는 사이에 실소가 번졌다.

"그런데 강의를 들으면서 마치 우리 성교聖敎의 교리 강론을 듣고 있는 것 같은 느낌이 들었습니다. 다만 공자는 '천天'의 관점에서 '천'을 보려고 하지 않고 인간의 관점에서 '천'을 보려고 했더구면요. 또 하늘을 만유의 창조자이며 영명 주재자로 받들면서 영원에 뜻을 두지 않고 현세에만 한계하는 것 같았어요."

다산은 놀라 말을 잊고 하상의 얼굴을 고쳐 보았다.

"넌?"

"외람된 말씀을 했습니다. 앞으로 넷째아버지 가르치심을 많이 받자와야 하겠습니다."

볼수록 의젓한 모습에 약전의 죽음 후 처음으로 다산은 잠시 시름을 잊었다.

"다녀간 지 오 년이 가깝구나. 그 동안 어디서 무얼 하였느냐?"

진심으로 궁금하여 다산은 따뜻한 어조로 물었다.

"주로 한양에 있었습니다만, 내포, 충주, 강원도 등으로도 돌아다녔고 무산에 한동안 있었습니다."

"무산이라니. 함경도 무산 말이냐?"

"네, 그렇습니다."

"호지나 다름없는 무산엔 또 어떻게?"

"네, 바로 국경입니다. 그곳에서 유스띠노 선생님이 유배 생활을 하구 계시지요."

"유스띠노?"

"네, 양근에 사시던 조동섬 선생님입니다."

"아, 동섬 공⋯⋯."

"생각이 나십니까? 유스띠노 선생님은 저희 정씨와 세교가 깊으시다고 하셨습니다만."

"그럼 동색동판데, 그리구⋯⋯."

'같은 교운데' 하려다가 다산은 말을 삼켰다. 발언은 되지 않았으나 마음속으로라도 '교우'란 말을 떠올린 것은 실로 오랜만의 일이었다. 신유년 이후 그는 '교우'란 말을 그의 어휘 속에서 지워 버리고 있었던 것이다.

"동섬 선생은 근력이 좋으시더냐? 팔십이 불원허실 텐데."

"일흔여덟이 되셨지요."

"어떻게 지내시더냐?"

"첫째로 교우 본분을 철저히 지키십니다. 그 벽지에서 관가의 눈도 피하려 하지 않으시고 그 높은 춘추에 고신극기가 대단하시죠. 대재·소재는 물론 조과·만과도 거르신 일 없이 수계 생활을 하실 뿐 아니라 제자들에게도 일반 학문과 함께 교리 강론도 하고 계십니다."

"제자?"

"벽지라고 향학지사가 없겠습니까?"

"관에서 가만있다더냐?"

"처음엔 괴롭게 굴었다 합니다만 문을 걸어 잠가도 담을 뛰어넘어 공부를 하려 하기에 이젠 알고도 모른 척한답니다."

다산은 가볍게 한숨을 쉬었다.

"너도 그분의 제자구나."

"네, 모든 사람이 그 어른의 말씀을 하더구먼요. 전 공부할 계제가 못 되어서 이십이 불원할 때까지 겨우 성명 석 자밖에 못 쓰는 무식자였습니다. 그러면서 저는 외람되게도 소명을 느꼈어요. 하루바삐 탁덕을 모셔 무너진 성교의 기틀을 바로잡아야겠다고 결심을 한 것입니다."

다산은 보일락말락하게 미간을 모으고 고개를 외로 돌렸다. 무심히 던진 시선이 머문 곳에 한 그루 차나무가 서 있고, 배꽃같이 청초한 차꽃이 가는 바람에도 하늘거리며 향기를 뿜었다. 다산은 왠지 그 꽃 보기가 저어되어 고개를 다른 쪽으로 돌렸다.

하상은 말을 계속하고 있었다.

"저같이 무식해서는 모처럼의 소명에 응할 자격이 있겠습니까? 무산은 멀고 길은 험하고 가진 것은 없었습니다만, 천주께서는 남 유달리 건장한 체구와 체력을 주셨고, 성모님과 주보 성인께서는 저를 끝내 돌보아 주셨지요."

오랜만에, 진실로 오랜만에 듣는 용어들이 귀를 때리듯 날아들었다. 다산의 미간은 더욱 찌푸려졌다. 불쾌해서인지, 두려워서인지, 부끄러워서인지 알 수 없는 야릇한 충격이었다. 말없는 삼촌에게 하상은,

"전 유스띠노 선생님을 근 일 년 가까이 모시고 있었습니다. 청맹과니나 다름없는 절 유스띠노 선생님은 정성을 다하여서 가르쳐 주셨어요. 저 같은 용렬하고 미련한 놈의 눈도 드디어 뜨여지고 아둔하던 머리에 조금씩 문리가 통하게 되었습니다."

진실로 다산에게는 할 말이 없었다.

"돌아가신 아버지의 순교 모습도 그분으로부터 들었습니다. 그분의 신덕과 애덕도 선생님은 보신 대로 말씀해 주셨어요. 언제까지나 친아버님을 모시듯 그분 곁에 있고 싶었습니다만 모자라나마 교중에서는 저를 필요로 합니다. 천덕스러울 만큼 억센 이 몸과 무쇠 같은 다리 힘은 파발 노릇하기 적격이지요. 심부름꾼으론 저만한 사람도 드물답니다. 성교회에서 원하시는 일이라면 막일, 고된 일, 위태로운 일, 먼 길 가기, 무엇이든 해야 하지요."

혼자 말을 이어 가고 있던 하상은 그제서야 겸연쩍음을 느끼고 말을 끊었다.

침묵이 흘렀다. 초당 뒤 숲에서 까마귀 한 마리가 까악까악 흉측한 소리로 울다가 어디론지 날아간 후 사위는 더욱 고요해

졌다. 한참 만에야 다산이 입을 열었다.

"책은 어디까지 읽었느냐?"

"얼마 읽지 못했습니다. 변비한 곳이어서 서책도 뜻대로 입수하지 못하여 경서로서는 『논어』·『맹자』·『시경』·『서경』 정도고, 성교로는 이마두利瑪竇의 『천주실의』·『기인십인畸人十人』, 필방제畢方濟의 『영언여작靈言蠡勺』·『칠극七克』 등입니다. 전 유스띠노님으로부터 우선 학문하는 방법을 배웠던 것입니다. 공부는 이제부터죠."

"그래도 서학서가 남아 있었구나."

"모두 수진본袖珍本이었어요."

"동섬 공두 너 같은 제자를 떠나보내시며 오죽이나 섭섭하셨겠느냐."

"그분은 꿋꿋하셨어요. '바오로야, 불가에선 회자정리라 한다지만 우린 언젠가 영원한 본향 만복소萬福所에서 다시 만나게 될 것이다'라고 하셨습니다. 그분은 또 넷째아버지 말씀두 하셨어요."

"내 말을?"

"네, '바오로야, 완장(阮丈=남의 삼촌의 존칭)께선 지금 성교를 떠나신 것같이 보이시지만 아주 버리신 건 아닐 게야. 그분이 갑진년에 선대왕 전하와 조대하신 『중용강의』를 너도 언젠가 읽게 되겠지만 그분이 그것을 취소하거나 다르게 쓰거나 하

지 않으신다면 그분은 배교하신 게 아니실 거야. 그야 『자명소
自明疏』도 쓰셨지만 『중용강의』는 성교 교리 강의나 진배없으
니깐 말이다'라고 하셨습니다."

다산은 또 미간을 찌푸렸다. 자신도 석연치 않은 태도를 보
이기 싫어 그는 고개를 떨구고 다시 침묵에 잠겼다. 숙질은 한
참을 어색한 침묵 속에 서 있었다. 제법 써늘한 바람이 일기 시
작하자 다산은 또 잔기침을 했다.

"바람이 찹니다. 안으로 들어가십시오."

하상은 숙부의 어깨를 싸듯 부축하고 초당 세살문을 열었다.
다산은 순순히 그에게 몸을 맡기고 방 안으로 들어가 경상 앞
에 앉았다. 방에 들어가서도 그는 잔기침을 하다가

"요샌 어디서 거처하느냐?"

하고 물었다.

"조숙이라는 사람 집에 기숙하고 있습니다."

"조숙?"

"유스띠노 선생님의 당질이 되는 사람입니다. 그런데 부인은
넷째아버지께서도 아시는 분이죠."

"내가 아는 사람?"

"본인은 모르시겠습니다만, 아버님 되시는 분이 프란치스꼬
사베리오님이십니다."

"다른 이름으로 부를 수는 없느냐?"

다산의 음성에는 짜증스러움이 섞였다.

"양근 감호 분으로 권일신權日身 공이라고 들었습니다."

"뭐, 일신 공의?"

다산은 한 손으로 경상을 짚고 저도 모르는 사이에 반신을 일으키고 있었다. 충격이 가라앉자 그는 혼잣말처럼 입속에서 뇌었다.

"좋은 분이셨지."

"따님두 좋은 분이세요. 저를 친아우처럼 거두어 주어 전 지금 아주 안락하게 지내고 있습니다."

"그런데 이번 행보는 무슨 일로?"

다산이 생각난 듯이 물었다. 하상의 얼굴은 갑자기 굳어졌다가 낮은 소리로,

"실은 내년 겨울 동지사 편에 끼어 연경엘 가게 되었습니다."

"뭐? 연경에?"

왠지 다산은 전처럼 놀라지 않았다. 그러면서 입으로는,

"당치 않은 일!"

뱉듯이 말하고 또 두어 번 잔기침을 했다.

"전 역관의 마부로 따라가려 합니다만 그런 자리도 돈으로 사야 됩니다."

"부려먹으면서 돈을 주지는 못할망정 그 자리를 돈 받고 팔아."

"연행 한 번에 수월찮은 치부를 하는 자도 있다 합니다."

"발칙한 놈들 같으니!"

다산은 소리를 버럭 질렀다.

"그래, 너두 치부를 할 작정이냐?"

하상은 대답하지 않고 빙그레 웃었다. 웃는 얼굴은 앳되고 천진해 보였다. 다산도 끌려 들어가듯 빙그레 웃었다. 이윽고,

"조심해야 된다."

진심으로 말했다. 가지 말라는 말은 않고,

"돈이 필요하겠구나."

"네."

짧게 대답하는 하상에게,

"얼마가 필요한진 몰라두 챙길 자신이 있느냐?"

"데레사님이 대충 챙겨 주고 발바라 누님과 마리아도 모아 주고 있습니다. 이번 길은 충주의 교우들이 객금을 해 놓았다 하여 충주까지 온 김에 넷째아버지가 뵙구 싶어 여기까지 왔던 겁니다."

다산이 들어 보지도 만나 보지도 못한 사람들의 이름을 하상은 숨김없이 말했으나, 그들의 영명靈名을 듣고도 이제 다산은 짜증을 내지 않았다.

"신자 수가 꽤 되나 보구나."

"시골선 간간이 박해가 있나 봅니다만 한양은 조용한 쪽입니

다. 교우 수두 신유 때만큼 는 것 같아요."

"흠."

"당연한 일이지요. 진리는 결코 멸하는 일이 없는 것입니다."

하상의 어조는 단호하였다.

그날 밤 숙질은 오 년 전처럼 나란히 자리를 펴고 누웠으나 두 사람은 다 잠을 이루지 못하였다. 먼 길에 삐친 하상도 전에 없이 잠이 오지 않아 조심스럽게 몇 번이나 몸을 뒤척거리고 있었다. 오는 길에 일어났던 일들이 주마등같이 머리를 스쳤다.

오 년 전과는 달리 날씨도 좋고 걸리는 일도 없어 노중은 평안하였다. 충주에 당도했을 때 문득 마리아의 외가를 찾아 볼까 하는 생각도 들었으나 이름도, 사는 마을도 모르는 사람을 찾을 수도 없고 옹진 반디마을 권진사 처남을 내세워 찾을 수는 더욱 없었다. 아쉬운 마음으로 교우들의 성금을 챙겨 받고 길을 떠났는데 공주를 좀 지난 곳에서 뜻하지 않았던 사람을 만났다.

무쇠같이 단단한 다리 힘만 믿고 오정 지나서 충주를 떠난 것이 오산이었던 것을 안 것은 충청도 산길의 험준함을 다리로 실감한 후였다. 생각보다 길이 더뎌져서 간신히 찾은 주막에 들었을 때는 해시가 넘어 있었다.

선잠을 깬 주모에게 먹을 것을 달라기도 미안해 시장을 참고 방 하나를 얻어 누웠는데 어슴푸레 잠이 들려 할 때였다. 갑자

기 방문이 열리더니 누군가가 뛰어 들어왔다. 소리를 지르려는 그의 입을 사나이는 황급히 막으며 소리를 죽여

"포졸에 쫓기고 있습니다. 살려 주십시오"

하는 것이었다.

하상은 반닫이 위에 개켜져 있던 때 묻은 이불을 재빨리 끌어 내려 윗목에 눕게 한 사나이 위에 덮었다. 하상이 다시 자리에 들기도 전에 밖이 떠들썩해지고 주모의 비명 같은 소리가 들리더니 불빛이 비치고

"선비님, 선비님"

하는 주모의 소리가 들렸다.

하상은 짐짓 큰 소리로

"장쇠야, 누가 찾나 보다. 일어나거라"

하다가

"온 아무리 먼 길을 걸었기로서니 이 소동에 코만 골구 있단 말야."

끌끌 혀를 차고 밖을 향하여

"무슨 일이냐?"

꾸지람조로 말했다.

"녜, 녜. 포청 나리들이 방문을 여랍셔서유."

그런 일은 줄곧 있을 터인데 주모의 소리는 호들갑스럽도록 떨린다.

“이 야심에 무례하지 않을까?”

하상은 우선 나무라고 점잖게 말했다.

“열어 보라 하여라.”

문은 말이 떨어지기가 무섭게 우악스럽게 열렸다. 벙거지를 쓴 흉악스러운 얼굴이 몇 불빛과 함께 방 안을 기웃거리다가 장사 같은 하상의 위엄에 찬 얼굴을 보자 굽실거리며,

“죄송하게 되었시유. 옥을 덮쳤다가 들켜 달아난 늠이 있어서유”

하는 것이었다.

포졸들이 물러간 후 한참 만에야 사나이는 일어나 어둠 속에 무릎을 꿇고 앉았다.

“고맙습니다. 죽을 목숨을 살려 주셨습니다”

하고 머리를 조아렸다.

“나쁜 사람은 아닐 것 같아 도와는 주었소마는 그들은 길목을 지키고 있을 거요.”

“그렇구말굽시요. 수삼 일 동안은 이 언저리를 빙빙 돌구 있겠습죠.”

“나는 날이 새는 대로 떠날 몸이요. 이대로 두고 갈 수는 없으니 내 종자로 꾸며 같이 떠납시다.”

“온 이렇게 고마우실 데가. 이 은혜를 어떻게 갚아 드려야 하겠습니까!”

사나이의 감격은 컸다. 더 무슨 말을 하려는 것을 듣지 않고 하상은 잠을 청했다.

이튿날 아침 밝음 속에서 사나이의 얼굴을 보았을 때 하상은 소리를 지를 뻔했다. 그는 논산 대밭집 주막 주인 홍서방이었기 때문이다. 홍서방은 어엿한 선비 차림의 하상을 알아보지 못하고 정말 종처럼 이부자리를 개고 세숫물 시중을 들었다.

이른 아침을 들고 그들은 길을 떠났다. 예측한 대로 골목 어귀에 포졸 두 사람이 서성거리고 있었지만 종자를 거느리고 가는 헌헌장부를 불러 세우려 하지는 않았다.

하상은 홍서방이 누군지 모른다. 오 년 전에 권진사를 만나러 김 프란치스꼬와 논산에 갔을 때 묵었던 주막 주인으로만 알고 있다. 홍서방도 하상이 그때의 김 프란치스꼬의 종자였던 것을 알아차리지 못하고 두 사람은 서로 초면으로만 생각하였다.

마을이 보이지 않는 곳까지 걸어갔을 때 하상이 말했다.

"여기까진 따라오지 않을 테니 이젠 어디로 가도 좋지만 집으로 곧장 가시려면 나두 논산 대밭 주막에서 점심 요기를 하겠소."

홍서방은 눈을 크게 뜨고 발을 멈추었다.

"그럼 선비님은 저를……."

"잊어버리셨군요. 사오 년 전에 발을 삐어 댁에 며칠 묵어 가신 선비 한 분이 계셨죠? 나는 그때 그분을 모시고 간 종자……."

"아 프란치스꼬님이 기다리고 계시던 키 큰 총각?"

"프란치스꼬님?"

"속이실 거는 없습니다. 전 마테오예요. 그때 사연두 프란치스꼬님으로부터 듣고 알구 있어요."

"어떻게?"

"권진사님하구는 항상 왕래가 있었지요. 그분이 변을 당하시던 날 밤, 우리두 꼭 당할 줄 알았는데 왠지 그 못된 놈이 어디론가 사라져 무사했던 겁니다."

"그러셨군요."

"권진사님은 살아 계십니다. 우리두 필경 장하杖下에 선종善終하신 줄 알았는데 공주 감영에 갇혀 계신 것을 알았어요."

"그래서 마테오님이……."

"그렇습니다. 그런데 그분이 너무나 쇠해 계셔서 움직일 수도 없는 데다가 그 자리를 뜨려 하지 않으셔서요."

"왜요?"

"그저 아무 데나 있게 해 달라시는 거예요. 그분은 그 지옥에서 당신의 사명을 깨닫고 계신 것 같았어요. 한양 사정은 잘 모릅니다만 시골에선 아직도 수 틀리면 교우를 박해합니다. 그것두 졸렬하고 잔인한 수단으로요. 단번에 참수를 하든지 교살을 하든지 장살을 하든지 않고 몇 해고 옥에 버려 두는 것입니다.

옥내의 참상은 목불인견입죠. 십 년 가까이 그 지옥에 갇혀 있는 사람도 있어요. 춥고 굶주리고 물 것에 시달리다 보면 유감(유혹)이 오죠. 이런 비열한 수단으로 배교를 시키곤 사탄은 검은 웃음을 웃죠.”

마테오의 부리부리한 눈이 젖어 왔다.

“권진사님은 그런 사람들을 위하여 옥에 머무르시겠다는 겁니다. 용기를 주고 순교의 영광과 기쁨을 갖게 하기 위해서요.”

마테오의 눈에서 굵은 눈물방울이 흘러나와 뺨을 타고 떨어졌다.

“그 댁의 식솔들은 모두 행방이 묘연합니다. 정숙한 부인과 사남매를 두셨는데 아드님만 충주 외가 댁에 계시답니다.”

“난 뜻하지 않게 그 댁 맏따님을 거두게 되었었지요.”

이번에는 하상이 그 동안의 사연을 말하고,

“어쨌건 마리아는 동정녀들과 평화롭게 수계 생활을 하고 있습니다. 필재가 뛰어나서요. 마리아가 베낀 경본책이나 공과책은 아주 귀히 여겨지고 있지요.”

“아직 어린 줄 아는데 벌써 그런 일을 합니까?”

“아홉 살부터 성교 서책을 필사하기 시작했답니다.”

“저런.”

“자당 되시는 분이 아주 훌륭하셨나 보지요.”

“아랫사람들 말로는 쳐다보면 눈이 먼다고 하더군요. 부시도록 아름다운 분이었답니다."

'마리아도요.'

왠지 겸연쩍어 하상은 이 말을 마음속으로만 했다. 열세 살
이 된 마리아의 미모는 내면의 아름다움을 진정한 아름다움으
로 아는 교우들 간에도 널리 알려져 있었다. 종생 동정을 마음
으로 굳게 서원한 하상은 그 미모가 어쩐지 좀 거북스럽다. 그
는 슬쩍 화제를 돌렸다.

"마테오님은 아직도 논산에서 주막을 하십니까?"

"실은 그곳을 떠날 작정으로 있어요. 권진사 댁을 그 지경으
로 만든 승가가 떠돌아다니며 교우들 밀고를 일삼고 있다는 소
문이 파다해요. 소식 들으셨겠지만 지난 이월 경상도 청송군의
모래산의 변사變事두 말입니다. 전지수라는 유다스의 밀고로
일어났던 것입니다. 작년에 내린 그 큰비의 피해는 경상도가
제일 컸답니다. 큰 기근이 들었죠. 이 전지수라는 사탄은 처음
엔 교우들의 애긍으로 살다가 더 욕심을 내어 교우들을 팔기
시작했던 거예요. 그는 교우였던 만큼 성교 생활을 잘 알지요.
하여 부활절인 지난 이월 스무이튿날 한데 모여서 신공을 드리
고 있던 교우들을 덮친 것입니다. 그 후에도 이 사탄의 악행은
헤아릴 수가 없어요. 권진사 댁의 승가도 전국을 돌아다니며
전지수와 같은 악행을 하고 있다는 소문이 돌고 있어요."

"못된 놈들 같으니."

"내가 교우가 아니면 말입니다. 이 주먹을 가만두지는 않을 것입니다. 이 주먹 좀 보세요. 호랭이도 때려 눕히던 주먹이에요."

그는 돌멩이 같은 주먹을 불끈 쥐고 부르르 떨었다.

"여하튼 하루빨리 주막을 팔아 돈을 챙겨서 마을의 교우들과 함께 산간벽지로 들어가 마음 놓고 교우 본분 지키며 살려 합니다. 권진사님 구출은 좀 시간을 두었다가 감행해야겠어요. 당분간은 경계가 엄중할 테니까요."

대밭집 주막은 우선 평온했다. 같이 갔던 머슴 범이도 무사히 돌아와 있었다. 사바라는 본명을 가진 범이는 마테오가 믿는 심복이었다. 탈옥의 실패를 알자 그는 범이를 남쪽으로 뛰게 하고 자신은 짐짓 포졸들의 주목을 끌며 서북쪽으로 뛰다가 위기에 빠졌던 것이다.

하상은 마테오에게 권진사의 옥을 찾는 일이 있으면 마리아의 소식을 전해 달라고 당부한 후 점심을 대접받고 그곳을 떠났다. 뜻하지 않은 촌극도 벌였지만 권진사가 살아 있다는 것을 안 것만으로도 이번 남행길에는 은혜를 입었다 할 수 있었다. 그의 발걸음은 한결 가벼워졌다.

해안으로 솜리(이리)까지 가서 밤을 보내고, 다음 날은 정읍에서 묵고 이틀 후에는 귤동에 당도할 예정으로 부지런히 걸어갔는데 정읍을 십 리쯤 앞둔 곳에서 그는 뜻하지 않았던 일로 얼마를 지체해야 했다. 미투리 끈이 끊어진 것이다. 그는 하는 수 없이 걸음을 멈추었다.

　그곳은 얕은 동산의 마루턱이었다. 가지를 마음껏 사방으로 뻗은 느티나무가 정자같이 서 있는 밑에는 오가는 길손이 흔히 쉬어 가는 모양으로, 그때도 칠팔 명의 남녀들이 모여 쉬고 있었다.

　하상은 그들에게 등을 보이는 위치에 앉아 괴나리봇짐을 끌렀다. 길을 떠날 때면 여벌로 가지고 다니는 미투리를 꺼내려 했던 것이다. 그러나 봇짐 속에는 여벌 미투리도 삼끈도 보이지 않았다. 마음 같아서는 대님 한쪽 풀어서 미투리 끈 대신 꿰어 매고 싶었지만 그러면 의관에 대한 치레가 말이 안 될 것이었다. 당혹하여 없는 것이 뻔한 봇짐만 뒤지고 있는데 곱고 녹신녹신한 하얀 작은 손이 살며시 삼끈 한 올을 내미는 것이 아닌가.

　하상은 깜짝 놀라 저도 모르는 사이에 황망히 일어섰다. 언제 와 있었는지 열두어서너 살 되어 보이는 소녀가 삼끈을 든 채 그를 올려다보고 있는 것이다. 소녀의 차림새는 좀 색달랐다. 다홍치마, 연두 삼회장저고리는 이색스러울 것이 없지만 머리 모양이 남과 달랐다. 편발에 제비댕기를 물리지 않고 양 갈래로 땋아 양귀 위에서 고리같이 둥글게 머리끝을 붙들어 매고 양쪽에다 댕기를 물렸다.

　그러나 하상이 놀란 것은 그런 이색스러운 차림새 때문이 아니다. 그 얼굴이 너무나 누군가하고 같았기 때문이다. 잘 알고 있는 사람인데 그 순간 그는 두 얼굴을 연결 지을 수가 없었다. 그저 너무나 같은 얼굴이라고 감탄마저 했던 것이다.

소녀는 오래 서 있지 못했다. 누군가가 큰 소리로

"나비야, 머하고 있냐. 싸게 가야재"

하고 부르고 있었던 것이다.

소녀는 잽싸게 하상의 손에 삼끈을 쥐어 주고 나비같이 어디론가 사라져 버렸다.

누구하고 닮았더라? 몸을 또 뒤척이며 하상은 어린 나이에 요염조차 하던 그 얼굴을 떠올렸다. 녹신한 손의 감촉이 아직도 남아 있었다. 갑자기 번개같이 마리아의 얼굴이 떠올라 그 얼굴에 겹쳤다. 두 얼굴은 하나가 되었다. 그렇다. 마리아와 똑같은 얼굴을 하고 있었다. 그러면? 그는 벌떡 일어나려 할 만큼 충격을 받았다. 그 자리에서 진작 생각이 미치지 못했던 것은 머리 모양 때문인가? 분위기 때문인가? 그는 지그시 입술을 깨물었다.

그 곁에서 다산도 잠을 이루지 못하고 있었다.

자기는 훈육할 생각조차 하지 않았던 야생마 같은 조카가 준마가 되어 돌아온 놀라움에는 참괴스러움도 기쁨 못지않게 섞여 있었다. '그 높은 춘추에 관가의 눈도 두려워하지 않으시고 교우 본분을 지키신답니다' 하던 하상의 말이 아직도 귓전에 울리고 있었다. 그리고, '완장께서 갑진년의 중용 강의를 취소하거나 다르게 고쳐 쓰지 않으신다면 성교를 저버리신 게 아냐' 하더라는 동섬의 말은 비수처럼 눈앞에서 날을 세우고 있었다.

갑진년 그해 스물세 살이었다. 지난해 사월에 초시에 합격하여 경의진사經義進士로 태학太學에서 공부하고 있던 때였다. 선왕이 중용에 관한 80조의 질문을 태학생에게 대조케 한 일이 있었다.

그는 당시 수표교에 살고 있던 이벽을 찾아가서 서로 의논하고 토론하며 답변을 썼다. 이벽은 선중형 약전의 초취 부인의 오라비다. 그는 과거를 본 일이 없는 백두포의白頭布衣의 선비였으나 그 학문은 깊고 높았다. 다산은 형의 처남인 그를 존경하고 따랐다. 이때도 그는 경학에 밝은 박식한 이벽의 의견을 전적으로 받아들이고 일일이 '이덕조(李德操=이벽)의 견해', '광암(曠菴=이벽)의 호의 설說' 등의 세주를 달았다.

『중용』은 공자의 손자인 자사子思의 저서로 천天에서 시작하여 천으로 끝맺은 저술이다. 즉 천명은 성性을 그 내용으로 하고 있으며 이 성은 천·인·사물을 모두 동일하게 보는 관념이다. 그것은 바로 성誠이라고 말한다. 성誠은 만유의 생성되는 근원이며 천지만물이 생동하는 원리이며 일월성신日月星辰이 그 궤도를 운행하고 만물이 움직여 변화함은 이 성의 발현이라는 것이다. 공자는 천을 인격적이며 의지적인 존재로서 경외의 대상으로 보았지만, 자사는 인간을 천과 합일할 수 있는 존재로 보면서 '성자誠者는 천지도天地道'라 하였다.

'성지誠之'에 대한 인간의 수행에 의하여 자기 안에 존재하는 천을 최대한 지키고 보존해 발전시켜 어떤 체험의 원융圓融함에 이르면, 일체 모든 것을 포괄하는 구극의 근본인 천과 합일하는 경지에 도달한다는 것이다.

중용을 풀어 가며 이벽은 퇴계의 이발기발理發氣發설을 취했고 다산은 율곡의 기발이이승지氣發而理乘之설을 택했는데, 조대 때 정조는 다산의 의견에 동조하고 그의 답변에 만족해 했었다.

수일 후에 도승지 김상집이 승지 홍인호에게 "정약용이 누구요? 그의 학문이 어떠하오? 오늘 연유筵諭에서 반유泮儒들의 조대가 모두 황무한데 홀로 약용의 조대만은 특이하니 그는 반드시 유식한 선비일 것이요" 했다는 말은 젊은 약용을 얼마나 득의케 하였는지 그는 이 말을 잊지 않고 자찬 묘지명 속에 기록하고 있는 것을 보아도 짐작할 수 있다.

그로부터 삼십 년 후인 재작년, 그는 유배지인 이곳 다산에서 『중용자잠中庸自箴』 두 권을 저술하고 비로소 갑진년의 구고를 다시 손질하였으나 앞서 말한 취지를 취소하거나 달리 고쳐 쓰지는 않았다. 다만 본지本늴에 위배되는 것을 깎아 내고 선왕의 물음에 언급되지 않은 것이라도 마땅히 밝혀야 할 것이 있으면 절節을 찾아 증보하였을 따름이다.

이 해에 비로소 그의 대계臺啓가 중지되었으나 사면서는 중간에서 정체되어 도달하지 않았다. 그는 아픈 마음을 달래며 저술에 몰두하면서 득의에 찼던 지난날을 회상하고 책 끝에 감회를 적었다.

지금 성상은 승하하시어 옥음의 길이 막혔으니 질문할 곳 없으며 광암과 토론한 것도 헤아리면 30년이다. 광암이 지금까지 살았다면 그 진덕박학進德博學이 어찌 나에게 비유되겠느냐? 신구본을 합쳐 보고는 반드시 명확한 말이 있었을 것이다. 그런데 나는 살고 그는 죽었으니 이런 슬픔이 있으랴? 책을 어루만지며 눈물을 금하지 못하노라.

구월 열사흗날의 달빛이 창호지를 은색으로 물들이고 풀벌레 소리가 어지럽게 들린다. 다산은 그리운 사람들과 지나간 나날에 대한 회포로 밤을 지새워야만 했다.

북경행 北京行

1

드디어 도강을 하는 날이 왔다. 시월 스무나흘날 한성을 떠난
지 한 달이 지나 있었다. 의주에 머무른 것도 열흘이 넘는다.
세폐, 방물方物을 간검看儉하여 모두 궤櫃에 넣어 봉하는 일,
수행 인원의 점검, 마필馬匹의 정비, 하례下隷, 구인(驅人=말몰
이)들의 교체 보충 등에 사행使行에 묻어가는 도부주(到付主=행
상)와 연상(燕商=북경 왕래 상인), 별장別將 등으로 하여금 송청
포(送淸包=북경으로 부치는 물건 보따리)와 평양, 안주, 의주의 은
포(隱包=상인들이 부치는 물건 보따리)를 각별히 사실査實시키는
등 입연入燕을 위한 번쇄한 대소사가 많기도 많았지만 도착하
는 날부터 내린 눈이 아직도 그치지 않고 삭풍이 우는 북국의
겨울 날씨가 사행을 괴롭혔다.

　조선조의 대청對淸 사행의 사명은 동지冬至, 진하進賀, 진주

陳奏, 진위陳慰, 진향陳香, 고부告訃, 문안행問安行이 대표적인데 청초淸初에 있었던 정조(正朝=새해를 축하하는 사행), 성절聖節, 세폐행歲幣行은 동지행에 합해져 정기적인 사행은 동지를 전후하여 떠났기 때문에 동지사라 불렀다.

정사는 삼공三公 또는 6조의 판서가 담당하고 부사와 서장관書狀官이 수행하였다.

병자년(1816) 이 해 정사는 이조원李肇源이고, 부사는 이지연李止淵, 서장관은 박기수朴綺壽였다. 이 아래로 대통관大通官이 세 사람, 압물관押物官이 24명, 이상 30명이 정원이고, 이 밖에 어의, 의원, 역관, 군관, 내국서원, 서자관書字官, 부경노赴京奴, 역졸, 군뢰(軍牢=군대에서 죄인을 다루던 병졸), 주자廚子, 역마, 쇄마刷馬, 구인 등등 이백사오십 명이 수행하는 데다가 사행을 따라가 장사를 하는 평양과 송도松都 상고商賈, 만부(灣府=의주) 상인을 주로 하는 연상들과 그 하배 구인까지 합하면 구름 떼 같은 인원이다.

방물은 인삼, 호피, 수달피, 화문석, 장지, 모시, 명주 등으로 황제·태황후·황후 앞으로 각각 바치게 되어 있다. 이러한 세폐물은 한성 의정부에서 정승과 판서, 참판, 승지 등과 서장관의 참여하에 문서 사대査對하고 어람御覽케 한 후 도로 내려오는 것을 기다려 확인인을 찍고 행중 역관에게 분부하여 짐을 포장케 하고 서장관의 인으로 낱낱이 인봉印封하여 방물차사원

方物差使員방물차사원에게 맡겨 각별히 조검照檢하여 지키게 하고 있으니 60타駄라는 방대한 물량도 문제가 아니다. 허나 사상私商인 연상들의 잡복(雜卜=여러 가지 짐짝)은 사정이 다르다. 하급 역관의 종복으로 따라온 하상은 의주 성읍의 동헌인 진번헌眞蕃軒 앞뜰에 산같이 쌓였던 물화에 현기 같은 것을 느꼈다.

의주 부윤과 행중 서장관이 진번헌 높은 마루에 앉아 잡복을 받고 있었다. 마루는 높고 뜰은 낮아 자세히 살필 길이 없을 뿐 아니라 워낙에 끔찍스럽게 많은 물량이고 보니 일일이 손수 볼 수는 없는 노릇이어서 서장관의 비장과 행중 역관 및 부윤의 비장이 안동(眼同=함께 입회하는 것)하여 잡복을 간검하였다. 하상은 그 역관의 종복이었던 것이다.

서장관과 부윤은 숫제 눈길도 주지 않았으나 비장들과 역관은 상고들과 다투어 가면서까지 매몰지게 저울질을 간검하였다. 잡복의 내용은 다시마, 해삼, 우피牛皮, 산피(山皮=산짐승의 가죽), 장백지壯白紙, 이피狸皮, 남초南草, 백목白木, 은자銀子 등인데, 며칠을 땅거미가 내릴 때까지 일변 저울에 달고 일변으로는 응향고凝香庫에 넣곤 했으나 끝이 없는 것만 같았다.

그렇게 엄중히 검색을 했건만 도강 직전의 수험搜驗은 한층 더 엄하여 대집단인 만큼 혼잡도 하고 시간도 많이 걸렸다.

압록강은 의주에서 서쪽으로 35리 상거에 있다. 일행은 새벽에 일어나 요기를 하는 둥 마는 둥 하고 길을 떠났다. 눈은 멎

었으나 무겁게 내려앉은 잿빛 하늘은 음산하고 추위는 뼛속에
까지 스며드는 것 같았다.

강가에 당도했다고는 하나 일망무제하게 얼어붙은 눈만 눈
에 들어올 뿐이다. 그 막막한 눈 속에 장막이 쳐져 있고 장막
동편에 두어 길이나 되는 장목이 두 개 세워지고 그 사이에 줄
을 매었다. 그것이 안팎의 한계인 모양이었다. 의주에서 나온
군관이 양옆에 서서 인마를 점고하여 넘겨 보내고 있었다. 장
막 남쪽에는 또 하나의 약간 작은 장막이 쳐지고 서장관의 비
장과 운량관運糧官의 비장이 짐을 수검하고 있다.

검색은 철저했다. 역관과 비장 외에는 모든 사람이 목패를
차고 있는데 이는 수일 전에 서장관의 수결手決을 쇠에 새겨 목
패에 박은 것이다. 바로 전날까지 그토록 엄중히 수검해 싸 둔
짐을 모조리 끌러 샅샅이 뒤져 본다. 이불 보퉁이와 옷 꾸러미
가 눈 위에 낭자하고 가죽 상자와 종이곽이 어지러이 뒹군다.
수색이 끝난 사람은 제각기 물건들을 주워담으면서 서로 흘깃
흘깃 돌아다보곤 하는데 얼마큼 언짢고 겸연쩍은 것이다. 그렇
다고 수색을 하지 않을 수는 없다. 체모에 어긋나지만 나쁜 짓
을 막을 수가 없는 것이다. 말도 수색을 면할 수는 없다. 털 빛
깔, 다리 길이, 정강이의 생김새, 꼬리 모양, 갈기까지 살피고
적는다.

사람은 성명, 거주, 연령, 또는 수염이나 흉터 같은 것이 있

나 없나, 키가 큰가 작은가를 적는다. 구종들에게는 옷을 풀어 헤치게 하기도 하고 상투를 헤집어 보기도 하고 바짓가랑이를 내리훑어 보기도 한다.

혹한인 만큼 삭풍에 펄럭거리는 장막 속에서 다담상을 받은 삼사三使는 구미를 잃고 이내 상을 물리쳤지만 얼음 위 여러 군데에 화톳불을 놓고 큰 돌을 고여 솥을 얹고 주식을 준비하는 것은 행중 주방자들뿐이 아니고 상인과 군관의 식솔들과 의주의 음식 장사들이다. 조반을 드는 둥 마는 둥 한 터라 모두 화톳불 언저리에 모여 불을 쪼이며 먹을 것을 기다린다. 솥에서도 사람들의 입으로부터도 하얀 김이 나와 서린다. 어디가 강인지 들인지 언덕인지 분간할 수 없는 눈밭은 구름 같은 인마와 짐짝들로 붐비는데 의주로부터의 짐바리와 인마는 눈 위에 먹줄을 놓은 듯 끊임없이 이어지고 있었다.

인마와 짐 수색도 여전히 계속되었다. 시간이 지나자 군관들도 처음보다는 해이해져 때로 수색이 허술해지기도 한다. 사실 아무리 엄중히 단속을 한다 해도 만용의 상인들은 이 수색에 앞서 몰래 강을 건너간다. 더구나 천지가 얼어붙은 이 계절에 어찌 밀도인密渡人을 모조리 잡을 수 있단 말인가.

하기야 법의 마련인즉 엄하기 짝이 없다. 금물이 발견되는 경우에 첫째 문에 걸린 자는 중곤(重棍=대곤보다도 더 큰 곤장)을 때리는 한편 물건을 몰수하고, 다음 문이면 귀양 보내고, 마지막

문에서는 목을 베어 달아서 뭇사람들에게 보이게 되는 것이다. 금물이란 황금, 진주, 인삼, 수달피와 포(包=2,000냥, 3,000냥) 이외에 남은(濫銀=2,000냥, 3,000냥의 한도를 넘은 은자銀子)이다.

그렇다고 아주 임무를 소홀히 하는 것은 아니다. 같은 일의 되풀이라 간간이 짜증도 나고 심술도 나는지 이 잡듯 하기도 한다. 하상은 그들의 심사가 그럴 때 그들 앞으로 나간 것이다. 마침 줄 앞뒤에 섰던 사람이 모두 키가 작은 사람들이어서 그는 줄을 서 기다리고 있을 때부터 몹시 눈에 띄기도 하였다.

"이름은?"

"주의종이라 하와요."

하상은 완전한 가노家奴의 말투로 대답했다.

"나이는?"

"스물셋이 되옵죠."

나이는 사실대로고 이름은 가명이다. '주의종朱義鍾'은 '주主의 종'과 동음으로 스스로 마음에 드는 가명이었다.

검문 군관은 하상의 아래위를 날카로운 눈으로 훑어보고 '키는 팔八척尺'이라고 써넣었다. 육 척은 훨씬 넘지만 팔 척 키는 아니다. 저도 모르게 쓴웃음이 번지려는 것을 누르고 '관자놀이에 흑자黑子'라고 기입하는 것을 곁눈질로 보았다.

군관도 다부진 몸집을 하고 있었으나 하상 앞에 서니 귀 밑에 닿는다. 그는 고개를 젖혀 하상의 얼굴을 쳐다보며

"이엄(耳掩=귀가리개)을 떼라우!"

하고 소리를 질렀다.

북청색 무명에 솜을 두어 만든 이엄은 마리아의 솜씨였다. 하상은 먼저 머리를 동인 수건을 끄르고 귀에서 이엄을 떼어 군관에게 건넸다. 군관은 이엄을 손으로 비벼 살핀 후 달려들어 소담한 상투를 삐져 뒤졌다. 이윽고 또 고함을 질렀다.

"발싸개와 가랭이를 맨 끈도 끄르라우!"

발싸개 속에서도 버선목에서도 아무것도 나오지 않았다. 군관은 마지막으로 하상의 몸을 훑기 시작했다. 어깨에서 팔을 타고 훑은 후 겨드랑이 밑에서 허리로, 사타구니까지 더듬어 훑는다. 이때 예기치 않았던 일이 일어났다. 훑는 손에 힘이 너무 갔던지 두꺼운 무명 바지가 흘러내린 것이다.

삽시간의 일이라 바지를 끌어올릴 틈도 없었다. 짧은 순간이었으나 스물세 살의 완전한 아름다운 남성의 하반신이 삭풍이 우는 설원雪原에 서 있었다. 혹한 속에서도 젊음과 건강은 살빛 하나 변색시키지 않고 희멀겋게 차라리 눈부시게 남성의 아름다움을 과시하는 것이었다.

군관까지도 말을 잃은 채 넋을 잃고 바라보는 가운데 하상은 덤덤히 바지를 끌어올려 허리띠를 단단히 조여 매었다.

이 촌극의 자초지종을 지켜본 행중 귀인이 있었다. 부사 이지연이다. 그는 장막 속에서 피한을 하고 있다가 소피가 보고 싶어 장막 밖으로 나오고 있었다. 살을 에이는 추위였지만 정사 앞에서 요강을 쓸 수 없어 밖으로 나왔던 것인데, 종자가 걷어 주는 장막 휘장 밑을 꾸부리고 나와 고개를 든 순간 그 광경을 목도했던 것이다.

알 수 없는 전율이 등골을 타고 흘렀다. 두려움 같기도 하고 노여움 같기도 한 야릇한 느낌이다. 그는 저도 모르는 사이에 입을 열고 있었다.

"저놈이 누구냐?"

"녜, 역관의 종놈이올시다."

"괴이한 놈이다. 대곤을 쳐야겠다."

"녜?"

종자는 이해가 가지 않는다는 듯이 머엉한 얼굴이다. 그제서야 부사는 정신이 들었는지 고쳐 말했다.

"아니다. 허나 불칙한 놈이구나."

스스로도 석연치 않은 느낌을 억제하면서 발을 옮겼다.

그날 밤 부사는 꿈을 꾸었다. 아무 연결도 없이 낮에 보았던 장대하고 시원한 그 젊은 종자가 알몸으로 눈앞에 서 있었다. 낮에 느꼈던 전율이 다시 등골을 타고 달렸다. 그는 들고 있던 말채찍을 들어 힘껏 그 몸뚱어리를 후려쳤다. 순식간에 채찍자리가 터져 선혈이 흘러내린다. 몸서리가 쳐질 만큼 선열한 쾌감이 그를 사로잡았다. 그는 팔에 힘을 더 주어 또 후려때렸다. 먼저보다 좀더 큰 상처가 터지고 좀더 많은 피가 흘러내린다. 그는 또 채찍을 휘둘렀다. 광란이었다. 고통과 쾌감이 맞는 사람보다 더 아프게 그를 저미는 것 같다. 맞고 있는 청년은 아픔을 느끼지 않는지 입가에는 미소마저 흘리고 있지 않은가. 그는 지쳐 채찍을 던졌다. 이윽고 무심히 자기 몸을 내려다보는 순간 그는 으악 소리를 지르고 말았다. 어느새 그는 알몸이 되어 있었고 온몸에는 젊은이를 때린 수만큼 무수한 상처가 나 있어 피투성이가 되어 있었던 것이다.

하상이 봉변을 당한 후 군관의 몸 수색은 훨씬 누그러져서 상인들을 합하며 삼백 명을 훨씬 넘는 인원들의 점고는 미시에는 끝나 있었다. 짐 수색도 그럭저럭 끝날 무렵 드디어 도강이 시작되었다.

강을 건너는 인원은 모두 330명이고 말이 250필이다. 도강에 앞서 일행은 모두 옷을 갈아입는다. 세 사신은 그대로 평복平服을 입고 반당(伴倘=종복), 군관, 별배행別陪行, 건량관乾糧官은 모두 반비(半臂=쾌자)를 입는데 전립戰笠에는 은화운월銀花雲月을 불쑥하게 세우고 삼안작우三眼雀羽를 달았으며 허리에 남색 전대纏帶를 차고 약낭藥囊, 패도佩刀, 수건, 안경, 담뱃갑 같은 것을 모두 좌우에 찬다.

각반 마두馬頭 및 방료放料하는 만상灣上 사람 및 상판사上判事의 마두는 모두 소매 좁은 주의(周衣=두루마기)를 입고 전립을 쓰며, 그 나머지 하인들도 모두 한가지로 같은 차림새를 한다. 하상은 가장 낮은 하배인 동료 구인驅人들과 같이 짧은 옷에 전립을 쓰고 큰 갓에 철익鐵翼을 입은 역관인 상전의 시중을 정성껏 들었다.

행중 최하 밑바닥의 신분이었으나 그의 뛰어난 체구와 성실성, 그리고 명랑함과 붙임성은 누구에게도 호감을 주었다. 어려서부터 가난 속에서 살아 온 그에게는 웬만한 괴로움은 고생 속에 들지도 않았다. 몸을 아끼지 않고 아무리 어려운 일도 분부를 받기 전에 불평 없이 맡아 하는 그를 상전인 늙은 역관은 막내아들처럼 사랑했다. 도강 전의 몸 수색 때 일어났던 일 때문에 그는 행중 전체에 알려졌지만 입이 수캣구멍 같은 망나니 구인들도 왠지 그 일로 음담을 하지 않았다. 그에게서 풍겨지는 범할 수 없는 청정감淸淨感 때문이었으리라.

그는 며칠 사이에 군뢰軍牢와도 친해져 있었다. 군뢰란 군대에서 죄인을 다루는 병졸이다. 사행에서는 일행 조례皁隸 중에 먹는 것도 가장 낮고 또한 일도 가장 많은 자들이다. 유들유들 번들번들한 놈들이라 각방各房에서 조금이라도 호령이 있게 되면 곧바로 군뢰를 부르는데, 그들은 거짓 못 들은 척하다가 연거푸 수십 차례를 부르게 되면 불공스럽게 잔소리를 하면서 비로소 언성을 높여 대답을 하되 처음 듣는 것처럼 하고, 한번 말에서 뛰어내리면 돼지가 달리듯 소가 헐떡거리듯 하는데, 나팔

및 군령판軍令板, 필연 등의 것을 모두 한 어깨에 메고 곤장 하나를 끌며 간다(『열하일기』에서).

동지·행·삼사를 호위 인도해 가는 군뢰는 대개 안주와 의주에서 가장 오래 된 사람으로 각기 한 사람씩 내게 되는데 이번 사행에도 그런 사람이 와 있었다.

강 앞에서 의주, 안주 등에서 따라온 부윤, 통인, 방기房妓, 하배들이 모두 낙후하고 정사와 부사가 탄 쌍교雙轎 앞에 한 쌍의 군뢰와 군관 한 쌍, 인로(引路=길잡이) 한 쌍, 일산日傘 한 자루만이 남았다. 마두는 오른편에 서고 좌견左牽은 왼편에 섰으며, 서자書者는 뒤에 따르니 행색行色이 고단하며 이따금 마두와 좌견이 외마디 소리로 권마성(勸馬聲=말 모는 소리)을 한다. 또 마두는 35리마다 지명을 아뢰는데 여러 번 왕래를 한 터이라 북경까지 줄곧 틀리는 일이 없었다.

군뢰는 등에 청남색 조그마한 영기令旗를 꽂고 한 손에는 군령판軍令板을 가지고 다른 한 손에는 필연筆硯과 승불繩拂 및 한 가닥이 팔뚝만한 마가목馬家木 짧은 채를 잡고 입으로는 나팔을 불며 앉은 밑에는 비스듬히 십여 개의 붉은 칠 나무 곤장을 꽂고 가는데, 타고 있는 말이 이른바 반부담半負擔이니 이는 안장 없이 짐을 실으며 말등을 타지 않고 남은 자리에 걸터앉는 것이다. 그런 모양의 군뢰를 앞세우고 일행은 줄을 짓고 얼음 위를 건너가는 것이었다.

그 물빛이 오리 목같이 푸르다 하여 압록강鴨綠江이라고 불리우게 되었다 하나 이제 그 물빛은 얼음 밑에 가리워져 볼 길이 없다. 또 이 강은 세 가닥으로 나뉘어져 이른바 삼강三江이라 하지만 이 세 가닥 강의 얼음이 합하여 여러 자 두께가 되고 그 위에 또 눈이 쌓이고 그 눈마저 얼어붙어 말을 몰아 건너면서도 그 밑이 물이라는 실감은 전혀 없다. 강가는 끝없이 밀생한 갈대밭으로 겨우 수레 하나 지나갈 수 있는 길을 헤쳐 가는 전진은 난행이었다. 우글텅부글텅한 얼어붙은 길을 마른 갈대에 찔리고 미끄러지고 하며 인마는 길을 재촉했다.

갈대밭을 벗어나자 길섶에 늙은 나무 한 그루가 눈에 들어왔다. 마두 하나가 행렬에서 벗어나 언제 준비했는지 백지 한 장을 나뭇가지에 걸었다. 이윽고 엎드려 두 번 절한 후 두 손을 가슴 앞에 모으고 언제까지나 무엇인가를 빈다. 이어 당도한 마두, 쇄마刷馬, 역마구인들도 모두 같은 모양으로 기원을 하는 것이었다. 늙은 나무에는 삽시간에 하얀 꽃이 만발한 듯 가지마다에 백지가 걸렸다.

하상은 말고삐를 잡은 채 그 광경을 물끄러미 바라보고 있었다.

"왜 자넨 소원이 없나? 어서 가서 빌지 않구."

누군가가 곁에 와서 말을 걸었다. 고개를 돌려 보니 서른 살에 손이 닿을 듯한 연치의 순박해 보이는 사나이다.

"초행인 모양인데 저 나무에서 소원을 빌면 이번 길이 무사할뿐더러 모든 소원이 이루어진다네. 여기 백지가 있으니 함께 감세"

하며 백지 한 장을 건네준다.

"고맙습니다만 전……."

"사양할 건 없어. 우린 모두 한 배를 탄 사이 아닌가."

"뭘 비나요?"

"빌 일이 없으면 몸성히 돌아오게 해 줍시사라고라두 빌게나."

"고맙습니다만 전 빌어 본 일이 없어서요."

공손히 사양하며 하상은 마음속으로 가만히 뇌이고 있었다.

'하나이신 텬주랄 만유 우혜 공경하야 높이고…….'

"고집이 세구면. 허지만 사람은 무언가를 믿구 의지해야 된다네."

사나이는 노여워하지 않고 하상이 돌려주는 백지를 받았다.

"좋아. 내가 자네 대신 빌어 주지"

하고 나무 있는 데로 가려다가

"내 이름은 조신철. 동무가 됩시다"

하는 것이었다.

소원 나무로 하여 잠시 멎었던 행렬은 군뢰의 고함으로 다시 움직이기 시작했다.

노숙露宿을 하기로 되어 있는 구련성九連城은 삼강에서 2리

상거밖에 되지 않았으나 총인원과 짐바리가 당도해 모였을 때는 겨울해가 저물고 있었다. 추위는 한층 더 매서워져 객회客懷가 모든 이의 마음을 언짢게 했다.

그래도 삼사를 위해서는 천막이 마련되어 있었다. 만상灣上의 군관이 창군(槍軍=일꾼) 수십 명을 거느리고 미리 와서 쳐 놓은 것이다. 천막은 천으로 만들고 일산처럼 말고 펼 수 있게 되어 있다. 바닥은 천막을 치기 전에 구덩이를 파고 그 속에 숯을 달구어 넣고 널판을 덮은 위에 털자리와 요를 깔았다. 천막 곁에는 장막을 쳤고 앞에는 판자문을 달았는데, 이것은 곧 몽고의 장막으로 궁려(穹廬=모양이 둥근 몽고집) 식이며 그 속에는 5~6인이 누울 수가 있다. 병풍도 쳐져 있어 불을 켜고 앉으면 버젓한 방이다. 이런 천막이 삼사를 위하여 10여 보 상거로 세 개 쳐져 있다.

역관들을 위해서도 구덩이에 불을 땐 천막이 쳐져 있었으나 홑장이어서 바람이 마구 불어들었다. 하배들은 네 녘으로 그물을 맨 속에 모두 한데 모여 불을 피우고 어한을 했지만 한데나 진배없어 손을 비비고 발을 굴러 추위를 이겨내야 했다.

밤마다 모두에게 포 한 조각, 약과 두어 개가 분배되고 새벽에는 떡국도 나왔지만 하배 구인들 중에 환자가 속출했다. 하상은 비로소 그들이 하나도 남김없이 고목에 소원을 빌던 마음을 알 것만 같았다.

늙은 역관은 한 천막 속에서 기거하기를 허락했지만 동배들이 떨고 있는데 아무리 찬 바람이 불어치는 천막 속이라도 들어가 쉴 수는 없었다. 그물로는 바람을 막을 수도 없는 데다가 오랫동안 제대로 씻지 못하는 여러 사람들의 몸에서 나는 고약한 냄새 때문에 화톳불을 둘러싸고 야천에서 밤을 지내는 사람 틈에 끼는 때가 많았다.

한성에서 1,090리를 말을 몰며 걸어왔고, 앞으로 연경까지 2,500리를 더 걸어가야만 하고, 다시 그 길을 되돌아와야 하는 사람들이다. 강을 건넜으니 나라와 집안 일은 아득하고 추위는 혹독하고 몸은 고되니 푸념과 한탄이 나오는 것은 오히려 당연했다.

"내일 안으로 책문까지 갈 수 있을까."

한 사람이 입속말처럼 중얼거린다.

"또 되놈들 꼴을 봐야겠군. 제기랄."

"소방小邦에 태어난 죄 때문 아냐."

"되놈은 예부터 큰 나라 사람들이던가. 도둑질로 뺏은 거지."

사나이는 침을 탁 뱉는다. 다른 하나가 불쑥,

"제기랄, 남은 사냥이나 허구 수수나 심어 먹다가 큰 나라를 뺏는데 우린 이게 뭐야. 따지구 보면 여기두 우리 땅이라구. 우리 댁 서방님이 그러시는데 옛날에 이 요동 땅이 모두 우리 것이었었대. 수나라 임금이 쳐들어왔지만 번번이 패하구 돌아가구 당나라 태종이라던가 하는 임금은 쳐들어왔다가 우리 나라 장수가 쏜 화살을 눈에 맞구 애꾸가 돼 돌아갔다지 뭐야."

"또 허풍을 떠는데, 거짓말이라두 신나는 얘기군."

사나이는 펄쩍 뛰었다.

"거짓말이 아냐. 그 장수의 이름두 알구 있단 말야."

"장건복이겠지."

장건복은 그 사나이의 이름이었다.

"네놈들거치 무식헌 놈들에겐 쇠귀에 경 읽기지만 그 대장의 이름은 양만춘楊萬春이구, 싸움터는 안시성安市城이란 말야."

"한림학사 혀 닳으시겠네. 핫하하……."

"핫하하……."

한바탕 웃고 나서 또 한 사나이가 푸념을 한다.

"하여튼 이게 뭐야. 해마다 왜 남의 나라에 세공을 바쳐야 하는 거야."

"치사한 말이기는 허지만 받아가지고 가는 하사품인가 뭔가가 물량이나 귀하기는 우리가 바치는 것보다 몇 배나 되잖어? 셈으로 보면 밑지는 장산 아니지만 되놈헌테 삼배구고두三拜九叩頭라니 비위가 뒤집어지지 뭐야."

"그래서 사행의 이름두 동지사라는 게야. 옛날에는 조천사朝天使라구 했다나. 명나라 때 말야. 명나라는 왜란 때 우리를 도

와준 고마운 나라니깐."

"동지사는 동지 무렵에 간다 해서 그런다는데."

"왜 하필이면 쇠털거튼 날을 두고 이 엄동설한에 북행을 한단 말야. 얼음 귀신이 되어 노변 원귀가 될 것 같네."

긴 한숨을 쉬자 옆의 사람이 핀잔을 준다.

"쇠사슬에 묶여 왔나. 임자가 원해 와 놓구선 무슨 푸념이야."

"그렇긴 해, 허지만 이 길은 한 번 오면 못 잊는 길이거든. 생각해 봐. 고생두 경치게 하지만 책문 밖만 나서도 딴 세상이 나타나잖아. 돈두 벌구 세상에 신기한 귀경(구경)두 허구 말야."

"자네 우리 조선에서 낙타 본 일 있나? 코끼리, 공작새두 말야. 우리 나라엔 호랭이 많구 호환虎患두 잦지만 난 연경 호권虎圈에서 처음 호랭이를 봤단 말야."

갑자기 삼사 장막 근처에서 나팔 소리가 울리고 여러 사람들의 납함(吶喊=여러 사람이 일제히 큰 소리를 지르는 것) 소리가 들렸다. 그것은 삼사를 경호하고 있는 의주 장교들이 창군을 거느리고 짐승을 방비하고 있는 소리였다.

"이크, 호랭이두 제말 허면 온다더니. 이 언저리엔 호표虎豹가 언제나 아슬렁거린다지 뭐야."

"상사上使 대감의 장막 속은 안방처럼 아늑허구 따뜻하다지만 곁에서 저렇게 떠드니 잠두 못 주무실 거야."

"쌍교 안에서 낮잠을 주무시믄 되지. 얼음 위를 미끄러지며 걸어야 하는 우리야말루 눈을 붙여야지."

화톳불의 불꽃이 화알 타올랐다가 탁탁 튀면서 무너진다. 하상은 말없이 곁에 쌓아 놓은 나무를 불 위에 보태 얹었다. 세운 두 무릎 위에 턱을 얹고 웅크리고 있던 사나이가,

"의종인 이번이 초행이라지. 또 가게 될꺼야. 나두 말야, 이 고생이 지겨워 한두 해 쉰 일이 있다네. 그랬더니 글쎄 이 얼음 들판의 화톳불이 그리워 뜨뜻한 아랫목이 역겨워지드라니깐."

그는 말을 끊고 자조하듯이 허허 웃었다.

"이게 다 역마수 타고난 팔자여. 허나 좁은 나라에만 갇혀 우물 안 개구리의 안목을 벗어나지 못하구 사는 것두 딱한 일이 아녀? 난 일자무식 마두에 지나지 않지만 대처를 보고 다니는 동안에 자질구레한 일에 아주 대범하게 됐지. 굴러먹은 놈이라구들 하겠지만 웬만한건 우습단 말여."

그는 허리춤을 더듬어 곰방대를 꺼내어 보지도 않고 담배를 잰 후 화톳불을 당겨 빨기 시작했다. 두어 모금을 빤 후 혀로 담뱃대를 입 귀퉁이에 밀고,

"연경에선 대개 달포를 묵는데 그 동안 헐 수 있는 대로 귀경을 해 두어. 황제가 사시는 궁궐은 볼 수 없어도 휘황찬란한 유리창琉璃廠이라던가 연경팔경, 상방象房, 화초포花草舖, 채조포彩鳥舖, 웅장한 절간들, 그리구 믿어지지 않는 요술도 보는

게야. 또 들보 없이 솟아 있는 장관스러운 천주당두 꼭 보게나. 신유사옥 후 조선 사람들은 천주당에 가기를 꺼리지만 그전만 해두 연경 십 구경의 으뜸이 천주당이었다네."

졸음이 오기 시작하던 하상은 얻어맞은 것처럼 가슴이 철렁 내려앉았다. 사나이는 또 담배를 빨았다. 어둠 속에서 담뱃불은 공중에 던져진 붉은 구슬같이 바알갛게 빛났다.

"구경하는 것쯤이야 어떨라구. 천작쟁이가 되는 것두 아닌데. 대국 것이라면 오금을 못 쓰면서 대국에선 기맥히게 장관스러운 당까지 짓구 거행하는 천주학이라면 씨를 말리려는 심사는 알 수 없는 일이야."

무릎 위에 얼굴을 묻고 잠이 든 것 같이 보이던 사나이가 벌떡 고개를 들고,

"성님, 모가지가 몇이슈? 밤말을 듣는 건 쥐뿐이 아니에요. 벌써 내가 듣지 않았수?"

"경칠 녀석 같으니. 모처럼 연경꺼지 가서 다시 못 볼 장관을 놓칠까봐 그런 거 아냐?"

"인심 좋은 여편네 동네 시아범이 열둘이랍디다. 인심 걱정 쓰는 것두 팔자슈!"

옆에 있던 막대기로 화톳불을 쑤시며 그는 잠시 말이 없다가 낮은 소리로,

"내 나라 땅은 말할 것두 없이 오랑캐 땅, 대국 땅 떠돌아다

니다 보니 좋구 그른 것이 뒤죽박죽이 되구 마네요. 나라 안에서 이것밖에 없다구 신주 위하듯 애지중지하는 것이 우스꽝스럽게두 보이구, 옳다구 고집하던 것이 잘못 같은 생각이 들기두 하구, 갈피를 잡을 수가 없군요. 같은 것이라두 고장이 다르구 인종이 다르면 값어치두 달라지나 보죠."

"어느새 자네 소견이 넓어진 거야."

"칭찬을 하신 거유, 성님?"

"그랬다구 해 두지."

"잘은 모르지만두요. 건복이 상전 서방님은 학문이 높으시답니다. 헌데 다른 양반네들관 좀 다르신가 봐요. 옛 글만 읽는데 싫증이 나구, 나라 안에만 있자니 우물 안 개구리만 같아 세상 귀경하시겠다구 따라 나서신 거래요. 되놈두 오랑캐, 오랑캐라구만 헐 게 아니구 그네들의 오늘을 알구 싶으시다는 거예요."

"어디서 얻어들은 풍월이야. 잘두 주워 섬기는구나."

"성님, 이래 뵈두 북경을 스물다섯 번 왕래한 놈이라우. 귀동냥, 눈요기두 헐 만큼 했잖우."

천막 속에서 또 나팔이 울리고 납함 소리가 요란하게 들려온다.

"이렇게 사방에다 화톳불을 놨는데 무슨 지랄들이야. 시라소니들 같으니."

사나이는 곰방대를 입에서 빼어 땅바닥을 탁탁 친다.

"처음 듣는 소리유? 오늘 밤 따라 찬밥뎅이 잡순 게 잘못된 것 아뉴. 심사가 몹시 사나우신 것 같구료. 허기야 저게 무슨 미친 짓이유. 짐승을 쫓는지, 잠을 쫓는지."

"잠을 쫓는다구? 귀 밑에서 화포를 쏘아 봐라. 저 화상들 잠이 깨나."

돌아보니 그의 말대로 마두와 구인들은 깊은 잠에 빠져 드르릉 드르릉 코를 골고 있다.

"불쌍한 것들! 허구많은 생리(生理=생업) 중에 해필이면 이 짓을 골라 이 오랑캐 땅 얼음 위에서 고달픈 잠을 잔단 말인가. 여북 지쳐 고단하면 이 모진 바람 속의 얼음 밭에서 저처럼 깊은 잠을 잘 수 있을까. 동시나 나지 않게 불 신칙이나 잘 해야지."

검은 무명에 다홍 깃을 단 솜 포개(鋪蓋=이불)는 삼십 필의 말에 실어 와서 한 채씩 고루 차례가 가긴 하지만 혹한 야천의 추위는 창자까지 얼리는 것 같다. 화톳불을 놓은 데는 불번을 정하여 번갈아 불이 꺼지지 않도록, 포개나 옷자락이 타지 않도록 신칙을 해야 한다. 날이 채 새기도 전에 일어나 또 얼음 길을 말을 몰고 걸어가야 하는 신세들이니 잠이 들면 들어 가도 모르는 송장처럼 흔들어도 좀처럼 잠이 깨지 않는 것이다.

자기 차례는 아니었지만 하상은 그날 밤 어느새 불번을 맡고 있었다. 바람은 윙윙 울며 들판을 쓸고, 모진 매처럼 포개를 덮어쓴 몸을 찌른다. 기분 나쁜 짐승의 울음소리가 들리자 또 나팔이 울리고 납함 소리가 일어났지만 아무도 깨는 사람은 없다. 짐승 소리는 이내 멎었고 바람 소리만이 한층 높아진다. 역시 군관과 검군들의 야경은 필요했던 것이다.

바람에 쓸렸는지 하늘이 맑아지고 보름 가까운 달이 머리 위에 있었다. 구인들이 자고 있는 그물 쪽이 스런스런하더니 서너 사람이 나오고 있다. 무엇인가 무거운 것을 운반하고 있는 것 같다. 달빛 아래로 나타난 것을 보니 누인 사람을 들고 있다. 들것에도 얹지 않고 늘어진 사람을 들었으니 힘이 몹시 드는 모양이다. 하상은 일어서서 그쪽으로 걸어갔다.

달빛 아래 노출된 납덩어리 같은 얼굴은 아직 30대였다. 숨을 거둔 지 얼마 되지 않은 모양으로 경직硬直 전의 시체는 흐느적거렸다. 그는 찔찔 매고 있는 앞사람을 대신하여 시체의 머리 쪽을 들었다. 키 크고 힘센 하상이 혼자 힘으로 시체를 업다시피 하니 남은 사람들은 다리만 땅에 떨어지지 않게 받치면 되었다.

"고맙네, 수고하네."

모두들 고마워한다.

"저 언덕 뒤가 어때. 눈에만 띄지 않게 허면 되니깐. 엇취."

한 사람이 큰 재채기를 하면서 말했다.

"그래, 마침 나무도 하나 서 있구."

다른 사람이 찬성한다.

언덕은 멀지 않았다. 그러면서 천막이나 화톳불에서는 언덕 뒤 쪽은 보이지 않아 적소이기도 하였다.

언덕 뒤에 이르자 그들은 시체를 내려놓고

"엣 추워. 새벽이면 떠나야 한다. 어서 한잠이라두 눈을 붙여야지"

하고 돌아가려 하는 것이었다.

"이대루 버리자는 거야?"

한 사람이 말했다. 어디서 들은 음성이다.

"그러지 않구?"

"그럴 순 없어."

"그럼, 이 언 땅을 파서 묻자는 건가?"

"잠깐 수고야."

"자네 넋 나갔군. 이 돌같이 얼어붙은 땅 팔 재간 있어? 되놈들은 젊어서 죽으면 다 들판에 갖다 버린다 야."

"우리가 되놈이야?"

"마음대로 하게나, 우리마저 송장이 되긴 싫으니. 난 가서 자겠네."

두 사람은 돌아가고 하상과 한 사람이 남았다. 그 사람은 소원 나무에 빌라고 하상에게 권하던 조신철이었다.

하상은 두 사람 뒤를 뒤쫓아가서,

"화톳불 신칙 좀 일러 주세요"

하고 당부한 후 시체 옆으로 되돌아갔다.

"어쩌죠?"

조신철이 대답했다.

"새로 내린 아직 덜 얼어붙은 눈이라도 덮어 주세. 어차피 봄
이 되어 눈이 녹으면 드러나지만 채 다 식지도 않은 시신을 어
떻게 그냥 버려."

하상은 말없이 신철이 들고 있던 괭이를 받아 눈을 긁어 모
아 시신을 덮었다.

"한도 많겠지만 잘 가게나. 나무아미타불."

조신철이 잠깐 합장을 하고 두 사람은 발길을 돌렸다. 눈길
을 떨어뜨리며 말없이 걷던 신철이,

"한몫 잡아 보겠다구 그리두 신나 하더니 이 오랑캐 땅에 버
려지구 말았구나."

"동지살 따라가면 목돈을 버나요?"

"허기 마련이지, 염치 코치 다 버리면 돈두 잡지."

"염치 코치?"

"도둑질두 허구, 금물을 몰래 내어가 팔구, 또 금물을 사서
들여오기두 허구."

신철은 쓰게 웃는 모양이었다.

하상은 달빛 아래서 두어 번 눈을 껌벅거리고 생각에 잠겼다.

그도 금물禁物을 들여와야 하는 사람이었다. 금물뿐인가. 나라에서 흉괴兇魁라고 엄단하는 탁덕(鐸德=사제司祭)을 모시고자 떠난 길이 아닌가. 교리서, 기도서, 성경, 성인전, 상본, 성물 등 역시 모두가 나라에서 금하는 금물이었다.

설쳤던 잠이 살포시 들려 할 때 상사의 천막 근처에서 또 나팔 소리가 들렸다. 그 소리는 밤중에 군관이 짐승을 쫓으려고 불던 소리와는 다르다. 납함 소리도 따르지 않는다. 나팔은 길게 유량嘹喨하게 울렸다. 이것은 군뢰가 부는 것이었다. 이른바 초취初吹로 미명에 분다.

이 초취로 일행은 모두 기침을 한다. 옷을 바로 고쳐 입고 머리를 긁어 올리고 이엄을 바로 막고 수건을 단단히 고쳐맨다. 용변을 하고 발도 다시 싸고 행전 대신 바짓가랑이도 탄탄히 동인다. 포개를 챙겨 포개재마鋪盖載馬가 있는 데 가져다 놓는다. 이윽고 가장 중요한 일, 즉 말에 먹이와 물을 먹이는 것이다.

얼마 후 다시 나팔이 높이 울린다. 이취二吹라고 불리우는 이 나팔 소리가 나면 조반이 나온다. 요기가 끝나면 인마를 정제하고 대기를 한다. 눈코 뜰 새 없지만 모두 익어 어느만큼 질서는 잡혀 있다.

드디어 세번째 나팔이 울린다. 이 삼취三吹로 일행은 곧 출발을 하는 것이다. 이 일과는 북경에 이르기까지 변함없이 되풀이되었다.

구련성을 떠나 오십 리를 가서 온정평溫井坪에 이르러 점심을 먹고 곧 길을 떠나 오십 리 가까이를 가야 국경인 책문柵門에 이른다. 서둘러 가도 도착은 해거름이 되는 것이다.

책문은 본고장 사람은 가자문架子門이라 하고 중국에선 변문邊門이라 하며, 우리는 책문이라고 부른다. 옛날에는 봉황성鳳凰城 동쪽 오 리에 있어 압록강과의 상거가 백삼십여 리이고 그 땅을 비워 사람의 거처를 허락하지 않는 황무지로 남겨 쌍방의 침범을 방지했는데, 봉황성 인구가 증가함에 따라 강희康熙 때에 그 농토와 목축할 땅을 넓히기 위하여 이곳에 옮기고 설치한 것이다.

봉황산의 남은 가닥이 북쪽에 둘러 있고 해변 여러 봉우리가 그 남쪽에 뻗쳐 있어서 두 산 사이의 거리가 십여 리인데, 책柵을 늘어세워 경계선을 만들었다.

책은 한 길 반쯤 되는 장목을 땅에 눌러 박고 긴 나무를 가로 뉘어 그 중동을 엮어서 가로막았으나 틈이 엉성하여 작은 사람은 족히 출입을 할 수 있을 것 같았다.

문은 중간쯤에 나 있는데 높이는 한 길이 약간 넘고, 수레가 한 대 지나갈 만한 너비로 판자문을 달았으며, 서까래에 '조선진공朝鮮進貢'이라는 현판이 붙어 있다. 봉성장군鳳城將軍이 이 문의 여닫이를 맡아 한다는 것이었다.

이날 그 봉성장군이 언제까지나 나타나지 않아 일행은 입책

入柵을 하지 못하고 오래도록 기다려야 했다. 책문에 들어가 연례대로 민가에서 저녁을 들고 머물러 있던 상사마저도 책 밖에서 화롯불을 끼고 앉아 간신히 추위를 참고 주인廚人들은 부랴부랴 밥을 지었다. 의주에 있을 때 미리 청역(淸譯=중국말 통역)을 보내어 세관稅官에서 토기를 해 놓았었는데 봉성장군은 심양에 갔다는 것이다. 갑자기 급용이 생겼는지 조선 사신을 가벼이 생각한 것인지 모르나 밤이 깊어져 행중은 다시 노숙 준비를 할 수밖에 없었다. 예정치 않았던 일인 만큼 하례下隸들의 고충은 지난밤에 비길 데가 아니었다.

이튿날 아침에야 봉성장군이 돌아와 비로소 입책 절차가 시작되었다. 이른 조반을 들고 인마와 짐바리를 다시 점고하는데, 의주서 여기까지는 역마 외에 짐 싣는 쇄마刷馬는 모두 의주 역마로 실리므로 마부와 창군의 수는 헤아릴 수 없고, 인마는 구름 같아 도강할 때와 다름이 없었다.

책 너머에는 호인들이 겹겹이 모여 손을 흔들기도 하고 무어라고 소리를 지르고 법석들을 하는데 모두 반기는 낯이다. 이 외진 변방에서 조선 사신을 의지하고 살고 있음에 틀림이 없었다.

드디어 문이 열리고 우선 상사와 부사가 잠깐 쌍교에서 내려 문을 지난다. 이어 서장관이 말에서 내려 들어가고 행차는 차례로 끊임없이 문을 통과하는 것이었다.

다른 세계가 눈앞에 전개되었다. 집 짓는 제도도 사람들의 차림새도 거리 모양도 모두가 눈에 설다. 집은 모두 일자一字로 벽돌로 짓고, 의복은 하나같이 검은 빛깔이고, 우임(右衽=오른편으로 옷을 여미는 것)으로 옷을 여미고 있다. 끈이나 고름이 없고 단추를 줄줄이 낀 것이 눈에 서툴러 보인다. 바지는 당바지로 통이 몹시 좁아 굴신이 어려울 것 같았다.

내외를 하지 않는 모양으로 남녀가 함께 나와 사신 행차를 구경하고 있는데 모두 두루마기 같은 것을 입었으므로 머리 모양만 아니면 남녀가 다름이 없이 한가지로 보일 것 같았다.

남자는 꼭뒤 외에는 머리털을 다 깎고 남은 털을 땋아 뒤로 드리운 것이 우리 나라 노총각 종 같은 꼴인데 몹시 흉해 보인다. 듣던 바와 달리 전족纏足한 여인은 눈에 띄지 않았으나, 호녀胡女는 전족을 하지 않는다는 것이었다.

여인들은 머리를 위로 치켜올려 상투같이 만든 후 꼭뒤에서 서너 번 틀어 쪽을 찌고 비녀를 꽂고, 늙으나 젊으나 꽃을 꽂았다. 모두 화장을 짙게 하여 회를 뒤집어쓴 것 같은 얼굴과 핏빛 같은 입술 연지가 역겨웠다.

술과 국수를 파는 집에는 종이등을 달아 표를 하고 있는 것도 재미있고, 가게에는 보지 못하던 진기한 물건들이 쌓여 변방의 시골이라는 것이 믿겨지지 않는다.

책문에서도 일행은 며칠을 묵었다. 성장城將을 비롯하여 부성장, 세관, 송영관, 갑군甲軍에 이르기까지 수많은 군관 관속

들에게 주는 예물도 챙겨야 하고, 책문 안에 부렸던 북경에 가
지고 갈 세폐 방물 등을 다시 실어야 하는 등 할 일도 많았다.

그래도 책문에는 객점客店도 있고 캉(炕=북방식 온돌)도 있지
만 삼사나 수행해 온 그들의 척분·의관·역관·상인들이라면
모르되 하배들은 함부로 드나들 처지는 못 되었다. 혹한 속의
고된 원행인만큼 날이 갈수록 거칠어지는 데다가 갈아입을 옷
도 변변치 않아 은화운월(銀花雲月=은박지로 구름 형상을 만든
것)을 불쑥 세우고, 공작깃을 꽂은 전립에 쾌자 차림의 군복도
갓 쓰고 철익 입은 의관·역관의 주제도 초라해지는데, 하물며
거친 일을 하며 수천 리를 걷는 구인들에 있어서랴. 두툼한 솜
옷은 올이 보이지 않을 만큼 때 묻고 손은 터지고 수염은 흉상
스럽게 더부룩한 데다가 버선과 짚신은 감당할 수가 없었다.

인심은 고장에 따라 사람에 따라 달라 어느 곳에서는 어느덧
사귄 사람도 생겨 잠깐 동안의 정도 주고받고 아쉽게 헤어지기
도 하지만, 동지행 하례들은 무지막지한 무리들이 많아 도둑질
을 하는 자도 있고 보니 반길 손님은 아니었다.

연로의 마을이나 참站들의 주민들은 사행 왕래가 대목 때라
활기도 띠었지만 조선 하례 구인들을 싫어하고 피하려는 사람
들도 없지 않았다. 특히 중국의 제도는 그곳에 이르러 알게 된
다는 산해관山海關을 지나 관내에 들어가서 북경이 가까워지고
있다는 느낌이 짙어지기 시작하는 지점에 있는 고려보高麗堡는

숫제 집집마다 문을 걸어 잠그고 사람의 왕래가 극히 한산하여 까닭을 물은즉 조선 사신이 지날 때는 짐짓 철시를 한다는 것이었다.

"어떤 사람들이 살고 있는 고장이죠?"

하상이 묻자 조신철이,

"병자, 정축호란 때 잡혀 온 우리 나라 사람들이 모여 살던 곳인데 지금두 그 자손들이 살고 있다네."

"그럼 우리와 같은 핏줄이군요."

"그렇다마다. 아까 동구에 들어오며 봤지? 시방은 겨울이라 또렷이 나타나지 않지만 벼 벤 자리가 완연치 않던가? 그건 논이야. 우리 나라와 똑같은 논이란 말야. 압록강 건너서 처음 보는 논이라 처음 봤을 땐 얼마나 반가웠던지."

"그런데 같은 핏줄이 왔는데 왜 아무도 나와 보지 않구 문마다 걸어 잠그고 있나요?"

조신철은 갑자기 추연한 얼굴이 되었다. 한참 말이 없다가,

"모두 우리 잘못이지. 옛날에는 우리 나라 사신이 여기 오면 모두 나와 반기구, 우리 구인들이 먹는 술이나 밥값두 받지 않구, 여인네들두 피하질 않았었네. 우리 나라 말만 나와두 모두 눈물을 흘리구 그리워했다는 거야. 나무아미타불."

"그런데 왜 지금은 이 모양이죠?"

"그런데 우리 구인들이 왜 점잖은 자들인가. 역졸이나 하례

들 중엔 얼씨구나 하구 마구 먹어 치우구, 기명 같은 것두 들어
내구 하는 놈이 있으니 주인이 안 되겠달 수밖에. 그러면 행팰
허군 도둑질까지 한다는 거야. 이 때문에 점점 우리를 꺼리구
싫어하게 됐다는 거지. 나무아미타불."

"부끄러운 일이군요."

"부끄럽구말구."

그래서 지금은 사행이 이곳에 이르면 가게 문을 닫아걸고 아
무것도 팔려고 하지 않는다는 것이다. 간곡히 부탁을 하면 비
로소 물건을 파는데 반드시 비싼 값을 받거나 먼저 돈을 받으
려 한단다. 역졸, 구인들은 또 여러 가지 꾀를 내어 그들을 속
여 분풀이를 하니 서로의 사이가 험악해져서 원수같이 되어 버
렸다는 것이었다. 그러므로 이곳을 지날 때 하례들은 으레 소
리를 높여 보인堡人들을 꾸짖게 되었다.

"너희는 고려의 자손이다. 너희 할애비가 여기 왔는데 어째
서 나와 절하지 않느냐."

그러면 보인들의 성난 음성이 되돌아온다는 것이다.

"여기엔 고려의 할아버지만 있고 고려의 자손들은 없다아."

"서글픈 일이지. 나무아미타불."

조신철은 심란한 듯이 말하고 허리춤에서 곰방대를 빼어 내
는 것이었다.

그 추운 밤에 행로사한 시신에 함께 눈을 덮어 준 후 하상과

조신철은 가까운 사이가 되어 있었다. 조신철이라는 사람은 사 귈수록 순박하고 착한 사람이었다. '나무아미타불'이란 말이 입버릇이 된 것 같은 것이 마음에 들지 않았지만, 그 진실한 사 람됨과 북행北行에 익은 노련함은 초행의 하상에게는 의지가 되었다.

고려보에서 묵던 날 밤이었다. 모두가 코를 골고 있을 때, 하 상 옆에 누워 있던 조신철이 부스스 일어나 보퉁이 같은 것을 챙겨 끼고 밖으로 나가는 것이 아닌가.

하상은 가만히 일어나 그 뒤를 따랐다.

"어디를 가슈?"

"좀 댕겨올 데가 있다네. 자네두 동행하겠나?"

"괜찮으시다면."

두 사람은 장막을 빠져 나왔다.

"게 누구냐, 섰거라!"

밤을 지키던 군관이 큰 소리로 수하를 했다.

"뒤가 보구 싶어서요."

조신철이가 급한 듯이 말했다.

"두 놈이 다 똥이 싸구 싶어?"

"네, 네."

"스러비 자식들 같으니, 네놈들 창자는 붙어 있단 말이냐?"

군관은 더 캐지 않았다.

하례배들은 여전히 노숙이 많았지만 요동 벌판과는 달리 참 站인 만큼 얼마큼 아늑하여 한결 형편이 나아지기도 하고 몸을 숨길 수도 있었다.

동구 안에 들어가니 불을 밝힌 집이 한 채 눈에 들어왔다. 조신철은 그 집으로 다가가서 가만히 창문을 두들겼다. 대꾸는 없고 누군가가 창문 틈으로 밖을 살피는 모양이다. 이윽고 일자집 한가운데에 나있는 출입구가 배시시 열렸다. 불빛을 등져 얼굴은 잘 보이지 않았으나 문을 연 사나이는 전신으로 반가움을 나타내며 조신철의 손을 잡는다.

하상이 알아듣지 못하는 말이 짤막하게 오갔다. '기대인' 운운하는 것이 기가 성을 가진 사람의 문안을 하는 모양이다. 사나이는 황급히 두 사람을 안으로 끌어들였다.

들어간 곳은 통로인 모양으로 아무것도 놓여 있지 않았다. 사나이는 뒤로 난 문을 열었다. 그러자 뜰이 나타나고 뜰 건너에 똑같은 규모의 집채가 보였다. 집은 겹집인 모양인데 뒤채나 바깥채나 모두 한 모양으로 가운데에 나 있는 문을 모두 열면 몇 채가 겹쳐 있건 바깥까지 일자로 환히 뚫리게 되어 있는 제도다. 제법 행세하고 사는 모양으로 집은 두서너 채 겹쳐 있는 것 같았다.

인도받아 들어간 방은 캉으로 되어 있어 따뜻했다. 은빛 수염을 가슴까지 드리운 노인이 온화한 미소로 그들을 맞았다.

모두가 좌정하기가 무섭게 차가 나오고 칠보구이 접시에 엿과 떡이 나온다. 그 엿맛과 떡맛이 조선 것과 조금도 다름이 없다. 노인이 한어로 무어라 하자 조신철이,

"많이 들라 하시는군. 보다시피 말도 잊어버리구 대국 옷 입구 대국 집에 살구 있지만, 그래두 고향 산천이 그리워 이백 년 가까운 세월을 대대로 고향 음식 만드는 법을 이어 익혀, 이 고장에선 아직두 우리 식성에 맞는 음식을 먹을 수 있다네."

말을 마치고 조신철은 가지고 갔던 보퉁이를 끌렀다. 뜻하지 않았던 물건이 나왔다. 그것은 도포와 바지저고리, 버선, 망건網巾 등이었던 것이다.

"오오."

노인은 벌떡 일어나 소중한 듯이 그것들을 거두어 가슴에 안았다.

"세세謝謝, 세세."

몇 번이고 치하를 하며 그 눈에는 눈물이 어리었다. 조신철은 미소를 띠우며 가볍게 고개를 끄덕이고 있다가 일어섰다. 떠듬떠듬하나 신철은 어느 정도 한어를 할 줄 아는 모양이었다. 전혀 알아듣지 못하는 말이었으나 억양과 몸짓이 새벽에 일어나야 하므로 하직을 해야겠다고 하고 있는 것이 분명했다.

노인이 서운해 하면서 눈짓을 하자 아들인 듯한 중년이 이곳 풍속대로 꼭뒤 높게 쪽을 찌고 비녀와 꽃을 꽂은 부인에게 또

눈짓을 한다. 부인은 안채로 통하는 듯한 문을 열고 사라지더니 이내 하녀에게 보따리 하나를 들려 되돌아왔다. 남편이 그것을 받아 들자 노인이 또 무어라고 한다. 아들 되는 사람은 가볍게 고개를 숙인 후 그것을 조신철에게 건네려 했다. 조신철은 펄쩍 뛰며 두 손을 마구 흔들고 고개를 젓는다. 그것은 인사치레의 거절이 아니고 절대로 받을 수는 없다는 단호한 물리침이었다. 그는 작별 인사도 할락말락하고 한 번 깊게 읍을 한 후 그 집을 뛰어나왔다.

밖은 초승달이 기울고 있었다. 어두운 골목을 지나며 하상이 입을 열었다.

"그 노인이 우리 조선 선비 옷을 부탁했던가요?"

"부탁은 하지 않았지만 고국에 묻히는 것이 사무친 소원인데 이룰 길 없는 것이니 시신이라두 우리 나라 옷에 싸여 이 세상을 떠나구 싶다구 하는 것을 들었어. 호란 때 선비였던 몇 대존가 되는 조상이 붙들려 왔는데 고국 얘기는 지금까지 대대손손 전해 내려오게 허구 있다네. 나무아미타불."

"갸륵한 집안이군요."

하상은 말을 끊었다가 한참 만에 입속말처럼

"성님은 참 좋은 분이에요"

하고 고개를 들어 하늘을 올려다보았다. 찬 하늘은 두려울 정도로 온통 별, 별, 별의 보석밭이었다.

역관들은 유관留館하고부터 더 바빠졌다. 하상이 섬기는 손역
관도 북경에 당도한 다음 날 하루 관에서 쉬었을 뿐 부산한 나
날을 보냈다. 소시부터 역관을 지냈다는데 아직도 당상堂上이
못 된 것을 보면 청어淸語도 한어漢語도 그리 신통치는 않은 모
양이지만, 오랜 경험으로 여러 가지 잡사의 절차에는 밝아 요
긴한 인물임에는 틀림이 없는 것 같았다.

사신들은 북경에 들어간 다음 날 정사 이하가 관복을 갖춰
입고 표表 · 자문咨文을 받들고 예부禮部에 나간다. 먼저 현관
례見官禮를 상서尙書에게 거행하고 나서 정사가 자문을 받들고
꿇어앉아 "국왕의 자문입니다" 하고 고하면, 상서가 받도록 명
하고 "일어나시오" 하는 것이다. 그런 뒤에야 사신이 일어나서
물러나와 쉬는 곳에 앉는다. 이윽고 통사通事를 시켜 표문表文
을 의제사儀制司에 올린 뒤에 사신 이하가 주객主客, 의제 두
사司를 두루 찾아 행례行禮를 하고, 끝나면 관으로 돌아가 황제
에게 알현하는 조참의朝參儀의 허락을 기다리는 것이다. 마음
으로는 모두 오랑캐라고 낮춰보면서 행례해야 하는 굴욕감은
언제나 가슴 한구석을 거슬려 삼사는 유관중에 항용 병고를 겪
었다.

그러나 역관들은 좀 달랐다. 삼백 명이나 되는 일행의 귀가

되고 입이 되어야 하는 입장인 만큼 우선 발등에 떨어진 불똥부터 꺼야 하는 처지이고 보니 심중은 어떻건 겉보기에는 제 세상 만난 사람 같은 인상을 주었다. 말이 통하지 않는 사람은 이쪽 말이 제대로 전달되었는지 저쪽 말이 정녕 바르게 통역되었는지 알 수 없어 갑갑하고 답답만 했다. 역관에만 의지하고 만사를 운영하려니 불안도 하고 불편도 하였다.

중국 쪽에서도 사행이 압록강을 건너면 통관이 먼저 책문에 와서 기다렸다가 송영관과 더불어 호행하여 북경에 이르며, 돌아갈 때에도 올 때와 같이 하고, 사행이 북경에 머무는 동안에는 사행이 체류하는 관소 동쪽 협문 밖에 설치된 아문衙門에도 대통관大通官이 역시 여섯, 차통관次通官이 역시 여섯 거처하고 있지만 그 아역衙譯이란 자들의 조선말이 말 배우는 아이들만도 못하니 이쪽의 역관의 실력도 믿어지지 않는 것이었다. 그런 데다가 역관 중에는 고약한 사람도 없지는 않았다.

특히 이번 사행의 수역首譯은 음흉하여 양쪽 사이를 왔다갔다 하면서 대수롭지 않은 것도 과장하여 일을 꾸미고, 어렵게 해결하면 자기가 처리한 것처럼 생색을 내어 아국 사람은 물론 중국 쪽에도 하찮은 일로 괴롭히곤 했다.

실력은 어떻건 손역관은 그런 사람들과는 달리 충실하고 사심이 없이 특히 하례배들의 의지가 되었다. 예부에 표·자문을 바치러 갈 때는 수행했지만 그는 주로 관에 머물러 자질구레한 일을 맡아 했다. 그런 주인을 섬기는 동안에 하상은 아문 사람들과도 친해졌다.

비상한 일에 대비하여 아문을 설치하고 중국 관원들이 지켜주는 우리 사행의 관소는 옥하교 곁에 있다 하여 옥하관玉河館이라고도 하고, 남관이라고도 하다가 건륭乾隆 임진년에 회동관이라 사명해 관문에 '회동사역관會同四譯館'이라고 편액한 것이다.

관소에는 네 채의 집이 들어서 있다. 첫째 집에는 청사로 삼사가 아문의 여러 관원들과 공직으로 만날 적에 모이는 곳이고, 둘째 집에서는 정사가 거처하고, 셋째 집은 부사의 거처가 되어 있고, 넷째 집이 서장관의 거처였다. 집마다 건넌방과 익랑翼廊이 있어 종자와 비역稗譯들에게 나누어 주어 기거하게 하였다.

사행이 떠나면 비워 두는 집이어서 일행이 관내의 홍화점紅花店에 이르렀을 때 사람을 미리 보내 수리시켰으므로 창호지도 깨끗하게 바르고 삿자리로 만든 벽에도 능지菱紙를 붙이고 문에는 발도 드리워 찬 기운을 막고 방 옆에는 협실도 만들어 짐도 간직할 수 있었다.

하상은 손역관의 시중을 들면서 서장관이 거처하고 있는 집채의 익랑에서 기거했지만 마루 밑에 삿자리로 만든 구인들의 방에서 어울리기도 했다.

노중路中과 달라 구인들은 할 일이 없다. 마루 밑은 그런대로 아늑하여 투전도 하고 푸념도 하고 농담도 하고 싸우기도 했다.

한번은 앉은 자리로 싸움이 벌어졌다. 관의 사옥은 컸지만 마루 밑이고 보니 허리를 구부려야 운신을 했고 장골들의 거처로 쓸 너비는 아니었다.

네 채의 관옥으로는 많은 인원을 수용할 수가 없어 동쪽 담 밖의 집 한 채를 사서 터 가지고 용접하는 곳을 만들고 이것을 북캉北炕이라 하고 상·부사의 주방과 임역任譯의 거주를 이곳으로 옮겼다. 그리고 나머지 공터 수백 묘畝에는 수행한 장사치들이 각각 삿자리 집을 지어 지냈다. 돈이 넉넉한 자는 온돌방을 꽤 사치스럽게 꾸미기도 했으나 구인들의 거처는 처지가 넉넉지 않아 관 밖의 허름한 집 하나를 사서 나누어 들고 얼마는 노숙도 하였다. 이런 형편이고 보니 쇄마刷馬, 역마 할 것 없이 말들은 집 밖의 노천에 서 있었다. 화려 굉장한 중원의 서울 한복판에서 그들의 고생은 요동 벌판보다 낫다 할 수 없었다.

그날은 몹시 추웠다. 밖에서 들어온 구인 하나가 동배들 속에 끼어들려 하다가 삿자리 벽에 기대듯이 앉아 있던 사람을 얼떨결에 떠밀었다. 벽에도 삿자리가 처져 있지만 바닥에도 삿자리가 깔려 있었다. 떠밀린 사람은 반사적으로 몸을 가누었으나 황급히 중심을 잡느라고 한 손으로 바닥을 짚는 순간 삿자리를 엮은 갈대 끝이 부러져 손톱 밑에 박혔던 것이다.

거칠 대로 거칠어진 사람들이다. 수라장이 벌어지고 싸움은
군뢰가 뛰어왔을 때야 겨우 멎었다.

"칵 뒈져야 하는 새끼들이야. 다시 소동을 하믄 대곤을 멕이
겠다. 알간?"

군뢰가 엄포를 놓고 돌아간 후에는 아무도 입을 열지 않았다.
군뢰의 엄포가 무서워서가 아니고 한바탕 소동에 쌓였던 울화
가 얼마큼 풀렸던 것이다.

바람이 쏴아 마루 밑을 훑는다.

"에이 추워. 날씨는 또 왜 육실하게 이렇게 극성이란 말여."

"마루 밑이니 화톳불두 놓지 못하구 말야."

구석에 무릎을 세우고 앉아 있던 사나이가 노랫가락을 흥얼
거리기 시작했다.

"꽃서울 북경에는 문도 많고, 궁도 많고, 고대광실에는 창도
유리, 기와도 유리, 옥등에 불 밝히고 채단 금침에 삼천 궁녀
거느리는데—."

"좋다!"

또 한 사나이가 장단을 맞춘다.

"우리네 구인 신세, 두더진가 굼벵인가 설한풍 마루 밑에서
등도 없고 계집도 없네—."

"실은 나 그저께 양한지(養漢的=私娼) 한번 안고 왔지."

노랫가락이 채 끝나기도 전에 장단을 맞추던 사나이가 으스

대듯이 말했다.

"시러베 자식 같으니. 난 동패루가의 청루에 갔다 왔다, 왜?"

"와핫하하, 와핫하하."

폭소가 터졌다. 양한지라면 모르되 은 수십 냥이 아니면 얼굴도 볼 수 없는 청루의 기녀가 구인 나부래기에 당키나 한 소린가. 양한지라도 좀 반반한 계집이면 당전唐錢 오십 닢쯤으로는 쳐다볼 수 없는 것이 연경의 계집 시세였다.

"사타구니가 스물거려 할 수 없이 샀기는 했지만 대국 기집은 정말 정떨어져. 횟됫박을 뒤집어쓰고 점주(點朱=입술에 연지를 칠하는 것)한 꼴이 말야, 꼭 시신에 함주(含珠=죽은 사람의 입에 구슬을 물리는 것)시켜 논 것 같잖아? 끔찍하단 말야. 그리구 발은 또 왜 그렇게 지지리 꽝꽝 묶어서 병신을 만드는 거지?"

"그라. 비럭질을 해두 맨발 드러낸 기집 봤어? 함께 만리장성을 싸두 기집 맨발은 볼 수 없겠지만 꼭 앓구 있는 주먹같이 생겼다나. 어려서부터 꽝꽝 묶어 두니 자랄 수가 있어야지. 발꾸락을 모두 발바닥에 오므려 붙였으니 매부리 같구, 발바닥은 꾸부려져 땅에 닿지 않으니 중심이 잡혀야지. 혼잔 일어서지 못해, 허다못해 벽이나 기둥을 의지해야 된다네."

"호녀胡女는 싸매지 않는다며?"

"그렇다나봐."

"어쨌건 맘에 들지 않아. 게다가 여공은 하나두 않구 캉 위에 편안히 앉아 칠보단장만 한다지 않아. 대가리엔 비녀랑 꽃이랑, 주렁주렁 꽂구 달구, 귓밥에는 천작을 했는지 구멍 뚫어 고릴 달구."

"그런데 서방들 꼴 봤나? 꾀죄죄 때 묻은 옷 입구 밥짓구 빨래허구, 길쌈허구, 바느질두 허구. 그래서 꼭 종놈 같단 말야."

"못난 놈들 같으니."

"××을 떼어 버리래."

"자네나 마누라 신칙 잘 허란 말야. 일 년을 열두 달 채워 본 일 있어? 역마수 타고난 업으루 노상 떠돌아다니구 있으면서."

"불쌍한 왕쇠 어멈, 호랭이 같은 시아버지, 갈퀴 같은 시어머니, 여우 같은 시뉘년에 심술쟁이 시동생, 공경허구 시중들라 손발이 닳으면서 눈칫밥 한 덩이 얻어 먹는 게 고작이여. 그래두 서방이라구 내가 돌아가면⋯⋯."

"야야, 팔푼 짓 작작해라."

"야야, 정말이야. 내가 죄인이지."

말끝에 진정이 어려 이제 아무도 그를 놀리지 않았다. 한참 잠잠하다가 누군가가

"요번에 돌아갈 땐 당분 연지나 사 가지구 가서 마누라 효도 좀 허려무나"

하자 사나이는 풀이 죽은 소리로,

"왜 갖다 주지 않았겠나? 그런데 그 머저리가 다방골에 갖다 팔았다구. 그 돈으로 시아버지 남바위 사구, 시어머니 햇솜 이불 지어 주잖겠어?"

"효부구나."

"그게 동국 여자(조선 여자)지."

"그랴. 여잔 동국 여자가 젤이야."

모두 숙연해진다. 집을 떠난 지 어언 수삭, 집도 그립고 아내도 그리워지는 것이었다.

한구석에 끼어 앉아 있던 하상에게는 수작의 내용이 모두 거북하고 민망스럽고 얼굴이 뜨거워지는 것이어서 그는 슬며시 밖으로 나갔다. 매운 바람이 회초리처럼 뺨을 후려친다. 그는 재빨리 등을 돌려 바람을 막았다. 다시 몸을 바로 돌렸을 때였다. 저만큼 마구잡이로 서 있는 삿자리 집들이 바람에 너풀거리는 것이 눈에 들어왔다. 순간 하상은 저도 모르게 눈을 부릅떴다.

삿자리 집(점옥=苫屋)들은 잠시 잠깐 머무르기 위하여 지은 집인 만큼 안은 그런대로 제법 견딜 만하게 꾸몄지만 몹시 너절하다. 바람에 펄렁거리는 것만도 스산해 보이는데 말 두 마리가 집 겉둘레에 친 삿자리를 뜯어먹고 있지 않은가.

때마침 그 집에는 아무도 없는 모양으로 쫓는 사람도 보이지 않고 순식간에 집 모양은 엉망이 되고 있었다. 하상은 소리를 지르며 그쪽으로 달려갔다. 말들은 하상을 보고도 삿자리를 뜯어먹고 있다가 큰 소리로 야단을 치자 그 옆에서 물러났다.

협문 밖 아문 쪽에서 누군가가 뛰어왔다. 관직이 갑군의 한 사람이다. 마구 뜯긴 짐을 보자 눈이 휘둥그레진다. 하상은 큰 소리의 조선말로

"말이 삿자리를 뜯어먹었잖소. 배가 고팠던 거요"

하며 아귀아귀 씹는 시늉을 하고 배를 쓸어 보였다. 갑군이 얼 빠진 얼굴로 고개를 주억거린다.

"내가 듣기엔 말에겐 날마다 콩 너 되와 꼴 두 뭇이 나온다는 데 언제나 안달스럽게 주니 이런 짓을 한 거예요."

하상은 손짓 몸짓을 해 가며 조선말로 항의를 했다. 갑군은 잘 이해하지 못했는지 아문으로 돌아가 아역을 데리고 왔다. 아역은 통관들이 돌아가며 맡고 있었다.

"말이 어쨌어?"

아역이 이상한 억양의 조선말로 물었다. 하상은 대충 설명을 하고

"말먹이를 넉넉히 주시우"

하며 그자를 노려보았다.

"우리 잘못 없어. 말 많이 먹였어."

"난 콩 받아 본 일 없어요. 앞으론 콩두 주시우."

"우리 사람 날마다 콩두 줬다."

아역이 우겼다.

"좋습니다, 나으리. 그럼 낼부터 옥하관 말들은 집을 뜯어먹
구 산다구 소문을 퍼뜨리겠어요. 만세야(萬歲爺=황제)의 귀에
두 들어갈 테죠."

한참 아무 말도 않고 서 있던 아역은 하상을 남겨둔 채 아문
으로 돌아가더니 다시 돌아오지 않았다. 그러나 닷새가 지난
뒤 지급된 일행의 일용품 중에는 말먹이 콩이 수십 석이나 섞
여 있었다.

사행이 먹고 쓰는 것은 표·자문을 바친 다음 날부터 매일 차
등 있게 나오는 것을 닷새에 한 번씩 대통관이 광록시廣祿寺에
서 받아 와서 전원에게 분배했다. 이 해에는 일행의 북경 도착
일이 섣달 스무엿샛날이었으므로 다음 날은 척일(隻日=奇數日)
에 해당하였다. 척일에는 관원이 등청을 하지 않는 제도여서 도
착 다음 날에 바치기로 되어 있는 정표자문呈表咨文 절차가 다
음다음 날로 미루어져 일용품의 지급도 하루 늦어졌던 것이다.

지급되는 물품은 주식, 부식, 시량, 등유, 말먹이 등 고루고루
없는 것이 없고, 정부사에게는 매일 능히 진수성찬을 차릴 만
한 찬감이 지급되고, 서장관, 대통관, 압물통관 등 이른바 정관
30명과 종인 30명에게도 등급은 있으나 모두 푸짐한 요料가 내
렸다. 이 밖에 하배 인마에 이르기까지 충분한 먹을 것이 지급
되었는데, 이 나라의 양기量器는 우리 나라의 배가 넘는 크기이
기 때문에 그 수량은 어마어마한 것이었다.

이 엄청난 물품은 그 대부분을 건량군관乾糧軍官과 역관이 수역과 함께 나누어 먹고, 하배 인마의 요도 만상 군관이 가로 채었다. 그들은 양기의 크기 차를 이용하여 받아 온 식량을 우리 나라 되로 되어 지급하고 나머지를 차지했던 것이다. 하여 그 물량의 거래를 하는 잡상들이 관내에 들끓었다.

아문에서도 부조리가 심했다. 아문에는 제독 1인, 대사 1인, 서반序班 6인, 대통관 6인, 차통관 6인이 중문 밖에 거처하게 되어 있고, 문장門將 2인은 보십고甫十古 2인, 갑군 20명을 거느리고 문을 지킨다. 그러나 실제로는 수문장은 매일 갈리며 보십고는 닷새마다 바뀌었다. 통관은 번갈아 왕래하고, 제독은 올 때도 있고 오지 않을 때도 있고, 갑군도 다 오지는 않는 모양이었다. 매일 미시 후에 통관들이 와서 중문重門을 잠그고 봉인을 치고 갔다가 이튿날 해뜬 뒤에 와서 문을 열었다. 문을 여닫을 때는 번번이 군뢰가 와서 사신께 고하는데 문을 닫을 때는 갑군이 들어와서 장사하는 호인들을 큰 소리로 불러 내쫓았다. 그 소리가 너무 크고 소란하여 몹시 불쾌했다.

법인즉 공사인의 단속이 엄중하고 문한 시간도 어김이 없었으나 관내에는 대소 상인이 들끓고 많은 물화를 버젓이 수레로 날랐다. 함부로는 유관遊觀을 하지 못하게 되어 있는 북경 거리에 각 나라 사신들의 수행원과 종인들이 활보하고 있는 것도 아문지기들의 아량(?) 때문이었다. 사행에게 지급되는 요에는 전혀 간섭을 하지 않았으나 말에 관해서는 떠도는 말이 있어 하상은 넘겨짚고 말을 해 보았던 것인데, 뜬소문이 아니었던지 군뢰에게 충고를 한 것인지 그 후로는 말이 삿자리를 뜯어먹는 일은 없어졌다. 그래도 관내에 산더미같이 쌓여 있는 말똥에는 곡절이 있었다. 사신의 유관 사십 일 동안에 말이 배설한 똥은 사행이 떠날 때까지 뜰 한구석에 그대로 쌓아 모아 두었다가 사행이 귀국하고 나면 밭거름으로 팔고 대금의 오륙십 냥은 대사가 차지한다는 것이었다. 그것은 뇌물이 아니고 소득이라는 것이 그들의 생각이었으리라.

어쨌건 초행의 맨 밑바닥 신분이기도 했지만 하상은 되도록 눈에 뜨이지 않도록 조심을 했다. 목적을 달성할 때까지, 아니 목적을 달성한 후에도 조심에 조심을 하여야 하는 몸이었다. 하여 구인 하례들이 떠드는 자리에는 항상 끼어들어 겉도는 일이 없도록 하고 있었다. 언제나 의심을 사지 않고 모두와 어울리는 동시에 아직은 거리에 나가 본 일이 없지만 옥하관에서 가깝다는 선무문宣武門 안의 남천주당南天主堂이나 동안문 밖 동천주당의 위치를 어림짐작으로라도 알아 놓고 싶었던 것이다. 말도 지리도 모르는 데다가 조선옷, 그것도 한눈에 천인 차림이니 눈에는 뜨이고 업신여김도 받을 것은 뻔한 일이었다. 동행이라도 얻을 수 있는 일이라면 일은 좀 수월해지겠지만 눈치도 채지 못하게 해야 하는 처지가 아닌가.

해가 바뀌었다. 중국 사람들의 설맞이는 굉장하다고 듣고 있
던 대로 옥하관도 길 가까운 높은 담 너머로 날마다 폭죽 터지
는 소리가 들리고, 하례배들은 번갈아 가며 무리 지어 거리로
나갔다. 그리고 돌아와서는 낮에 보았던 진기한 구경거리, 색
다른 풍습들을 각각 늘어놓는 것이었다.

"이 나라에선 대보름날까진 철시를 한다지 뭐야. 그래서 유
리창琉璃廠 전포들은 모두 문을 닫았대. 허지만 상방象房이라
던가 호권虎圈에는 여느 때보담 사람이 더 모였더라니깐."

"녀석 같으니. 밤낮 그런 데만 갔던 것처럼 말허는구나."

"그럼 올 때마다 가는데. 나는 사나운 짐승이 좋거던."

"오오라, 성님 만나 보러 갔구나."

"호랭이가 얼마나 점잖고 으젓한 줄 알아? 자알 생겼다구.
네 녀석같이 초란인 줄 아니?"

"누군 호랭이 못 본 줄 알구 그러냐? 점잖게 생긴 놈이 던져
주는 고깃덩이는 잘두 받아먹대. 어린애들까지두 놀림감으루
알구 돌을 막 던지구 놀리구 있더라."

"그래두 눈썹 하나 까딱허던? 우리에 갇혀 있어두 산중왕이
라구. 거기 비험 코끼리란 놈은 한심스러워. 산더미 같은 놈이
쬐꾸만 상노(象奴=코끼리를 다루는 사람) 놈의 회초리 하나루 우
스꽝스러운 재주를 부리지 않아? 코루 대궐 기둥만한 목재두
나르구, 한 발루 서기두 허구. 헌데 그 다리가 기둥만 허드면."

"너야말루 한심한 놈이구나. 난 만수사萬壽寺에 가서 예불두 허구 불공두 드리구 부적두 사 왔다. 세초에는 사람다운 일을 해야지."

"아닌게아니라 북경엔 볼 게 너무 많아. 호인놈 호인놈 허지만 인심두 좋더라구. 저번에 홍화점에서 담이 심해 쳐진 거북이 말여. 혼자 두구 와서 동시나 나지 않았나 걱정했잖아."

"아, 그 사람 뒤쫓아왔다지?"

"말두 통하지 않는 그 사람을 동네 사람들이 살뜰히 거둬 주더래. 따뜻한 캉에 뉘이구 율무죽이랑 시시탕(時時湯=돼지고기 맑은 국)으루 구완두 해 주구. 담이란 냉허면 심해지는 것 아냐? 아주 몸을 추슬렸더라구."

"고맙군."

"엣취!"

누군가가 크게 재치기를 했다. 전염이나 된 것처럼 여기저기서, '엣취' '엣취' 재채기가 연발한다.

"제기랄, 입춘두 지났는데 춥긴 왜 이렇게 추워."

"창자까지 어는 것 같아."

"정·이월에 대독 깨지구 꽃샘바람에 중늙은이 고뿔 든다잖아."

"아냐. 홀애비 목덜미에 샛바람 기어든다구. 사내는 마누라와 한 이불 속에서 자야 해."

"내가 마누라 될께. 나하구 자자."

털부성이 한 놈이 기어들면서 목을 껴안는다.

"얼굴에 털 난 마누라두 있더냐. 징그럽다, 이놈아."

와아 웃음이 터졌다. 한 사람이,

"쉿, 자정이 가까워. 캉에 누우신 서장書狀 나리 잠 못 주무시겠다."

"그려. 한 번두 걱정은 안 허셨지만 주복이가 그러는데 통 잠을 못 주무신대. 우리가 이렇게 춥다구 야단이니 칙은허구 민망해서 떠들어두 나무라지두 못 허시겠다나."

"좋은 분여."

"그래. 그런데 부사 영감 캉 밑에 있는 패들은 안됐어. 시끄럽다구 호령을 해서 심심풀이두 못 한대요. 영감인지 땡감인지 어지간히 까다로워야지. 그래서 모두 얘기는 못 하지만 그 대신 밤새두룩 아이 춰, 아이 춰 허구 골린대."

"민망스럽지두 않을까?"

"도척 같은 게 사람 맘을 가졌어야지."

"그런데 달구 온 화상은 또 왜 그래?"

"조칸가 먼가 허는 작자 말여?"

"응."

"그거 걸물이더라. 문중에선 불가사리라 한다지만 트인 데두 있드라구. 당도하던 날부터 쏘다니는데 불가사리 쇠 먹듯 북경

풍물에 익어 가구 있거든."

"망신시키는군."

"아냐. 그래뵈두 제법 문장이래. 어떻게 삵었는지 아문지기 헌테두 코 아래 진상 않구 출입허구 있대."

"엇취!"

또 누군가가 재채기를 한다. 컹컹 마른기침을 하는 자도 있다.

"제리랄, 요술이나 배울걸."

"요술은 아무나 배운다던?"

"그래두 지금 당장 요술을 헐 줄 알았으면 얼마나 좋겠어."

"아닌 밤중에 홍두깨두 유분수지 이 밤중에 요술타령은 또 뭐야."

"밤중이니깐 요술타령이지."

"겸입가경(점입가경=漸入佳境)이라더니 점점 알 수 없는 소릴 하네."

"아냐. 내가 요술쟁이라면 주문 몇 마디 외구 손바닥 몇 번 탁탁 치구 입김 한 번 불면 이 마루 아래가 담박에 고대광실의 뜨끈뜨끈한 방이 된단 말야. 그럼 우리 모두가 뜨거운 방바닥, 우리 조선의 온돌 아랫목 뜨거운 구들장을 지구 말야, 등을 굽는단 말야."

"그거 좋구나."

"몸이 녹으면 또 손바닥을 탁탁 치지. 그럼 밥상이 나오지.

사발에 눌러 담은 우리 조선의 보리 섞은 밥, 구수한 된장찌개에 알맞게 익은 배추 소김치가 소담하게 나오는 거야."

"고작 그것뿐야. 고대광실 집이라면서."

"그만함 됐지. 또 뭘 바란담."

"그래두 계집은 있어야 되잖어."

"우리 언년이 어멈을 불러내야지. 이렇게 손바닥을 팔랑팔랑해서 말야."

그는 두 손을 팔랑거렸다. 눈을 감은 채,

"언년어멈은 행주치마를 입구 있어. 빨간 댕기를 물린 머리쪽엔 실이 꿰진 바늘을 꽂은 채지."

"야야, 누굴 놀리구 있니? 집에 돌아가면 요술을 부리지 않어두 신물이 나두룩 같은 꼴을 볼 텐데. 바가지나 긁지 않게 신칙허라구."

"바가지를 긁음 요술루 어멈을 그 자리에서 치워 버리든지 내가 이리루 와 버리든지."

"그럼 도루묵이 아녀. 싱거운 녀석 같으니. 에이 춰."

모두들 짠지국이 된 포개를 뒤집어쓴 채 피식 웃는다. 누군가가,

"자자, 자자구. 그럼 꿈이 요술을 부려 줄 꺼야."

"경칠 눔의 추위 때문에 잠이 와야지."

그래서 거리에서 보고 온 요술쟁이 이야기는 얼마 동안 계속

되었다. 보자기를 펴 보여 아무것도 없는 것을 확인시킨 후 돌돌 말았다가 다시 푸니 어디서 생겼는지 구슬이 수십 개나 굴러 나왔다는 둥, 두어 치가량의 노끈을 씹어 삼키더니 한참 있다 끝도 없이 한도 없이 노끈을 입에서 줄줄이 끌어내더라는 둥, 대추 한 알을 삼킨 후 손바닥을 탁탁 치고 목줄기를 위로 쓸어 올리니깐 입에서 불을 뿜더라는 둥 신기한 이야기가 속출했다.

어떤 사나이는 빈 나무 궤짝 속에 계집아이 하나를 넣고 마구 톱질을 하던 이야기를 신나게 늘어놓았다. 궤짝은 분명 두 동강이가 났는데 계집아이는 생글생글 웃으면서 궤 속에서 나왔다는 것이다.

이렇듯 별별 이야기가 다 나왔지만 천주당에 대해서는 아무도 말하는 사람이 없었다. 하상은 새삼 신유년의 박해의 가혹함과 김대비의 토사교문의 위력과 오가작통五家作統의 교우 색출의 철저함과 잔인함을 깨닫지 않을 수 없었다. 그는 틈을 타서 관 밖으로 나가 아무도 모르게 천주당을 찾을 수밖에 없다고 마음을 다졌다.

추위도 정월 초열흘이 지나자 얼마큼 풀리기 시작했다. 하례배들의 관 밖 출입이 부쩍 늘고 불상사도 심심찮게 일어났다. 구인 하례 중에는 막된 사람들이 적지 않았다. 유들유들 뻔뻔한 데다가 수치심도 죄의식도 없어 곧잘 고장 사람들의 빈축을 샀다. 체면이 말이 아니어서 아문 단속을 엄하게 할 수밖에 없었다.

그러던 어느 날 아침 하상이 말먹이를 주고 있는데 누군가가 옆에 와 섰다. 고개를 돌려 보니 챙이 넓은 음양립을 제껴 쓰고 군때가 묻은 도포를 입은 이십칠팔 세의 선비다.

"넌 누구 종자냐?"

"녜, 손역관을 모시구 있사와요."

"오늘 너 좀 빌려야겠다."

"녜?"

"나하고 북경 유관하잔 말이다. 넌 쓸 만할 것 같다. 수삼이란 놈은 수다가 심하구 봉재란 놈은 입이 너무 가벼워 걸핏하면 고자질이거든."

하상은 눈만 껌벅거렸다.

"네 상전에겐 내가 말하겠다. 난 이시명이야. 사신 행차 따라온 허풍선이지."

"……."

"네 이름은 뭐라 하느냐?"

"녜, 주의종이라 하와요."

"주의종이라. 얘, 의종아. 오늘은 좀 색다른 구경을 하구 싶구나. 너두 말은 들어 본 일이 있겠지만 북경에 와서 천주당두 못 보고 간다면 온 보람이 있겠느냐. 거길 가잔 말이다."

하상의 가슴은 덜컥 내려앉았다. 내 본색을 이 사나이는 알고 있는 것이 아닐까?

"녜 녜, 하오나 그런 덴 가셔두 되시와요?"

"남에게 알리지만 않으면 된다. 그러니깐 수삼이두 봉재놈두 따 버리구 널 데리구 가려는 게 아니냐."

미시경에 두 사람은 관 밖으로 나갔다. 아문지기들은 이시명을 보자 히쭉히쭉 웃고 하상에게도 호의 어린 얼굴을 보이며 문을 통과시켜 주었다. 말이 삿자리 집을 뜯어먹던 일 이래 하상은 그들과 친숙해져 있었던 것이다.

건달기가 많고 겁이 없어 보였으나 이시명도 천주당에 가는 데는 약간의 주저를 느꼈던 것이 분명했다. 그는 천주당에 가는 길을 알고 있었던 것이다. 어느새 익혔는지 북경 지리에 제법 밝아 길을 헛잡지도 않고 곧장 높이 솟은 어느 문을 향해 갔는데 문 앞을 지나며 문루를 올려다보니 정면 처마 밑에 정양문正陽門이라는 현판이 붙어 있다. 본 일은 없지만 들어 익혀 온 이름이다. 하상의 가슴은 소리가 들리도록 뚝뚝 뛰었다.

정양문을 지나 선무문宣武門을 채 못 가서 있다는 천주당은 정양문을 얼마 지나자 보이기 시작했다. 여항閭巷의 그만그만한 집 위로 기이奇異하고 웅대한 건물이 솟아 있는 것이 보이는데 기와를 덮은 제양制樣이라든가 들보 없이 위로 쭉쭉 뻗어 오른 제도가 전해 듣던 천주당임에 틀림이 없었다. 하상은 눈 속이 뜨거워 오는 것을 어찌할 수 없었다.

얼마를 가지 않아서 두 사람은 천주당 앞에 이르렀다. 바로
앞에서 보니 천주당은 일곱 길이 넘는 높이로 장려하고, 기묘
한 기교가 눈길을 끌었다.

그 제도는 좁고 깊은데 좁은 쪽이 노변에 면해 있고 길을 향
하여 문틀이 몇 겹이나 붙은 홍문虹門이 셋 나 있다. 그 문 역시
대단히 높은데 가운데 문 위의 꽃 모양의 채색 유리창이 영롱
하다.

지붕은 편편하지 않고 중앙은 얕고 양쪽은 망루같이 높다.
세 개의 홍문 위에도, 세 개로 나뉘어진 건물의 정면 최상부에
도 가장자리를 조각으로 아로새긴 박공牔栱이 붙어 있다. 그
박공 위에는 오오, 여섯 개의 작은 십자가가 의연히 빛나고 있
지 않은가! 십자가…… 십자가…… 오, 주 예수가 인류의 지은
죄를 보속코자 그 위에 못박혀 피 흘리고 죽으신 십자가! 그로
인해 고난과 승리의 상징이 된 십자가! 그러나 조국 조선에서
는 그리스도를 따르는 진리에 눈뜬 착하고 어진 사람들이 그리
스도를 따르면서 한 번도 떳떳이 내세워 볼 수 없었던 십자가!
그 그림자만 어려도 가혹한 박해의 대상이 되는 십자가!

벅찬 감격이 솟구쳐 뜨거운 눈물이 뺨을 타고 흘러내린다.
하상은 황급히 소매 끝으로 눈물을 닦았다. 언젠가는, 언젠가
는 우리 조선에도 믿음과 진리의 상징으로 어엿하게 하늘 높이

거룩한 십자가를 세워 보리라.

그는 저도 모르는 사이에 두 주먹을 불끈 쥐고 있었다.

갓이 벗겨지도록 고개를 제껴 천주당을 올려다보고 있던 이시명이

"굉장하지 않으냐? 하늘을 찌를 것 같구나. 높구 웅장만 한 게 아니구 저 세부에까지 베푼 섬세하고 기묘한 솜씨를 보아라. 저 높은 탑 위까지 두 박공뿐 아니구 뾰족뾰족한 장식으루 탁 틀이 잡히구 위엄이 더해 보이게 하구 있지 않으냐?"

하고 두어 발치 뒤에 서 있는 하상을 돌아본다.

하상은 눈을 껌벅거리면서

"그렇군뎁시요. 하오나 너무 높아 고개가 아픈뎁쇼. 눈두 부시와요"

하고 얼버무렸다.

"연암燕巖의 『열하일기熱河日記』를 보면 말야. 이 천주당의 외관에 대해선 그저 높구 기이하다구만 써 있을 뿐이야. 내부의 제도나 기구 장식, 회화 조각엔 찬탄을 아끼지 않으면서. 그러니깐 이 안이 어떻게 진기하구 놀랍게 꾸며져 있는가 짐작이 가잖어? 여기까지 와서 천주당 속 구경두 못하구 가다니."

이시명은 안타까운 듯이 혀를 찼다.

"들어가 보시와요."

"들어갈 수만 있다면 작히나 좋겠냐. 들어갈 수가 없으니깐

그러지."

"연암인가 하시는 분은 속두 보셨다 허셨습지요?"

"연암이 여기 온 것이 언젠데. 허기야 너 따위에게 연암이니 열하일기니 한 내가 싱거운 놈이지만."

이시명은 피식 웃고

"그때완 사정이 달라졌어. 여기서두 천주교 박해를 받게 됐다거든. 저봐. 문이 꼭꼭 닫혀 있지 않으냐? 사실은 여기 이렇게 오래 머물구 있어서두 안 되는 게야."

하고 아쉬운 듯이 천주당을 한 번 더 올려다보고는 발길을 옮겼다.

한양에서 들은 북경의 천주교 박해 소문이 사실이라는 것을 하상은 확인했다.

사행의 귀국날이 다가오고 있었다. 하상은 초조하지 않을 수가 없었다. 하루는 손역관 앞에서 손을 비비며

"시가 귀경을 좀……."

하고 미련스럽게 웃었다. 손역관은 대뜸

"그럼 해야지. 요술두 보구 코끼리 낙타 구경두 허구 오너라. 돌아가서 얘깃거리두 없다면 섭섭하지. 유리창에두 가 보구"

하고 쾌히 승낙해 주었다.

동행은 조신철이 되어 주었다. 북경 지리에 밝은 그는 좋은 안내인이었지만 하상은 화초포花草鋪도 채조포彩鳥鋪도 상방도

남들이 가장 신기해 하는 요술에도 흥미를 느끼지 않았다. 다만 유리창에 들렀을 때 계부季父 다산을 위하여 지필묵을 약간 샀을 뿐이다.

조용한 성품의 사람이었지만 유리창을 안내하며 조신철은 신이 났었다.

"자네두 보다시피 북경선 궁이라던가 전각 절간에 쓰여지는 기와와 벽돌이 여러 가지 색깔이구 꼭 유리처럼 빛나잖아? 그 기와와 벽돌을 굽는 공해公廨가 있는 곳을 유리해라 한다네. 그래두 그 유리해에는 아무나 함부로 들어갈 순 없어. 사외허는 게 많아서 기와나 벽돌을 구워 만들 땐 공장이라두 넉 달 먹을 양식을 가지구 한 번 들어가면 맘대루 나오질 못할 지경이라니깐 말여. 그 유리해 남쪽에 있는 정양문 밖의 시포市舖가 늘어선 곳이 유리창이라네. 가 보면 알지만 거긴 동서로 갈라져서 각각 이문里門이 있지. 동쪽은 유리창琉璃廠 동변東邊이라 허구 서쪽을 유리창 서변이라구 하는데, 길이가 십 리는 채 못 되지만 칠팔 리는 족히 되지. 하늘 아래 있는 것은 모두 모여 있는 데가 거기라네. 먹는 것 입을 것은 물론 각종 보화·패물·서화·기명·서적·문방사우·고동·비판碑版·정이鼎彝에 이르기까지 천하에 없는 것이 없다네."

그는 사행의 수행원 같은 사람의 안내를 맡은 일도 있는 모양으로 하례배로선 혓바닥이 잘 돌아가지 않는 어려운 말까지

하는 것이었다.

"난 필묵이나 좀 사겠어요. 우리 동네 교리 댁 서방님이 부탁을 허서서요."

"그럼 명성당鳴盛堂으로 가세. 흔히들 백궁전白宮箋·녹궁전綠宮箋·자옥광하묵紫玉光霞墨·이공필牙貢筆 따위를 사 가시더면."

귀한 것인 모양인데 본바닥인 만큼 생각보다는 값은 쌌다. 조신철은,

"애개, 겨우 그것만 사나. 좀더 넉넉히 사 가지고 가게. 한양서 팔면 톡톡히 재미를 보니깐."

"돈을 그만큼밖에 주시지 않았어요."

"여기 온 김에 당분 연지도 사게나. 어머님 누님들 새악씨헌테두 선물이 있어야지."

"그런 사람은 아무도 없어요."

어머니 누이는 물론 데레사님이나 마리아도 지분을 모르는 여인들이었다.

"새악씨두 없나?"

"녜."

"저런, 그럼 아직두 총각이란 말야?"

"녜."

"그럼 더구나 적계라두 한밑천 잡아 장갈 가야지. 내가 좀 돌

려 줄 테니 무엇이든 사 가게."

그는 하상이 가난 때문에 장가를 못 드는 줄 아는 모양이었다.

"그런 건 금물두 아니구 부피두 적지만 한양 가면 불티나게 팔리거든."

하상은 대답을 하지 않았다. 유리창에 쌓인 현기가 나는 물화도 그에게는 무관한 것이었다. 그는 길을 가며 눈으로 담배 가게만 찾고 있었다. 신미년(1811)의 밀사 이여진이 성직자 파견 청원을 담은 교우들의 편지를 지니고 북경에 왔을 때 담배 가게 주인의 도움으로 북경 주교를 만날 수 있었다는 이야기를 그는 상기했던 것이다.

중국의 담배 제조법은 선교사가 가르쳤던 것이어서 담배상에는 교우가 많았다. 담배 가게에 부적이 붙어 있지 않으면 대체로 주인은 천주교 신자라고 보아도 좋다는 말을 떠올리면서 그는 지나는 가게마다에 정신을 쏟았다.

어느 점포에나 홍지에 이금泥金 혹은 먹으로 쓴 부적들이 붙어 있다. 담배 가게도 몇 집 있었지만 모두 전자 혹은 야릇한 그림의 부적이 붙어 있었는데 서변 끝쯤 해서 부적이 붙지 않은 담배 가게가 하나 있었다. 하상은 마음이 환하게 밝아 왔다.

이튿날 오전 하상은 혼자서 그 가게를 찾았다. 때 묻은 짧은 옷에 전립을 쓴 조선 하례 차림의 그를 주인은 덤덤하게 맞았는데 마침 손님이 한 사람도 보이지 않아 하상은 품속에서 종이 한 장을 꺼내 주인 앞에 놓았다. 종이에는 한가운데에 십자가가 그려져 있었다. 그것을 본 순간 주인이 눈을 크게 뜨더니 하상을 지그시 노려보았다. 하상은 손을 들어 가슴에 조그맣게 성호를 놓았다.

그러자 주인은 황급히 일어서서 하상의 손을 붙들고 뒤로 난문으로 그를 끌어들였다.

그곳은 한 칸쯤 되는 골방으로 벽 쪽으로 담뱃잎이 쌓여 있었다. 빈자리에 앉은 후 하상은 손짓으로 지묵을 청하고 "북경의 교우를 만나 반갑습니다"라고 썼다. 주인의 눈이 또 커졌다. 어디로 보아도 남의 하인으로밖에 보이지 않는 젊은이가 달필로 필담을 시작하는 것이 믿어지지 않는 모양이었다. 그러면서 그는 몇 번이나 고개를 끄덕이고 좋아했다. 장사치들은 대개가 문자를 몰랐으나 주인은 학식도 있어 보였다. 같은 믿음을 갖는 두 사람은 단번에 오랜 지기처럼 정다워졌다.

필담은 오래 할 수 없었다. 가게를 찾는 손님이 있었기 때문이다. 그래도 하상은 자기의 성명 신분과 북경에 온 목적을 전할 수 있었다. 주인도 다음 날 해질 무렵에 오면 천주당으로 안내하겠다고 약조를 하는 것이었다.

이튿날 미시 가까울 때 하상은 관 밖으로 나갔다. 아문에서 갑군이 막았다. 미시면 문을 닫는 시간이 아닌가. 하상은 무슨 뜻이나 있는 것처럼 피익 웃어 보였다. 아문 갑군은 다른 뜻으로 받고 이심전심으로 알았다는 듯이 야비하게 웃고 문을 나가게 해 주었다.

하상은 그날 저녁 담배 가게 골방에서 저녁을 먹었다. 주인이 마련해 준 교자는 맛이 좋았지만 하상은 식욕을 잃고 있었다. 어두워지기를 기다려 두 사람은 가게를 나섰다.

가게는 선무문에서 가깝고 천주당은 선무문 안에 있었다. 스무날 밤 달은 아직 뜨지 않아 어스름 속에 천주당은 더욱 높게 웅장하게 솟아 있었다. 몸을 피하기에는 적절한 시간이었다. 담배 가게 주인 왕씨는 천주당 양옆 담에 뚫려 있는 협문을 밀었다. 미리 통기를 해 두었던지 문은 쉽게 열렸다.

담 안은 넓은 뜰이었다. 어두워 잘 보이지 않았으나 그 넓은 뜰 안에는 여러 채의 큰 집이 있는 것을 알 수 있었다. 모두 불이 꺼져 어둠이 응고한 것처럼 보이는 중에 불을 켠 집이 한 채 보였다. 왕씨는 그 집으로 하상을 인도했다.

집은 처마가 없고 문도 트여 있지 않았다. 길고 좁은 몇 개의 창을 통해 불빛이 새어 나오고 있었다. 왕씨는 불빛이 닿지 않는 벽 앞에 가서 벽 밑에 붙어 있는 서너 단의 돌계단을 올랐다. 계단을 올라가 보니 벽이 아니고 말굽 모양의 주석 문고리가 달린 육중한 문이다. 왕씨가 그 문판을 가볍게 두들겼다. 안에서 개 짖는 소리가 들리더니 문이 열리고 불빛이 쏟아져 나왔다.

문을 연 사람은 변발의 호인이었다. 왕씨를 보자 몹시 반가

워한다. 보지 못하던 종류의 커다란 개가 그 옆에서 짖기를 멈추고 느른하게 꼬리를 흔든다.

안으로 들어간 곳도 마루가 깔려 있으나 처음 보는 집 제도로 양옆이 벽인데 드문드문 나무판문이 달려 있다. 보가 보이지 않는 회칠을 한 높은 천정에서 가는 쇠사슬이 내려와 있고 그 끝에 희한한 등불이 달려 있다. 등은 불꽃을 배가 불룩하고 위 아래가 좁은 유리통으로 가리고 갓을 씌운 것이다.

변발의 호인은 두 사람을 벽에 달려 있는 어느 나무판문 앞으로 인도하고 좀전에 왕씨가 했듯이 문판을 가볍게 두들겼다. 안에서 알 수 없는 말로 응하는 것이 들리자 호인은 문짝을 밀었다.

밝고 넓은 방이 나타났다. 중국 옷을 입고 관은 쓰지 않은 이인異人이 탁자 앞에 앉았다가 일어서서 걸어 나와 그들을 맞고 방 안에 늘어놓은 교의를 가리키며 앉으라는 몸짓을 하고 자기도 앉았다. 그러나 왕씨는 앉지 않고 이인 앞에 무릎을 꿇었다. 하상도 왕씨가 하는 대로 그 옆에 무릎을 꿇었다.

이인은 다시 일어나서 그들 머리 위에서 십자 성호를 그었다. 강복이 끝나자 모두는 교의에 앉았다. 이인은 하상만큼이나 큰 키에 코가 높고, 깊이 들어가 있는 눈은 파랬다. 살빛은 맑고 희고 소담한 턱수염도 숱이 많은 구레나룻도 겉밤색이었다.

왕씨가 준비해 갔던 종이와 필묵을 꺼내 '조선 교우 정보록

(保祿=바오로) 하상'이라고 썼다. 이인은 부드럽게 미소를 지으며 하상에게 고개를 끄덕여 보였다. 왕씨는 이어 '북경 주교 대리 탁덕'이라고 써서 하상에게 보였다. 하상은 일어서서 조선식의 절을 올렸다. 이렇게 수인사가 끝났다.

다음부터는 하상이 직접 붓을 들었다. 북경 성직자들도 이미 알고 있는 일이었으나 그는 기적에 틀림이 없는 자생自生의 조선 교회가 생겨나서 겪어 온 사연을 적고 주문모 신부 순교 후에 거두는 사람 없이 올바른 교우 본분도 지키지 못하고 가난과 고통 속에서 박해를 견디고 있는 불쌍한 교우들을 위하여 탁덕을 보내 줄 것을 간청하였다. 붓을 놀리면서 하상은 몇 번이고 눈물을 흘렸다. 채 닦지 못한 눈물은 종이 위에 떨어져 먹물이 번지고, 지켜보고 있던 탁덕의 눈에도 왕씨의 눈에도 이슬이 맺혔다.

탁덕의 얼굴에는 고뇌의 빛이 짙었다. 이 탁덕은 주교가 아니고 1808년에 북경에서 별세한 구베아 주교에 의해 띠빠사 명의주교名義主教로 성성成聖된 수자 사라이봐 요아킴 주교의 총대리, 라자리스트 회원 리베이로 신부였다.

수자 사라이봐 주교는 구베아 주교의 별세 후 북경 주교로 임명되었으나 1805년에 일어난 박해 때문에 자기의 주교좌主教坐가 있는 북경에 들어오지 못하고 마카오에 머물고 있었고, 리베이로 신부가 그의 총대리로 북경 교구를 관리하고 있는 중이었다.

　가경황제嘉慶皇帝는 천주교에 심한 적의를 가지고 있었기 때문에 박해는 언제 풀릴지 모르고 본국은 대혁명으로 포교지에 올 성직자가 없었다.

　자기들 사정이 난경에 빠져 있는데 이 순박한 자생 교회 신자는 성직자를 보내 달란다. 마땅하고 옳은 소망이니만큼 그 소망을 들어줄 수 없는 처지가 괴로웠다. 한문에 숙달해 있었지만 그는 붓을 들 수가 없었다. 슬픈 얼굴로 젊은이의 손을 붙잡고 얼굴을 쳐다보면서 눈물을 글썽거렸다. 그는 힘써 보겠다는 말 이외에는 할 말이 없었던 것이다.

　하상의 실망은 컸지만 그래도 그는 고해성사와 견진성사를 받고 영성체領聖體를 함으로써 형용할 수 없는 위로를 받았다. 그의 영혼은 용기와 힘을 얻었고 생명이 새로워짐을 실감하였다. 북경을 떠날 때까지 그는 자주 천주당을 찾고 미사 성세에 참예를 했다. 여러 가지 성사로 받는 은혜에 감동할 때마다 그의 성직자 영입의 초지는 굳어만 갔다.

　이월 초나흗날 사신 일행은 북경을 떠났다. 하상은 리베이로 신부로부터 많은 선물을 받았다. 성경, 기도서, 교리서, 묵주, 상본(像本=성화), 고상苦像 등이다. 그는 있는 지혜를 다 동원하여 성물 서책 등을 드러나지 않게 꾸리고 올 때와는 다른 사람이 된 것을 느끼며 귀로에 올랐다.

날이 많이 따뜻해져서 돌아가는 길은 훨씬 수월했다. 표·자문을 비롯하여 세찬·방물을 신칙할 걱정도 없어서 마음도 한결 느긋해지고 갈 때에 비하면 유람 기분이기도 했다.

그러나 황제로부터 내린 하사품은 세찬·방물보다 몇 배나 되는 엄청난 물량이어서 말의 수가 태반이나 부족했다. 변방까지는 수레에 실어 갔으나, 의주부터는 말에 옮겨 실어야 하는 것이다. 부산통에 임종해야 하는 일행의 수험搜驗이 그리 까다롭지 않았던 것은 오히려 다행이었으나, 의주서 말을 빌릴 때 좋고 나쁨을 가리지 못했던 탈이 길을 떠나자마자 일어났다. 하필이면 하상이 빌린 말이 평양에도 당도하기 전에 다리를 다친 것이다. 처음부터 마음에 들지 않았지만 하상 같은 약배若輩가 감히 불평을 할 수는 없었던 것이다.

하여 그는 하는 수 없이 낙후할 수밖에 없어 한양 당도는 하루 후가 되었다. 말고삐를 잡고 꺼벅꺼벅 걸어가는데 홍제원에 들어섰을 때였다.

"지금 오나?"

하고 불쑥 나타난 사람이 있었다.

고개를 돌려 보니 동숭문 밖에 사는 배서방이다.

"아, 마디아 아저씨!"

하상이 반기고,

"말이 다리를 다쳐서요. 늦어서 미안해요."

배 마디아는 하상의 어깨를 껴안고,

"아냐, 아냐, 늦지 않았으면 큰일났었다구. 모두 모두 천주님이 안배하신 거야."

"무슨 말씀을 하세요?"

"바오로, 큰일이 났어. 어젯밤에 조 베드로님허구 데레사님이 잡혀가셨어."

"데레사님이?"

하상은 저도 모르게 길바닥에 주저앉고 말았다.

뜨거운 포옹

1

홍 마테오의 이모는 마테오보다 두 살이나 아래였다. 맏이인 마테오의 어머니는 열일곱에 마테오를 낳았는데 그녀의 어머니는 마흔일곱에 막내를 낳았던 것이다. 노산으로 유두가 말라붙어 막내딸은 젖이 흔한 큰언니의 젖을 조카와 함께 먹고 자랐다. 그런 만큼 숙질의 정의는 남 유달리 두터웠다. 아가다라는 본명을 가진 그녀는 신심도 마테오만큼이나 깊었다.

홍서방 마테오는 이 이모를 의지하여 논산 동구 밖 주막 대나무집을 청산하고 이곳 쇳골에 옮겨 와 있었다. 쇳골은 공주읍에서 십여 리허에 있는 마을이다. 가구 수는 이삼십 호에 지나지 않지만 기와집이 서너 채나 있고 초가집도 해마다 잇는 모양으로 이엉이 두껍다.

신유년의 잔혹한 박해의 회오리를 용케 피한 이모부 소민달

뜨거운 포옹 | 183

도마는 마을의 큰집 심참봉네 마름을 보고 있었는데 지주도 소작인도 그를 좋아했다. 소작인을 심하게 닦달한 일도 없으면서 지주에게 괘씸한 마음을 갖게 한 일이 없었다. 정직하게 일을 맡아보고, 부당하게 착복하는 일이 없었던 것이다. 주인은 그를 신뢰하고 소작인들은 '소주사, 소주사' 하고 그를 따랐다.

겨울이면 행랑방에 모여 음담패설에 시시덕거리며 투전이나 하는 집과는 달리 '소주사'는 겨울에도 가마니를 짜고, 새끼를 꼬고, 끌도 제법 쓸 줄 알아 유경 · 담배 그릇 · 목판 · 함지 따위도 만들었다.

안에서도 겨우살이 바느질을 동네 여인네들이 모여서 하고 소쿠리 · 조리 · 국자 같은 것도 솜씨 있게 만들어 솜씨 자랑을 하였다. 여인들이라 손을 놀리면서도 옛날이야기 재담 따위도 쏟아져 나와 소주사네 안방은 여인들의 사교장이 되어 있었다.

어떤 때는 관영의 나졸들까지도 어슬렁 들렀다가 재담 음담에 끼어들기도 하였다. 하여 일편 혈육도 없으면서 소주사네 집은 오히려 떠들썩하고 즐거워 보였다.

홍 마테오는 소서방네 오라비뻘 되는 한양 살던 사람인데 적지 않은 천량을 흐지부지 써 버리고 만 후에야 개과천선하고 매부를 의지하여 자그마한 집 한 채 전답 몇 뙈기를 사고 낙향을 한 것으로 되어 있었다. 훤칠한 키에 구레나룻을 민 자리가 유달리 푸르러 보이는 장부로 누가 보아도 미끈하게 잘생긴 남자였으나 하나밖에 없다는 아들이, 어머니도 찬찬하고 훤한 인물인데, 덩치만 큰 데다가 좀 모자라고 우악스럽게 생긴 것이 보기에 기이하고 딱했다. 그는 대나무집 주막에서 머슴일을 하던 범이였으나 이곳에 옮겨 와선 홍 마테오의 아들 노릇을 하고 있었다.

"외아들이 저 꼴이니 천량인들 물려주고 싶었겠냐?"

모두들 딱해 했지만 일손이 모자라 쩔쩔매는 못자리 낼 무렵부터,

"병신 자슥 효도한다더니 허첨지 집 도성이 좀 보란 말여. 아침부터 저물 때까지 한눈 한 번 판 일이 있나. 그 거센 일을 허믄서 군소리 한 번 하나. 얼간이커녕 아버지가 없앤 천량 도로 채워 놓구 말거여."

"그려서 옛사람 허는 말에 허튼말 없단 말여"
하고 병신 자식을 오히려 부러워하였다.

이곳으로 옮겨 온 후부터 마테오는 허첨지로 불리고 범이는 도성이로 이름이 바뀌어 있었다.

한량으로 한 천량 잃은 만큼 허첨지는 재미있고 하는 말마다 신기하고 경험이 많은 사람으로 보여 순박한 동네 사람들은 이내 그를 타향 사람으로 생각하지 않게 되었다.

어느 날 이 허첨지 집에 손님이 있었다. 아들 하나 딸 하나 남매를 두었다는 그 딸이 근친을 온 것이다. 허첨지 댁이 보기

와는 달리 속앓이로 오래 고생을 하여 반편 아들 도성의 효도
는 지극했지만 아무래도 아낙네 손이 있어야 하겠는데 위인이
위인인 만큼 시집오겠다는 처자는 드물어 누이동생이 역혼으
로 작년 봄에 오라비보다 먼저 출가를 한 것이다. 그 딸이 첫
근친을 온 것이었다.

　가세가 아주 찌부러지기 전에 혼사를 치루었던 모양으로 사
위는 좀 키가 너무 큰 것이 험이라면 험이지 휜휜장부로 예의
범절이나 행신거지가 나무랄 데 없는 도저한 선비였고, 먼 길
을 오느라고 먼지가 뽀얗게 앉은 장옷을 벗은 딸의 모습은 하
늘에서 하강한 옥황선녀만큼이나 아름다웠다.

　"조선이 넓다 해도 저런 인물은 없을 꺼여."

　"귀 빠지고 저런 얼굴은 본 일이 없단 말여."

　순박한 충청도 사람들은 넋을 잃었는데 딸 내외의 거동에는
더욱 찬탄을 보내지 않을 수 없었다.

　한 달의 말미를 시댁에서 얻어 왔다는 새댁은 하루도 신랑이
거처하는 방에 들어간 일이 없었다. 어떻게든 어머니가 쾌차할
때까지 어머니 시중을 들겠다는 것이다. 가평댁으로 불리는 신
랑의 유모가 시중을 들러 따라왔는데 새댁은 허첨지 댁의 약시
중에서부터 팔다리 주무르는 것, 이부자리 뒤까지 살뜰히 보살
피고 있었다. 하는 수 없이 가평댁은 먼 길에 휘지른 상전의 입
새라든가 버선벌 대는 것까지 밀리지 않고 다 해치우고 있었다.

겨우 한 달의 말미는 너무 짧았다. 새댁은 남몰래 눈물 지을 때가 많아졌다.

날짜 셀 줄도 모르는지 아들 도성이만이 혼자 신이 나서 집에 들락거리며 마을을 쏘돌아다니기도 했다.

시댁으로부터 허락받은 날짜가 이레 남은 날 저녁이었다. 밤골 사는 고모가 조카딸 내외의 저녁 대접을 하겠다고 간청을 해 왔다. 그들 내외는 오랜만의 근친이라 번다한 집안 여러 집에서 거의 이틀거리로 날마다 식사 대접이 있었던 것이다.

밤골은 공주 읍내를 질러가야 한다. 감영이 바라다 보이는 곳에 불빛이 휘황하고 장고, 징, 꽹과리, 젓대 등 풍악 소리가 요란하게 들려왔다.

"굿을 하구 있군."

도성이 투덜거렸다. 키 큰 신랑이 질색을 하며

"날을 잘못 잡았구나"

하고 미간을 모았다.

도성이 매부 옆으로 바짝 다가서서 낮은 음성으로,

"아니에요. 이런 날이 더 좋은 겁니다. 밤은 어둡고 사람들은 우글거려 오히려 가려내지 못하고 아문의 옥사장이들두 필경 굿 구경하구 술 퍼먹구 정신이 오락가락할 것입니다."

그의 말은 꿋꿋하고 조리가 서 있었다.

"그러나 하필이면 무당허구 맞드리게 되니."

"그걸 이용해야지요."

"그럴까?"

키 큰 매부는 반신반의의 표정이다. 어스름 속의 그 얼굴은 넙데데하고 짙은 눈썹과 길고 쌍꺼풀진 눈, 약간 작은 듯한 입술 주위를 도려 깎은 듯 수염이 검고 짙다. 버젓한 선비 차림의 정하상이었다.

굿당을 차리고 있는 집은 이 지방의 토호 집인 모양으로 집 규모도 크거니와 모든 것이 풍성해 보였다.

문 앞에 모여 있던 아낙네들이 말을 주고받고 있었다.

"이 댁이 언제나 오만가지 복 받고 사시는 건 산신령님, 제석님, 성주님, 칠성님, 주왕님, 지신, 별신님 언제나 잘 섬기고 불쌍한 잡귀영산(靈山=제 명에 못 죽은 불쌍한 귀신) 잘 풀어 멕이는 덕이 아닌가벼. 요분에는 마님의 본댁 단골네를 불러 와서 물자 애끼지 않고 이렇게 크게 며칠을 찌꺼기 하나 냄기지 않고 씻고 풀고 했지 않어."

"본댁이 전라도 임실이랬지."

"거기 시방 기찬 단골네가 났다네. 어디서 왔는지 아무도 모르는 단골인디 안즉 처자여."

"오메, 몇 살이나 되얏는디 처자가 벌써 굿당에서 굿을 히어."

"나이도 아무도 모른다네. 한디 어찌나 굿이 기차게 영검헌지 다른 단골판에도 불려간다지 뭐여. 딴 데 같음 살인 날 일 아닌가벼."

"그라. 바리공주 창할 땐 아무리 참을래두 눈물이 앞을 가리더라."

"이 댁 굿은 언제나 재수굿이라 언짢은 일이 없어 좋아. 작년에도 이맘때 재수굿 허시더니만 서방님은 초시에 합격허시구 다음 달엔 첫아들까지 낳지 않으셨남."

넘어가기 쉬운 가을 해는 두레박 떨어지듯 서산 너머로 떨어지고 어스름이 몰려온다.

집 안 골목에서 맑고 고운 노랫소리가 들려왔다.

　　어부엽던 수부水夫님네
　　두렵던 수부님네

"벌써 수부굿이여."

"굿두 인자 안 끝났네."

여인들은 소리 나는 쪽으로 달려갔다.

　　상청上廳 서른여덟 수부님네
　　중청中廳은 스물여덟 수부님네
　　하청下廳은 에레덟 수부님네

임진년 왜난시여

오다가다 객사허고

수공고(맺힌 고)에도 걸여 가고

나무(남의) 부명이도 걸여 가고

노중에도 걸려 가고

상청 설흔 수부님네

중청은 이게 하청 수부

문안 수부 문밖 수부

기旗 들구 기를 들던 수부님네―

음성은 애애하고 맑고 요기조차 느껴졌다. 가냘픈 소녀가 바가지에다 북어, 떡, 콩, 어육, 포 등을 조금씩 떼어 넣고 막걸리를 부어 조몰락거리며 나와 대문 앞 골목에 던지며

꾀끌 성성 멍에 남한전 적기 서서

영경만리靈境萬里 사마

등천登天하시던 수부님네

임진년 왜난시여

목도 말라 가고 배도 고파 가고

설사 둘랑傳梁病에 이질 설사에

앉아 죽고 서서 죽고―

용모와 나이에 도무지 어울리지 않는 흉흉하고 끔찍한 사설을 늘어놓는다. 열네댓 된 앳된 소녀다.

그때 그녀 뒤를 따르던 여인네 속에서 수군거리는 소리가 들렸다.

"이기 우짠 일이여. 바가지가 안쪽으로 떨어지지 않았나벼."

"요상한 일이여. 참말."

소녀는 다부지게 바가지를 집어 대문 앞에 차려 놓은 수부상에서 제물을 다시 조금씩 떼어 막걸리를 부어 조몰락거려 골목길에 뿌리며 태연히

태장笞杖 맞고 활도 맞고 총도 맞고 성 안에서 죽은 구신魂神

성 밖에서 죽은 구신—

하며 사설을 이어 갔다. 매몰스럽게 사설을 구송하며 던진 바가지는 또 집 쪽으로 엎어졌다.

여인네들의 얼굴은 일제히 어두워졌지만 소녀는 눈썹 하나 까딱하지 않았다.

수부굿은 열두거리 굿의 마무리다. 조촐한 상에 갖가지 제물을 차려 문밖에 놓고 창을 하면서 갖가지 제물을 조금씩 바가지에 담아 굿에 몰려온 온갖 잡신, 잡귀, 영산(靈山=제명에 못 죽은 불쌍한 영혼)들을 대접하여 다시 범접할 수 없게 멀리멀리

쫓는 굿이다. 경기 지방에서는 뒷전이라고 하고 시식풀이 · 거리굿이라고도 하는데, 부여 · 공주 지방에서는 수부굿이라 한다. 단골 나비는 이 지방에서 하는 대로 수부굿의 사설을 부른 것이다. 이 마무리 굿은 달갑지 않은 잡신, 잡귀, 억울한 귀신들을 쫓는 것이 목적인 만큼 각 제물을 조몰락거려 밖으로 던지는 바가지가 밖으로 엎어져야 그 집에 탈이 나지 않고 안으로 엎어지면 집에 걱정이 생기는 것으로 믿어져 왔기 때문에 두 번이나 바가지가 안으로 엎어지는 바람에 모두의 마음이 섬뜩해진 것이다.

그때였다. 골목길을 지나는 행인이 있었다. 키가 큰 장부와 장옷을 머리부터 쓴 아리잠직한 여인과 우람한 젊은 사내와 오동통 살이 찐 중년 여인이다.

그때까진 눈썹 하나 까딱하지 않고 서 있던 나비가 나를 듯이 바가지를 다시 주워 수부상에 남아 있는 제물을 모두 바가지에 붓고 그 일행에게 마구 던졌던 것이다. 이윽고

곤장 맞어 죽은 구신 태장 맞어 죽은 구신
오다 가다 객사하고
목도 마르고 배도 고프고
홍역이도 가고 우역牛疫이도 가고
양독陽毒이도 가고

수부 고에 걸려 가고 군웅軍雄 고에 걸려 간

어부엽던 수부님네 두렵던 수부님네

오늘은 이 굿을 받으시고

가중家中 정중庭中 맑혀 주고 맘과 뜻과 여하야

　매끄럽고 아리땁고 천연스럽게 사설을 외워 나갔다. 네 사람
은 머리에서부터 지저분한 제물 따위를 뒤집어쓸 수밖에 없었
는데, 이번에는 바가지가 골목 밖으로 엎어졌던 것이다.

　"이 무당년! 아주 모가지를 비틀어 죽여 버릴 테다. 요망한
년이 어느 어른께 이렇게 무례를 감히 허는 거여. 관가에 끌고
가야겠다."

　도성이가 펄펄 뛰었다.

　"관가? 조오타. 관가에 가자. 이 잡귀들아, 관가에 가믄 좋
은 일이 생길 테니."

　나비는 안차게 말을 받는다.

　"그려. 무언가 있기는 허나벼. 두 번이나 바가지가 안으로
엎어지다 저 일행헌테 뿌려지구 난 후엔 밖으로 엎어졌잖아."

　어느 여인이 말했다. 소리가 높아지자 집 안에서 사람들이
쏟아져 나왔다.

　"똥이 무서워 피하더냐, 더러워 피하지. 밤골서두 기다리구
계실 테니 그저 빨리 피하는 게 상책이겠다."

하상이 말했다. 도성이는 씨근덕씨근덕 분을 참지 못하다가
하는 수 없이 하상의 뒤를 따른다.

나비는 서너 걸음쯤 그들의 뒤를 쫓으며 소리소리 치는 것이
었다.

"이 수부 구신들아. 애비도 목 잘려 죽구, 에미도 흉한 놈한
티 밀려 죽구, 네 연놈들두 모두모두 원귀가 될 것이다!"

그리고 크게

"퇴퇴퇴."

세 번 침을 뱉었다.

"저런 요물이—."

도성이가 또 씨근덕거린다. 다만 마리아만이 머리에 쓴 장옷
을 더 내려 눈을 가렸다.

무당질을 하기에는 너무나 어리고 애처로운 나이였다. 타고
난 성품이 그런지 그런 생활 속에 어느덧 젖어 버렸는지 아리
땁고 기품 높은 용모에 비해 언행이 거칠다. 믿어지지 않을 만
큼 아름다운 얼굴에 서려 있던 그 불이 타고 있는 것 같은 요기
妖氣, 무엇인가에 영혼을 팔아 버린 것 같은 허무 같기도 하고
컴컴한 공동空洞 같기도 한 외로운 표정—마리아는 주위에서
그런 얼굴을 본 일이 없다. 그러면서 그 얼굴은 생소하게 느껴
지지가 않는 것이다. 상스럽지 못한 거친 말과 행동에는 독기
와 악의가 차 있었지만, 치기와 사랑스러움이 느껴져 귀엽기조

차 하였다.

　세실리아? 음악의 천분을 타고났다는 성녀 세실리아를 본떠 종조부가 지어 주셨다는 세실리아라는 본명은 갓난아기의 울음소리가 마치 예쁜 새소리같이 들렸기 때문이라고 들었다. 흉흉하고 불길하고 끔찍한 사설을 그 고운 목소리로 읊던 생각이 자꾸만 떠올라 마리아는 오던 길을 되돌아가고 싶은 충동을 느끼는 것이었다. 어디서 항상 함께 있던 아름다운 여인이었던 것만 같아 그 끔찍한 악담, 저주, 악다구니도 노엽지가 않았다.

　발밑이 더욱 어두워져서 뒤에서 마리아를 감싸듯이 돌보아 주며 걷고 있던 하상은 찾아가는 곳이 감영이라는 데 가슴이 무거웠다.

　정축년 삼월 그도 피착되었을 몸이었다. 춥고 지루하고 고통스럽고 위험한 북경길을 돌아오면서 그 사고만 나지 않았던들 친누이나 진배없는 권 데레사와 같은 운명에 놓여 있을 수밖에 없었던 것이 아닌가. 의주에서 말 한 필이 다리를 다쳐 그의 한양 도착이 하루 늦었던 탓으로 그는 피착을 면할 수 있었던 것이다.

　권 데레사는 우리 나라 천주교를 처음으로 수용한 사람들 중의 한 사람인 권일신權日身 프란치스꼬 사베리오의 막내딸이었다. 데레사는 겨우 일곱 살 때 어머니를 여의었다. 일신은 석학으로 이름이 높던 감호의 명문 안동 권씨의 형제 중 둘째였다.

유명한 학자였던 형 철신哲身은 아들이 없어 조카인 상문相問을 양자로 삼았는데 신유 대박해 때 순교하고 일신의 차남 상학相學은 임자도荏子島로 유배되었었다.

누구보다도 신심이 깊던 일신은 신해년(1791) 제주도로 정배되었다가 팔십 노모가 언제 하세할지 모르니 하는 수 없이 마음으로 울면서 배교하여 온양으로 유배지를 옮기게 되었는데, 악형이 덧나 며칠 못 가 노상에서 객사하니 그 침통한 슬픔은 필설로 표현할 수가 없는 처참한 처지였다.

이리하여 데레사는 천애의 고아가 되었지만 남은 동기들은 모두 마음이 착해 서로 의지하고 살면서 인자로운 백부 철신의 돌봄을 두텁게 받으며 자랐다.

데레사가 십팔 세 되던 해 신유년(1801) 다시 끔찍한 대박해가 일어났다. 이 박해로 백부 철신 암브로시오가 옥사하고 권씨 문중은 풍비박산이 되었다. 데레사는 고향인 감호를 떠나 조카 하나를 데리고 서울로 올라갔다.

데레사는 어려서부터 덕행을 지닌 소녀였는데 거듭되는 집안의 불행에 그 덕행의 씨는 더욱 자라 언제나 상냥하고 온화하고 불평을 하는 일이 없었다. 그녀는 드문 미모를 갖추고 있었기 때문에 모든 사람이 탐을 냈지만 그녀는 잠깐 지나가는 이점을 경멸하고 오직 천주에게만 그의 사랑을 바쳤다. 주문모周文謨 신부로부터 성사聖事를 받는 행운을 갖은 후부터는 이 결심은 더욱 굳어졌다.

그러나 성교를 봉행한 까닭으로 완전히 파탄된 집안의 아름다운 딸이 동정을 지키기 위하여 혼기를 넘기는 것은 위험한 일이었다. 모든 사람이 새로운 위험과 불행을 초래하기 전에 결혼을 해야 한다고 서둘러 마침내 자기보다 세 살 연하인 조숙趙淑이라는 청년과 결혼을 하게 되었다. 조숙의 집안도 교우로 베드로라는 본명을 가지고 있었다. 그러나 대박해로 흐트러진 교우라 신앙이 매우 냉담해 있었던 것을 데레사는 용감하게도 결혼은 하되 성모 마리아와 요셉 같은 성스러운 가정을 이룩하자고 제의를 했던 것이다.

처음에는 놀랐던 이 신랑은 신부의 제의를 받아들여 인간 본성의 크나큰 위험한 유혹을 몇 번이고 극복하고 십오 년이라는 긴 세월을 성부부 생활을 계속했던 것이다.

하상이 이 성스러운 부부를 알게 된 것은 은사 조동섬 유스띠노의 소개에서였다. 스승은 가까운 집안인 조숙을 소개하여 하상의 큰 포부를 돕도록 권하기까지 했던 것이다.

세계 천주교사에도 유례가 적은 동정 부부를 우리는 교회사에 두 쌍이나 가지고 있다. 신유 대박해 때 순교한 유종철柳宗哲 요한과 이순이李順伊 루갈다 부부와 이 권 데레사 부부이다.

정하상이 북경에서 돌아오는 날을 손꼽아 기다리고 있던 중 우연히 조숙의 몸에서 축일표祝日表가 발견되었다. 이 움직일 수 없는 교우로서의 증거품은 조숙이 지도하고 있던 예비 신자가 지니고 있었던 것을 조숙의 것이라고 밀고를 한 것이고, 조숙은 아무 변명도 않고 자기 것이라 한 것이었다.

　조숙은 즉시로 포청에 끌려갔다. 데레사는 자기도 교우라고 고백하고 한 옥에 갇혔다. 이어 또 한 교우가 신앙을 고백하고 같은 옥에 들어갔다. 조동섬이 유배 가 있던 무산에 역시 유배가 있던 사람의 아내로 남편의 적소에서 조 유스띠노로부터 교리를 배우고 남편이 그곳에서 죽자 그 시신을 고향 선산에 안장한 후 곧 서울로 올라와 조숙 내외 집의 일을 돌보아 주면서 함께 살고 있던 고 발바라 여인이었다.

　세 사람의 수인囚人은 옥중에서 그지없이 행복해 보였다. 아무의 눈도 꺼리지 않고 아무도 무서워하지 않고 아무것도 숨기지 않고 교우 본분을 즐겁게 정성껏 지키며 크나큰 광영인 순교를 기다리고 있었던 것이다. 여인에게도 관헌은 추호의 너그러움을 보이지 않아 형심刑審 때마다 잔인하기 비길 데 없는 혹형을 가했지만 그들은 그 고통을 통하여 그리스도와의 일체화를 느낄 수 있는 것을 지락至樂으로 생각했다.

　그러나 옥졸 하나를 매수하여 옥 내에 들어가 본 하상은 그 무참한 형상에 가슴이 저리도록 아팠다. 그 불결, 썩은 공기, 비좁은 공간, 기갈 등을 참을 수 있는 인간의 목숨의 강인함을 새삼 절감하지 않을 수 없었던 것이다.

정부의 천주교 신자 처벌법은 전과는 판이하게 달라져 있었다. 한양에서는 이제 그 체포 수색조차도 느슨해져 가고 있었다. 경계해야 할 정적, 학식을 지닌 지도적 인사들, 재물깨나 가지고 있는 부유층은 잔인무도한 방법으로 모두 제거하였으니, 조금도 유의할 필요조차 없다고 생각하게 된 모양이었다. 그러면서 정순왕후의 소위 '토사교문討邪敎文'(1801년 10월 2일 반포)은, 1886년에 불란서와 수호조약修好條約을 맺을 때까지 현행법으로 살아 있어 많은 교우들을 학살하는 데 적용되었다.

지방에서는 간헐적으로 지방관의 폭정, 천주교에 대한 보수 인물들의 공연한 반감, 포교 포리들의 탐욕과 사소한 사원으로 인한 밀고 등으로 박해가 벌어지기도 했으나 전국적으로 만연된 일은 없고 지방관이 내린 판결을 상에 품달해도 결안(決案=사형을 결정한 문서)이 내리는 일은 아주 드물었다.

한양에서는 이제 어느 정도 교우들이 마음 놓고 교우 본분을 지키게 되어 있었는데, 이번 조숙의 사건은 한스러운 일이었다. 처형 방법도 전에는 혹독한 고문과 형심을 거쳐 즉시 사형 유배 등을 결정했는데, 이즈음 와서는 가장 불결한 쓰레기통 같은 옥중에 언제까지나 방치해 두어 그 참상은 인간의 몰골이 아니었다. 조숙 내외만 해도 피착된 것이 정축년 삼월이니 그 거름통 속에서 벌써 일 년 반을 썩고 있는 셈이었다. 이 사건은 세 사람의 죄수가 아무리 심한 고문을 받아도 한 사람의 교우 이름도 대지를 않았기 때문에 사건은 확대되지 않고 있으나 관헌의 심도는 알 수 없어 데레사는 순교의 날이 하루라도 빨리 오기를 날마다 기구하고 있었다.

마음대로는 출입할 수 없는 장소인 만큼 하상의 초조와 괴로움은 형용할 수가 없었다. 하여 권진사가 아직 살아 있고 공주 감영에 있다는 것을 알면서도 이때껏 마리아를 데리고 올 수가 없었던 것이다.

도성은 미련해 보이는 겉보기와는 달리 명석하고 결단력이 빨랐다. 그의 말대로 옥사장들은 만취하여 옥문 앞에 곯아떨어져 있었다. 동헌 옆에 자리잡은 옥은 불결하고 비좁았다. 서울의 포청처럼 도둑 칸, 채무죄인 칸, 보통 감방, 포졸들의 숙직실, 시체실, 영구실 등등 제법 제도를 갖춘 것이 아니고 얕은 천장 밑에 쇠창살이 두어 개 박힌 손바닥만 한 창이 두 개 있고 그것이 유일의 채광원이 되고 있었다.

굵은 각목으로 얽은 옥은 출입구가 하나밖에 없는데 옥사장이는 밤이 되면 이 육중한 문에 튼튼한 빗장을 지르고 굵은 쇠사슬로 얽지 않으면 무겁고 우람한 자물쇠를 채운다. 그리고 집으로 가 버릴 때가 많았다. 하여 불이라도 나면 죄수들은 하나도 빠져나오지 못하고 타 죽을 수밖에 없는 것이다.

동헌 바로 옆에 있기 때문에 경비는 완전했다. 더러는 코 아래 진상(뇌물)이 발효하여 어떤 여교우는 외인(미신자=未信者)

인 남편과 이야기를 주고받은 일이 있는데 두 사람의 말이 오간 데는 거름(대소변)을 쳐내는 작은 구멍이었고 외인 남편은 사랑하는 아내에게 얼마만큼의 먹을 것을 그 구멍(죄수의 탈옥을 막기 위하여 주걱 하나가 간신히 드나드는 너비다)으로 넣어 주었다 한다.

닷새나 계속된 동네 큰 굿에는 옥졸들도 신명을 이기지 못했던지 마시고 퍼먹고 어울려 뛰놀았던 모양으로 모두 코를 골면서 곯아떨어져 있었다.

도성이가 재빨리 옥졸이 차고 있던 열쇠를 허리춤에서 빼내어 옥문을 열었다. 잠이 깨어 술렁거리는 죄수들을 진정시키고 그들은 권진사를 찾았다.

옥중은 서울 포청에 비할 것이 아니었다. 달도 별도 없는 칠흑 속이었으나 옥문을 연 순간 모두는 뒤로 나자빠질 뻔했다. 옥중의 악취는 그만큼 독했던 것이다.

도성이가 낮은 소리로 말했다.

"도망가고 싶은 사람은 곧 이곳을 나가시오. 우리는 권진사님만 모셔 가면 되니깐 그리 시간이 걸리지 않지만 댁들은 아무리 캄캄칠야라두 걸음이 어려울 거요. 지금은 저렇게 곯아떨어져 있지만 한 놈이라도 잠이 깨면 끝장이 납니다, 끝장이."

몇 사람이 부스럭거리며 일어나려 했다. 그러나 오랜 유폐 생활에 다리 힘이 빠져 비틀거리기만 했다. 그래도 몇 사람은 서로 부축하면서 옥문을 나선다. 코를 쥐어도 모를 만큼 어두 웠지만 그들의 눈은 오랫동안 어둠에 익어 있었는지 생각보다 는 혼란이 심하지 않았다.

애기 하나가 놀라 킹킹거리는 것을 젊은 어머니가 재빨리 입 에 젖꼭지를 물렸다.

"권진사님, 권진사님, 어디 계십니까? 모시러 왔어요."

도성이가 속삭였다. 대답은 없고 담이 걸린 기침 소리만 들 렸다.

"권진사님이시군요. 어서어서 제 등에 업히세요. 따님도 와 계십니다."

"내 딸? 누구냐? 마리아냐? 세실리아냐?"

그제서야 권진사는 조심을 하기 시작했다.

"마리아예요. 아버지, 천주님의 은혜로 이렇게 아버지 를—."

마리아는 흐느끼기만 하였다.

"누구들이시요. 우린 차꼬가 채워져 움직일 수가 없소만 밖 의 옥사장이에게 자갈을 물리시오. 그리구 움직이지 못하게 결 박두 지우시구요. 언제 저자가 눈을 뜨구 떠들지 모릅니다. 우 린 어둠에 얼마큼 익어 있습니다만 이 어둠 속에선 혼란만 커 집니다."

힘없는 소리로 또박또박 누군가가 말을 한다. 도성이 재빨리 옥 밖으로 나가 그 사람이 일러 준 대로 옥사장이를 처리하고 다시 들어와 들고 왔던 등에 불을 켰다.

"조용히조용히 소리만 나지 않게 하면 됩니다. 옥사장이들이 때로 투전두 하기 때문에 이만한 불빛을 비칠 때가 있어요."

소리는 가물가물하나 허튼말 하나 없이 조리가 선다.

"권진사님은 보시다시피 저 구석에 계십니다. 아마 그분과 척분이 되시는 분들인 모양이시지만 저 분은 옥을 나가시려 하지 않으실 것입니다."

어슴푸레한 불빛 속에 옥중 광경이 펼쳐졌다. 그 사람은 다른 몇 사람들과 함께 벽에 기대앉았는데 발목을 나무판자에 몇 개나 뚫린 구멍에 넣고 있다. 차꼬는 형구의 하나로 굵은 나무판때기에 반월형의 구멍을 뚫고 그곳에 발목을 집어넣은 후 같은 모양의 뚜껑을 덮고 튼튼한 쇠돌쩌귀로 합쳐 한쪽에 자물쇠를 잠그게 하는 것이다.

아직 팔월이라 춥지는 않으나 바닥에 깐 짚들은 거름용으로 썩이고 있는 짚보다 불결한 데다가 고문을 받고 다친 몸에서 흘러나온 피와 고름이 엉겨 옥 안의 사람들은 온몸에 피부병이 번져 보기에 측은도 하지만 너무나 징그럽고 추했다.

갓 형고를 치르고 난 듯한 사람은 반죽음이 되어 쓰러져 있고, 얼마큼 상처가 아문 사람들은 그들을 구완하고 있었다.

하루에 멀건 조죽 몇 술밖에 얻어먹지 못하는 가엾은 죄수들은 혹심한 형벌보다 견딜 수 없는 주뢰, 눈알이 튀어 나올 것 같은 줄톱질보다 굶주림을 참지 못해 옷 솔기를 뒤져서는 서캐를 잡아먹기도 하고 피고름이 엉긴 썩은 짚 부스러기를 뜯어서 씹으며 굶주림을 참기도 한다는 것이었다.

좁은 옥 안이었지만 마리아는 좀처럼 아버지를 찾아내지를 못했다. 한참을 미칠 것 같은 심정으로 주위를 둘러보니 희미한 불빛이 거기까지는 미치지 못하는 어둑어둑한 구석에 노인 한 사람이 앉아서 무엇인가를 만들고 있는 것이 보였다. 그러나 그는 권진사가 아니었고 어둠 속에서도 손놀림이 어색하지 않았다.

"아버지, 어디 계세요. 마리아가 왔어요. 아버지를 모시러 마리아가 온 거예요."

마리아는 위험조차 잊고 소리를 높였다.

"권진사님의 따님이시군요. 세세 영락瓔珞의 명문의 후예이십지요. 그런데 칠팔 년이나 전쯤 그 댁에서 길러 주신 종놈의 밀고로 집안이 풍비박산이 되셨지요. 서시옥시 같으셨다는 마님을 비롯하여 꽃 같은 따님들까지 여태껏 행방을 모르셨지요. 따님이 살아 계셨다니 정말정말 경하하외다. 아무리 혹독한 형심도 태연히 이겨 내시구 통 말수가 없으시면서 어쩌다 하시는 말씀은 천주에 대한 공경과 찬양뿐이셨답니다."

마리아는 더 참을 수가 없었다.

누더기 같은 노인의 무릎에 몸을 던지며

　"아버지! 아버지! 아버지!"

하고 몸부림을 칠 뿐이었다.

　"오, 나를 아비라고 부르는 사람이 진정 아직두 이 세상에 살아 있었구나!"

　담이 걸린 소리로 말하고 두 손을 휘위적거린다. 그 어둠 속에서도 정확히 손을 놀리던 그 사람은 아니었다. 마리아는 마른 나무같이 마른 그 손을 으스러지게 잡았다.

　"아버지! 전 마리아입니다. 은총으로 동정녀회의 구원을 받아 조석으로 주를 섬기며 행복하게 수계를 하며 천지의 아버지이신 천주를 공경하며 살고 있답니다."

　"오, 천주여! 찬미받으소서."

　뜨거운 눈물을 흘리며 눈을 뜬 노인의 눈은 희미한 불빛에도 멀어 있는 것을 알 수 있었다. 새로운 슬픔이 복받쳐 마리아는

　"아버지! 아버지!"

하고 소리를 죽여 가며 오열했다.

　"그래, 너희 어머니는?"

　한참이 지난 후 권진사가 물었다.

　"그 악마, 승낙종 때문에 낭떠러지에서 떨어져―."

　"세상을 떠났구나."

　권진사는 한참 말이 없다가

"마리아야, 빈첸치오 아 바오로 성인께서 이런 말씀을 하셨지. 아무도 천주의 섭리를 앞질러 가서는 안 된다구."

"허지만, 허지만 어머니는 그놈의 마수를 피하시려다가―."

"천주의 은총으로 순결을 지키신 거다."

권진사는 담담히 말했다.

"그래두 그 악마만 아니었더라면 우리 집은 이렇게―."

마리아는 계속 흐느끼고만 있었다.

어머니는 절세의 가인으로 이름이 높았지만 아버지도 건장하고 늠름한 장부가 아니었던가. 그 악몽 같은 밤까지만 해도 침착하고 기력이 왕성한 장년이셨었는데 단 7년 동안에 이런 노인으로 변해 버린 것을 보면 그 동안의 고난과 핍박과 고통이 짐작이 가서 마리아의 가슴은 찢어지는 것이었다.

"오래 지체하구 있을 순 없습니다, 진사님. 자, 제 등에 업히십시요."

도성이가 등을 돌리며 속삭였다.

"아니, 몸은 제가 더 건장하니 제 등에."

하상도 등을 돌리며 속삭였다. 그러나 권진사는 움직이지 않았다.

"모두 고맙고 고맙네. 허나 내가 있을 곳은 여기야. 나는 아무 데도 갈 수도 없구 갈 생각도 없네."

"진사님!"

"젊은이들! 이곳에는 경본經本도, 성경도, 기도서도, 교리서도 없어. 나는 날로 머리가 무디어 가서 옛날에는 외다시피 하던 성구마저도 자꾸만 잊어 가지만 섭리에 의탁하는 마음은 굳어만 간다네."

"진사님!"

"어느 성인 말씀에 사람은 의심하고 방황하고, 천주는 판단하고 처리하신다는 말씀이 있지."

"진사님!"

"그 말씀이 내게는 너무나 의지가 되어요. 나는 우둔하고 미욱하지만 내가 해야 할 일을 가르치는 섭리에 복종하려네."

"진사님! 말씀은 나중에 하시고 지금은 어서 제 등에."

하상이 서둘렀다.

"우리 나라는 너무나 천주께 큰 죄를 짓고 있어요. 아직 천주께서 허락하신 날이 오지 않은 까닭이야. 그날이 올 때까지 우리는 오직 신앙을 증거하며 고난을 참아야 해요."

권진사는 가볍게 기침을 한 후,

"젊은이들, 우리가 얼마나 은총을 받구 있는지 모르고 있는 거야. 거듭되는 박해로 악형과 굶주림, 이산할 수밖에 없는 가족들, 전력을 다하여 투쟁하는 곧고 열심한 신자들이 없는 것은 아니지만 박해의 기운이 있기만 해도 대뜸 배교할 것같이 보이는 마음 약한 교우들이 많이 있는 것 같지만 우리 교회는 축복받은 교회야. 하늘에는 위주치명爲主致命한 헤아릴 수 없는 전구자轉求者들을 가지고 있고 땅 위에는 용감한 증거자들을 가지고 있어 팔팔하게 살아 있는 거야. 지금 이 비참한 옥에 갇혀 계신 이 교우들은 오래지 않아 성인과 순교자의 꽃을 만발하게 피우게 할 것이야. 이 교우들은 오래지 않아 많은 무리를 일으키게 할 누룩이라네."

"진사님, 시각이 촉박합니다. 어서 제 등에."

하상이 다시 재촉했다.

"그분은 나가시지 않으실 거예요. 그분은 저희 모두의 스승이요, 위안이요, 의지시니깐요."

차꼬에 끼어 있는 그 사나이가 힘없는 목소리로 단호하게 말했다.

"어서들 돌아가시는 것이 좋으실 겁니다."

"그렇다! 어서들 돌아가거라. 천상 본향本鄕에서 만날 줄 알았던 마리아를 볼 수 있었던 것만 해도 이제 내게는 이 세상에서 바랄 게 없어졌다."

권진사의 음성에는 기쁨이 넘쳤다. 그는 약간 허덕이며 말을 이어 갔다.

"나는 이곳을 떠날 수 없어. 이름은 없으나 한없이 거룩한 나의 전구자는 이 옥중에서 선종하셨다. 그분은 허약하고 늙은 분이셨다. 자네들도 알고 있을지 모르나 요즘의 박해는 옛날과는 달라 한없이 옥 속에서 교우들을 썩이는데, 그러려면 자연 식량이 문제가 되지. 다른 지방에서는 어쩌는지 모르지만 여기서는 모두가 스스로 먹을 것을 마련해야만 하게 되어 있어. 새끼도 꼬고 짚신도 삼고 망건 같은 것도 짜서 옥졸에게 부탁하여 그것을 팔아 식량을 마련하지. 집에서 차입을 받는 사람도 있지만 아무것도 할 줄 모르고 아무한테서도 도움을 받을 수 없는 사람은 근처의 백성들이 그들을 먹여 살려야 한단다. 그분 앙드레아 할아버지는 어느 날 그 사실을 알게 되었어. 그는 심각하게 괴로워했었지. 그 백성들이 너무 가난하여 자식들 먹일 것도 없는 것을 알고 있었거든. 그날부터 그는 절식을 한 거야. 자기 때문에 다른 사람이 고통을 받는다는 것을 참을 수가 없었던 거지. 그 거룩한 선종을 지킨 나는 그 후부터 그를 내 전구자로 모신 거야.”

“진사님, 이제 정말 시간이 없습니다.”

도성이도 초조해지기 시작했다.

“바오로라구 했지. 바오로야! 사바야! 마리아야! 난 여길 떠날 수 없어. 천주의 은총으로 나는 짚신 삼는 데 특별한 솜씨를 갖게 되었어. 내 눈은 보이지 않지만 내 손은 짚을 가려내고 심지를 넣어 꼬고, 보이는 사람보다 더 탄탄한 짚신을 삼을 수 있는 거야. 내 변변치 못한 이 재주루 어쩔 수 없는 사람들이 얼마큼은 기갈을 면할 수 있는 거야!”

"그리구요."

차꼬를 채우고 있는 그 사나이가 말했다.

"우리에게 용기와 위안을 주십니다. 자칫 심약해지려는 우리를 격려해 주시고 인자하신 어버이로서 우리를 돌보아 주고 계시죠."

그는 잠시 말을 끊었다가 힘없는 소리로,

"그분을 우리로부터 빼앗아 가시지 마십시요."

여기저기서 훌쩍거리는 소리가 들렸다. 뜻밖에도 달아났던 사람들이 모두 돌아와 있었다. 이날 옥내에는 천주교우만이 갇혀 있었던 모양이었다.

"나를 도와주려면 너희들이 들어오기 전과 꼭 같은 상태로 옥속을 너절하게 만들고 옥문을 밖에서 채우고 열쇠를 옥졸 허리띠에 매어 달아라. 요컨대 너희들이 다녀간 흔적이 조금도 남아 있지 않게 하는 거다. 아니면 또 혹독한 고문이 시작될 것이다."

권진사의 구출은 이리하여 완전히 실패로 돌아갔으나 각자에게 준 감명은 컸다.

"머지않아 우리 모두 본향에서 만나 영락을 함께 누리자. 나는 지금도 이 옥중을 복락소福樂所로 알고 살고 있다만."

"그렇습니다. 우린 진사님과 함께 그 말씀을 듣고 그 표양을 봄으로써 우리가 복락소에 있다는 것을 절감합니다."

차꼬에 발을 끼인 불편한 몸으로 사나이는 진정 어린 어조로 치하를 하는 것이었다.

　이날 다행히 교우 외에는 방 한구석에 굴러 있는 사나이가 한 사람 있을 뿐 다른 죄수는 없고 일단 도주했던 사람들도 어느 사이에 모두 돌아와 있었다.

　"마리아 애기, 저 구석에 굴러 있는 자가 누군지 아시겠습니까?"

　힘없는 소리로 그 사나이가 말했다.

　"아까부터 한마디의 말두 못하구 돌아눕지두 못하구 있지요."

　"죽었나요?"

　마리아가 물었다.

　"죽음은 은총입니다. 그놈은 죽을 수도 없는 극악인입지요. 마리아님이 악마라고 부르시던 그 승낙종이랍니다."

　"승낙종!"

　마리아는 저도 모르는 사이에 소리를 높였다.

　"녜, 저 악인이 수많은 교우들을 밀고하여 고통과 죽음으로 몰아넣었지요. 그러다가 이번에는 도둑질까지 하게 되었어요. 그것두 언감생심 진상미進上米를 노렸던 것입니다. 해안에는 배까지 준비해 놓구요. 그런데 천주께서 더 참으실 수가 없으셨던 겁니다. 어찌어찌 쌀수레는 탈취했는데 언덕에서 그 수레가 떨어진 거예요. 다른 적패들은 죽기두 허구 몹시 다친 자도 있

는데 승가만은 외상은 없되 머리를 몹시 다친 모양으로 움직이
지두 못허구 말두 못허구 그저 떠먹여 주면 목구멍으루 넘기구
아래로 싸는 일밖에 못허게 됐습죠. 누가 저런 극악인 뒤를 돌
봐 주겠습니까. 그런데 그날부터 진사님은 밤낮을 가리지 않구
짚신을 삼으셔서 그놈의 목숨을 거두어 주구 계시답니다."

침입자들은 모두 말을 잃었다. 눈물만이 소리 없이 뺨을 타
고 흘러내리는 것이었다.

어디서부턴가 첫닭 우는 소리가 들려왔다. 그들은 이 세상에
서는 마지막이 되는 것이 확실한 뜨거운 포옹을 하고 옥문을
나와 밖에서 자물쇠를 채웠다.

권진사를 만난 후부터 하상은 자신의 결의가 점점 더 굳어
가는 것을 사무치게 느꼈다. 권진사의 말대로 거듭되는 잔인무
쌍한 박해로 언제나 진리로 확신하고 있는 교회는 외형적으로
는 아주 붕괴되고 교우들은 정든 집을 떠나 걸인이나 다름없는
생활을 하고 많은 사람들이 사형이 아니면 귀양을 가 있지만
헤아릴 수 없는 순교자들은 천상에서 공덕 많은 전구자가 되어
있고 이 세상에서는 권진사 같은 사람이 아직도 저렇게 신앙을
증거하며 선덕을 쌓고 있지 않은가. 나는 반드시 가까운 시일
안에 어떠한 어려움이라도 참고 견뎌 탁덕들을 모셔 와서 이
나라 교회를 재건하리라. 그는 젊은 피가 끓는 것을 새삼 느끼
는 것이었다.

교회의 재건을 이룩하려면 현금의 형세로는 북경 교구와 접촉하고 그 도움을 받아야 하는데 그는 지난해는 동지사 사신 행차에 참가할 수가 없었다. 상전으로 모셨던 늙은 역관은 그를 다시 찾았지만 친누이나 진배없는 데레사 내외를 옥중에 두고 그 하회도 모르고 떠날 수는 없었던 것이다.

그러나 지금 그는 마음을 정하고 있었다. 데레사 내외의 운명은 섭리에 의탁하고 올해는 반드시 사신 행차에 끼여 가도록 하겠다고. 섭리가 허락하는 대로 이 세상에서 다시 만날 수 없더라도 언젠가 이 기옥(羈獄=육신)을 벗어던지고 본향으로 돌아간 후에 영원토록 함께 지내리―그러면서도 그의 훤언한 얼굴은 끊임없이 눈물로 젖는 것이었다.

공주까지 와서 숙부 다산을 뵙지 않고 갈 수는 없었다. 이제 정말로 친어머니같이 정이 든 허첨지(홍 마테오)의 아내를 구완하며 마리아는 쇳골에 남고 하상만이 강진으로 내려가게 되었다.

무슨 까닭인지 하상은 언제나 가을철에 강진으로 간다. 금년은 그리 풍작은 아니었으나 평작은 되는 데다 결실 때니만큼 들도 논도 풍성해 좋았다.

더구나 도암면 귤동은 피기 시작한 차꽃과 익기 시작한 유자 향기로 석양에 은빛으로 나부끼는 갈대마저도 향기로웠다.

하상의 모습을 제일 먼저 발견한 홍님은 사촌 오라비를 보자 한마디 '오빠'라고 부르지도 않고 한달음으로 초당 쪽으로 달려 올라갔다.

사람들이 쏟아져 나왔다. 제자들도 열 명가량은 만덕산 허리에서 다산을 도우며 차나무 손질을 하고 있었던 것이다. 그지없이 차를 사랑했던 다산은 만덕산에 자생하는 차나무는 물론 세심하게 받은 차씨를 파종도 하고 뿌리를 찢어 심기도 하고 싱싱한 젊은 가지로 삽목도 하여 만덕산은 바야흐로 다산茶山이 되어 있었다.

"하상이 왔구나?"
하며 손에 묻은 흙을 털면서 내려오는 다산은 초췌해 있었다. 청량한 가을 바람도 해맑은 가을 햇살도 심혈을 기울였던 노작과 칩거 생활의 창백한 안색을 회복시키지는 못한 모양이었다.

그는 간 봄에 필생의 대작 『목민심서牧民心書』를 완성시켰고 이어 가을이 오기 전에 『국조전례고國朝典禮考』를 완성시켰던 것이다.

대작의 완성과 사랑하는 차나무 손질만도 그로서는 즐거움이 아닐 수 없는데 느닷없는 조카의 방문은 너무나 뜻밖이어서 평소의 그답지 않게 즐거워하였다.

떠꺼머리 천인 차림의 적가 조카에게도 그렇게 공손했던 표녀는 중년기가 들기 시작한 몸을 송구한 듯 웅크리며 인사조차 조심조심 두렵듯이 하고 새색시 꼴이 박혀 에미의 정성 때문이기도 하겠지만 촌녀村女 같지가 않은 홍님이는 나무 그늘에 서서 적가 사촌 오라비에게서 한시도 눈을 떼지 않고 있었다. 그렇게 생긴 자식은 아비 모습을 빼닮기 때문에 씨도둑은 할 수 없다는 속담대로 그녀의 길고 쌍꺼풀진 눈은 그대로 아버지 다산의 것이었다.

하상이 왔단 말을 듣고 아주 허리가 꼬부라진 표서방이 가우도 근처에서 낚았다는 깜짝 놀랄 만한 큰 흑도미도 가지고 오고 풋콩, 아직 속지 않았던 김장 배추, 아침에 둥우리에서 꺼낸 신선한 달걀, 표서방이 목을 비틀어 잡은 암탉 등 진수성찬으로 모두가 모여 늦은 점심을 든 후 제자들까지 거들어 점심상을 물리고 숙질은 석가산이 있는 못 쪽으로 난 문을 열고 앉았다. 심려 깊은 제자들이 숙질만을 대좌하게 하고 그간의 회포를 풀게 하려는 마음쓰임이 새삼 고마웠다.

"그래, 마재에는 가끔 가느냐?"

"네, 큰댁을 위시하여 기후 만기가 모두 고르십니다. 넷째댁두 모두 무고하시구 넷째어머니께서두 기체 안녕하시며 특히 학연, 학유 두 형은 촌각을 아껴 면학에 힘쓰고 있습니다."

"넌 더 숙성해졌구나. 그래, 그 동안 무얼 했느냐?"

"재작년 생각한 대로 연경엘 다녀왔습니다."

하상은 덤덤히 말하고 소매 속에서 색지로 싼 조그만 물건을 끄집어내어 수줍어하면서 숙부 앞에 놓았다.

"그것이 무엇이냐?"

"지묵과 붓이올시다."

"지묵과 붓?"

다산은 입속에서 말하며 종이를 끌렀다.

"오 백궁전白宮箋과 녹궁전綠宮箋! 그리구 자옥광하묵紫玉光 霞墨과 아공필牙貢筆!"

"네, 유리창 명성당에서 샀습니다."

다산은 아무 말도 하지 않았다. 두 줄기 눈물이 뺨을 흘러내 리고 있을 뿐이었다.

문인 묵객이라면 탐내지 않을 사람이 없는 이 지묵필을 그는 예사롭게 쓰고 있었다. 죽어도 잊을 수 없는 선왕 정조正祖의 특별한 총애와 두호로 그처럼 귀한 것을 예사로 썼던 자신이 지금 와서 생각하니 얼마나 외람하고 오만했었던가. 선왕에 대 한 뜨거운 추모의 정이 복받쳐 올라 그의 눈물은 오래도록 마 르지 않았다.

침묵이 흘렀다. 하상도 회포에 잠겨 있는데 밖이 떠들썩해졌다.

"전지傳旨를 받으시오."

숙질은 아연한 얼굴을 서로 마주 보았다.

"조정에서 전지가 답지했소. 전 좌부승지 정배 죄인 정약용 은 나와 상감의 전지를 받으시오."

이 해변 벽지에 어디서 모여들었는지 바깥에는 수많은 사람 들이 모여들어 초당 쪽에 눈길을 쏟고 있었다.

다산은 새로 지은 도포에 북청색 실띠를 가슴 위에 눌러 매고 턱 넓은 음양립을 쓰고 뜰에 내려섰다.

뜰에는 자리 한 잎이 북쪽을 향해 깔리고 홍보를 덮은 조그만 상이 놓여 있었다.

언제 왔는지 강진 현감이 정복하고 한양에서 내려온 선전관 옆에 서 있고 통인, 이속들까지도 양옆에 도열하고 있다. 열여덟 명의 제자들은 모두 사색이 되어 엎드려 있었다.

다산은 자리 위 상 앞에 단정히 꿇어앉았다가 북향하여 정중히 사배四拜를 올렸다. 숨소리조차 들리지 않는 정적을 깨고 선전관이 두루마리를 풀어 목청을 돋우었다.

"유배 죄인 전 좌부승지 정약용, 무인년戊寅年 팔월 초이틀로 해배解配."

열여덟 명의 제자들이 일제히

"성은이 망극하옵니다"

하고는 목을 놓아 통곡하기 시작했다.

2

소내〔苕川〕의 강물은 수량이 풍부하여 흐름이 한가롭다. 물살이 세지 않아 고여 있듯 잔잔한데 석양이 어려 짙푸른 물 위에 주황

빛에 금, 은실을 섞어 짠 비단을 펼친 것같이 반짝이고 있었다.

여유당은 그 물을 굽어보는 위치에 자리하고 있다. 산이랄 수도 언덕이랄 수도 없는 알맞은 높이다. 강 저쪽은 강 옆에 흰 선을 두른 것처럼 금모래의 백사장이 푸른 강을 따라 굽이치고 있다. 그리고 한참은 넓은 벌판이다. 야산은 그 저쪽에 있다. 그 언저리를 배알리拜謁里라 한다던가.

너무도 성기게 난 볼품없는 얕은 산이지만 다산의 눈길은 자주 거기 머문다. 신유년辛酉年 이월 스무엿샛날 서소문 밖에서 참수되어 장렬하게 순교한 셋째형 약종의 시신이 묻혀 있다고 듣고 있다.

형폐刑斃된 처참한 시신이 들어가 광중壙中은 회나 제대로 굳혀졌을까. 봉분조차 높이지 않고 떼도 입히지 않은 채 방치되어 있지나 않을지 모르겠다. 하상이 훤칠하고 성실하게 성장한 데다가 효성이 깊으니 지금이야 제대로 거두어져 있겠지만 그가 자랄 때까지 그 무덤은 무주총無主塚처럼 버려져 있었겠지.

그러나 다산은 한 번도 그런 생각을 의식의 표면에 떠올린 일이 없다. 가슴 아파한 일도 없다. 그러면서 눈길이 자주 그리로만 가는 것은 의식의 밑바다 깊은 갈피 속에 선망처럼 아픔처럼 질투처럼 부끄러움처럼 셋째형에 대한 관심이 숨겨져 있는 탓일지도 모른다.

그 산에는 바위가 많다. 기암괴석이라고는 할 수 없는 그저

그런 바위들이다. 지금 그 바위도 서경을 정면으로 받아 아름
답기조차 하다.

"영감 마님, 일기가 냉랭해졌사와요. 감환(감기) 듭시와요.
장지 달아 드리오릿까?"

석이아범이 소리 없이 나타나 섬돌 아래 꿇었다. 그의 어깨
에는 마른 등나무 낙엽이 두엇 붙어 있다. 그러고 보니 마구간
에 올린 등나무가 줄거리만 남아 지붕을 얽고 있다.

"아니다. 네가 워낙 장작을 잘 지펴 주어 방바닥이 따끈하니
강바람이 청량해 좋구나."

다산은 부드럽게 말했다. 이어,

"그것보다도 장이란 놈이 걱정이구나. 너무 가파른 데엔 가
지 말라구 일러라."

장이는 석이의 아들의 이름이다. 상전이 언제까지나 해배解
配가 되지 않는 동안 어렸던 석이가 자라 마재와 굴동 사이 천
리 가까운 길을 오갔다. 고향 소식 목마르게 기다리다 석이가
오면 기다렸던 글월 사연이 오히려 새로운 수심을 안겨다 주기
도 하고 돌려보낸 후의 허전함도 걷잡을 수 없어 새삼 외로움
과 아픔이 뼈저려 몇 번이고 '가동귀(家僮歸=아이종을 보내고)'
라는 시를 써서는 슬픔을 달래기도 했었다. 떠꺼머리 총각을
역시 씨종인 봉선이와 짝 지어 주어 그 사이의 아들인 장이가
벌써 열네 살이 되어 있었다.

몸이 잰 장이는 벼랑도 잘 타서 겨우살이 나무를 하는 아범을 곧잘 도왔다. 어쩌다는 혼자서 지게를 지고 산으로 간다. 오늘도 아범인 석이는 분명 북어, 자반 따위를 사 오라는 홍씨 부인의 분부로 읍내 장에 갔었는데 아범은 돌아오고 장이는 보이지 않았다. 다산은 그것을 안쓰러워하고 있었던 것이다.

　엷게 젖은 눈으로 석이아범은 상전의 창백한 얼굴을 한참 우러러보다가 나타날 때처럼 소리 없이 자리를 떴다. 강진 배소에 심부름을 와서는 언제나 흐느껴 울던 장년이었던 그는 뒤통수에 약간 남은 머리털도, 더부룩한 수염도 하얗게 세어 있었다. 이윽고 인자로운 상전은 아직도 숱이 많은 은실 같은 백발로 소담한 상투를 짜 올리고 특징인 삼미三眉에도 새하얀 서리를 얹고 있다. 말총으로 짠 까만 망건만 쓰고 있지만 그의 모습에는 선기仙氣가 흘렀다.

　다산의 말대로 석이 삼 조자손祖子孫의 정성으로 방은 언제나 따뜻하다. 장지문을 열어 놓았는 데도 실온은 쾌적하고 백자 대명大皿에 담아 검소한 문갑 위에 얹어 놓은 모과, 석류 등이 그윽한 향기를 뿜고 있다. 과수와 야채 재배와 가축 치기를 강조했던 실학자의 향제답게 마재에는 과일 나무가 많다. 살구, 앵두, 복숭아는 여름의 구미를 돋우어 주었고 가을에는 포도, 배, 밤, 모과, 석류가 지천으로 열렸다. 유배 죄인의 쓸쓸하고 조심스러운 본제였지만 큰아들 학연은 제가하는 데 소홀함이 없었고 석이아범은 진심으로 심복하고 있는 상전의 뜻을 받아 과수들을 가꾸고 월동이 어려운 모과나무는 짚으로 싸서 새끼로 동이고 추위에 약한 석류나무는 뿌리를 뽑아 움을 파서 묻었다. 그 작업을 그는 벌써 시작하고 있었다.

"귤동에서 손님이 오셨사와요."

석이아범의 말이 들리고 언제 왔는지 석이아범 옆에 중년의 선비 한 사람이 서 있었다. 그는 다산이 그쪽으로 얼굴을 돌리자

"기후 안녕하십니까. 문안 여쭙니다"

하고 땅에 엎드려 공손히 절을 올린 후 일어나 양수거지兩手据地하고 섰다.

반가움에 다산은 창백한 얼굴에 홍조를 띠며 버선발로 뜰에 내려 선비의 손을 잡았다.

"어서 들어가자. 원로에 노독이 심할 테니"

하며 다정하게 방 안으로 인도하는 것이었다. 선비는 강진의 윤종심이었던 것이다. 이제는 장이할아범이라고 불리고 있는 석이아범이 허리를 굽히며 큰 보따리 하나를 사랑 마루에 놓고 물러간 후 종심이 조용히 입을 열었다.

"비자하고 비자과하고 병다餠茶와 초다炒茶, 그리고 아직 다 익지는 않았습니다만 귤동의 유자를 조금씩 지참하였습니다. 차는 초의대사가 손수 가지고 와서 서찰과 함께 맡긴 것이옵니다. 올해는 계원들이 서로 뵙고 싶다고 하와 제가 이 소임을 뺏

기지 않으려고 무던히 애를 썼습니다."

종심은 가만히 미소를 지었다. 계란 무인년(1818) 팔월에 응교應敎 이태순李泰淳이 올린 상소로 다산이 해배되어 향제로 돌아가게 되었을 때 귤동 산정에 모여 다산에 사사하던 제자들이 조직한 계契로서, 말하자면 동창회이고 이름하여 다신계茶信契라고 하였다. 높은 스승을 함께 모신 동문의 정의를 서로 돈독히 함과 동시에 스승에 대한 경모의 정을 더욱 깊이 간직하고자 한 뜻있는 모임이었다.

계원 중에는 신해년(1791) 전주에서 참수된 윤지충의 아들 윤종영尹鍾英, 조카 윤종문尹鍾文, 그리고 신유년(1801)에 서소문 밖에서 처형된 우리 나라 사람으로는 최초로 영세한 이승훈李承薰의 아들 이택규李宅逵의 이름도 보인다. 윤종영은 다산의 외종外從의 아들이며 이택규는 생질甥姪이니 그는 갈 곳 없는 사교 죄인의 자질들을 거두어 교육시키고 있었던 것이다. 그런 그가 친형인 약종의 유족들에게는 무슨 이유로 그렇게도 냉담했을까.

이 다신계절목고茶信契節目考는 지금도 강진 도암면 귤동에 살고 있는 종심의 3대손인 윤재찬尹在讚 씨가 소장하고 있는데 종영, 종문, 이택규 등이 모두 동명이인들이리라고는 생각하기 어렵다.

무인년(1818) 팔월 그믐날 첨의僉議했다는 일자가 명기되어 있는 이 고문서에는 십팔인의 제자(계원)의 성명과 호, 자字와 생년이 열거된 뒤에 약조約條문이 따른다. 이 문안의 필자는 한 사람이 아니고 전반은 제자들 중의 그 누군가가 썼고 후반은 다산 자신이 첨보添補하였음이 분명하다. 왜냐하면 전반 서문 중에서 '함장(函丈=스승)'이라 한 것은 '다산 선생'을 가리킨 말이요, '오배吾輩'라 한 것은 제자들 자신을 말한 것이니 이는 분명히 제자들이 쓴 글이다.

다음 '약조'는 다산의 지시를 성문화한 것으로 보이는데 매년 춘추로 계원들이 회동하여 우의를 깊게 하며 스승께는 차와 면포와 비자를 진배進排할 것을 잊지 않을 것이며 특히 동암東菴의 이엉을 갈아 이어야 하는 일에 대하여는 동지를 넘기지 않도록 엄중히 벌칙까지 마련하고 있다.

'읍성제생좌목邑城諸生座目'으로 시작되는 후반부는 다산의 자필로서 황상黃裳 이학래李鶴來 같은 다산의 애제자의 이름이 눈에 뜨인다. 그는 또 강진 칩거 십유팔년을 기록하고 읍, 촌이 협력하도록 간곡히 부탁하고 있다. 끝으로 아암의 애제자인 수룡袖龍, 제경製鯨의 두 승려들을 비록 정계원으로까지는 삼지 못하더라도 준계원쯤으로 여기라는 뜻을 지배紙背에 배이도록 절절히 적고 있다. 인정에는 유불儒佛의 간격이 없음을 그는 강조하였던 것이다.

어쨌건 제자들은 6년이 지난 오늘날까지 그 약조를 어기지 않았다. 장년에 들어서도 결곡함을 잃지 않은 종심을 다산은 대견스럽게 바라보며 입을 열었다.

"너는 여전히 옥골이다만 댁내 제절도 여전하시겠지."

종심은 잠시 머뭇거리다가

"네. 네. 가친께선 노익장이란 말씀을 들으십니다."

"경하할 일이지."

"네."

종심은 언제나처럼 말수가 적다. 그저 반가움과 경모에 찬 눈빛으로 스승을 간절하게 우러러볼 뿐이다.

다산은 봇짐 속에 흘깃 눈길을 주었다가

"올핸 웬 짐보가 저렇게 크냐. 원로에 힘이 들었겠다."

"아니올시다. 저희 집 상노床奴놈은 장사올시다. 올핸 유자두 비자두 대풍이었어요."

껴안고 싶듯이 반가웠지만 사제는 덤덤하게 말을 주고받고 있었다. 그러다가 말이 끊어지기도 하는 것이었다.

얼마큼 침묵이 흐른 후 다산이 다시 입을 열어 자연스럽게

"홍님 모녀는 어찌 지내느냐?"

하고 물었다.

종심은 눈을 떨구고 말이 없다가,

"모녀분은 귤동을 떠났습니다."

"……"

다산은 움찔하고 저도 모르는 사이에 한 손으로 방바닥을 짚었다. 입이 보일락말락 움직였으나 말이 되어 나오지는 않았다.

　"표서방은 지난 여름에 세상을 떠났습니다."

　"장수한 거지."

　"주모도 좀 앞서 갔지요."

　"착한 사람이었지. 상선벌악賞善罰惡이니 상을 받을 거야."

　사옥邪獄에 연루된 유배 죄인이라고 모두가 두려워하고 혐오하고 피하여 몸 붙일 데 없던 그를 받아 주었던 강진읍 동문 밖 그 초라한 주막의 노파, 그리고 그 오라비뻘 된다던 표서방 양인의 너그러움과 지극함, 그런 천시되는 불쌍한 사람들로부터 그는 얼마나 큰 도움을 받았으며 또 배우기도 하였던가. 다산은 눈시울이 뜨거워 오는 것을 어찌할 수 없었다.

　"아비두 가구 혼자 견디기 어려웠겠지. 측은헌 것들! 착한 사람을 만나 갔어야 하는데."

　다산의 말은 한숨이었다.

　언제나 조용한 종심이 그답지 않게 황급히 말했다.

　"아니올시다. 홍님이 모친은 개가를 하신 게 아니에요."

　다산은 오히려 가슴이 뜨끔하여

　"그럼 왜 굴동을—."

　"선생님두 아시는 지持자 목穆자 아저씨 댁 아주머니는 임실의 좌수 댁에서 오신 분이시죠. 내외분이 참척을 보셨을 때 본

댁에서 오신 손님이 계셨지요. 아주머니의 오라버니 댁입니다. 그 댁엔 따님 한 분만 계시어 양자를 들이셨다지요. 그 따님이 정혼하여 초례날이 가까워 왔다 합니다. 천량가(재산가)인 만큼 외동따님 잔치는 떡 벌어지게 하시고 싶겠지요. 잔치 치를 걱정이 태산 같던 좌수 부인은 시뉘님 댁 장례 때 일을 거두어 드리고 있던 홍님이 모친을 보셨답니다. 그래서 바삐 사람을 보내 그분을 모셔 가신 것입니다. 홍님이 모친은 끝까지 사양했지만 좌수 부인의 간청에 그만 지고 마셨지요."

"그랬었구나."

"그분은 선생님께서 떠나신 후에도 굴동에 머무시어 선생님께서 거처하시던 초옥을 윤이 나도록 닦고 쓸고 하셨습니다. 저희들에게도 극진히 해 주셨어요."

"측은한 것들!"

그해 팔월 초에 전지를 받고 굴동을 떠난 것은 구월 초열흘의 아침이었다.

딸까지 낳게 한 여인이었지만 딸 같은 나이의 이 촌녀는 너무나 위대한 상대에 압도되어 다산은 언제나 섬겨야 하는 어려운 어른이었다. 당당한 정식 부부 사이도 그럴 수밖에 없었던 것은 그 시대의 남녀 윤리였지만 그래도 인간에게는 본능과 감성이 있는 것, 때론 절절한 애정의 복받침에 마음을 빼앗기고 욕정의 물결에 휩쓸려 가기도 하게 마련이다. 그러나 다산은 이 젊은 촌녀를 정욕의 대상으로 가까이한 것이 아니다. 어쩌다 보니 그녀는 그 옆에 있었고 남녀의 생리는 두 사람을 자연스럽게 맺게 했던 것이라고밖에 풀이할 수 없다.

유배인이 유배지에서 여인을 가까이하는 것이라든가 자녀를 낳게 하는 일은 얼마든지 있다. 예외가 없었다고 할 수도 있는 일이고 나라에서도 그 점은 간섭하지 않았다.

그러나 유배인이 해배되어 향리로 돌아갈 때 그들을 대동하는 것은 엄히 금지되어 있어 유배인이 풀려 돌아가는 날은 현지의 여인이 영원히 버림을 받는 날이기도 한 것이었다.

다산은 신분적 계층 사회인 조선조에 살면서 평등을 부르짖은 사람이었다. 그의 평등관은 '평균적 정의平均的 正義'로서의 평등, '배분적 정의配分的 正義'로서의 평등이라는 두 가지 입장으로 전개되었다. 그는 "위에는 하늘이 있고, 아래로 민民이 있을 뿐"이라고 했고 "하늘은 사람의 신분이 사대부(士大夫=통치자를 이름)인가 민인가를 묻지 않는다"라고도 했다. 즉 신 앞에서는 만인이 평등하다는 기독교적 평등사상을 주장한 것이다.

전통적인 신분적 차별을 제도상으로 실제상으로 뛰어넘을 수 없는 사회적 상황 속에서 전개된 다산 사상의 본질적 내용은 무엇보다도 인간이 타고난 신분에 의하여 차별받아서는 안 된다는 논리이다. 그것은 민주주의의 실질적 의미인 인간의 가치와 존엄성을 존중하는 사상이며, 일찍이 유학자의 견해로서 그 선례를 찾기 어려운 실로 진보적 사상이라 하겠다. 그리고 이는 그가 성경을 정독하여 많은 영향을 받았으리라는 것을 짐작케 하기도 하는 것이다.

　그는 '배분적 평등'의 입장에서는 인재 선발과 임용에 있어서 출신, 문벌, 지역에 의한 극심한 차별을 비판하고 서얼庶孽, 소민小民, 중인, 서북인, 남인, 북인의 차별과 제한을 금하고 모든 사람에게 관직에 취임할 기회를 균등하게 부여할 것을 주장하였다. 그는 또 배분의 평등을 그 유명한 저작인 『여전제閭田制』에서 강력히 주장하기도 했다. 즉 재능에 상응한 관직의 부여와 노동력에 상응한 소득 및 토지의 배분을 주장한 것이다.

　어쨌건 그에 있어 서얼도 자식이며 사회적으로나 가족적으로나 평등한 대우를 받아야 된다는 것이다. 이것은 첩의 존재를 제도적으로 긍정하는 것이 되는 것을 뜻한다. 서얼을 인정하기 전에 서얼의 생산자(첩)를 제거하라는 것이 우선되어야 될 것이 아닌가. 다산 같은 사람에게도 이런 모순이 있었던 것이다.

　하물며 표녀는 첩도 아니고, 따라서 홍님이는 서얼도 아니다. 남성이 잠깐 머문 곳이 표녀였고 뜻하지 않게 떨어뜨려 버린 낙윤落胤이 홍님이었다. 그래도 다산은 다른 유배인과는 달리 그들에게 충분한 마음 쓰임을 보이고 있다. 다신계절목고에 의하면 다산은 유배 생활을 하면서 토지를 마련하고 있다. 유배인이 어떻게 토지까지 소유하게 되었는지 알 수 없는 일이나 서문에 명기되어 있는 바로는 제자들이 모아서 저축한 기금 35냥을 몽땅 스승의 환영 여비로 드리고 선생 소유의 토지를 계답契畓으로 만든다는 조목이 있다. 제자들에게 은근히 측은한 모녀를 의탁한 것이 분명하지 않은가. 그는 때때로 그들의 안부를 묻기조차 하였다.

떠나던 날 아침상은 정갈하고 맛깔스럽고 맛있는 다산의 기호에 맞춘 음식이 가득히 놓여 있었다. 경하와 석별로 그를 전송하러 몰린 사람들은 모두 산정으로 올라가는 길목 갈대숲 옆에서 다산의 식사가 끝나는 것을 기다리고 있었다. 세 식구만을 잠깐이라도 함께 두자는 심려에서였다.

이날 아침에도 표녀의 얼굴에는 움직임이 그리 없었으나 곱게 단장한 열두 살의 홍님이는 자꾸만 어미의 눈치를 살폈다. 소반 때는 술을 마시는 일이 없는 상 위에 햇찹쌀로 빚은 약주가 놓여 있고 목이 긴 백자 항아리 주병을 들어 홍님이 위태위태하게 세 번 술을 잔에 채웠다. 가슴이 뜨거워 와서 마지막 잔은 비우지도 못하고 그는 딸의 손을 꼭 쥐었다. 작은 손은 따뜻하고 보드라웠다. 여름에 들인 봉숭아 꽃물이 손톱 끝에만 반달형으로 남아 있던 것이 눈에 선하다.

상을 물리고 표녀는 언제나처럼 담담히 조심스럽게 그의 의관을 챙겨 입히고 조용히 문을 열었다. 먼저 뜰에 내려 신발을 가지런히 신돌에 놓고 약간 비껴서 두 손을 맞잡고 섰었다. 손가락 자국이 날 만큼 힘을 주어 맞잡은 손만이 그녀의 슬픔을 말해 주고 있었다.

강진 현감이 보내 준 말에 올라 그에게 작별 인사도 나눌 겸 아침 해에 반짝거리는 갈대숲 옆길을 가면서 그는 몇 번이고 뒤를 돌아보았다. 읍에서 온 사람들은 뒤따라오고 있고 동네 사람들이 모두 나와 그를 지켜보고 있었다. 표녀의 어깨가 무척 야위어 있는 것이 새삼 눈에 뜨이고 홍님이는 구원을 구하듯 어미 치마폭에 매달려 있었다. 18년 전 사평촌沙坪村의 서러운 이별이 가슴에 떠올라 다산의 마음은 착잡하였다. 귀양길을 떠나는 남편을 이승의 마지막 이별인 양 한강을 건너 사평촌에까지 이르렀건만 모진 바람이 몰아치는 길목에 서서 어린 농아를 안은 아내는 장의를 쓴 채 남편의 옆에 가까이 갈 엄두를 내지 못하고 있었다. 제도와 범절이 그녀를 그렇게도 처참하게 억제하고 있었던 것이다.

지금 범절도 예절도 지킬 필요 없는 이 촌녀를 무엇이 이렇게도 자제시키고 있는 것인가. 사평의 별리는 슬픔과 생사의 기약 없는 이별이었지만 이번에는 소생과 기쁨의 별리였다. 그러나 사평촌의 이별은 같은 입장에서 함께 받는 고통이었는데 귤동의 별리는 상반되는 입장에서 견뎌야 하는 운명의 별리였던 것이다.

"그 동안 초당이 비겠구나."

다산이 먼저 침묵을 깨고 말했다. 종심은 또 잠시 머뭇거리다가,

"홍님이 모녀분은 다시 귤동에 돌아올 것 같지 않다고들 합니다. 초당은 먼지 하나 없이 말끔히 치워진 빈집이 되었습니다."

"그래."

다산은 짧게 말하고 눈을 감았다.

감은 눈시울 속에 귤동의 가을 정경이 어려 왔다. 차꽃이 피는 계절이다. 하늘거리며 기품 높은 향기를 뿜는 배꽃을 닮은 차꽃 모습이 변함없이 예쁘고 애련하다. 유자나무들은 윤이 흐르는 푸른 잎 사이사이에 노오란 향등香燈을 수없이 달고 역시 짙은 향기를 뿜고 있다.

이윽고 거칠고 괴팍하나 살뜰하고 정 깊고 학식 높았던 아암兒菴의 깡마른 표한한 얼굴과 온화하고 후덕하면서 아암처럼 유불儒佛에 깊이 통해 있던 차茶의 명승 초의草衣의 모습이 나타났다. 초여름 만덕산 중허리에서 참새 혓바닥만큼 자란 차의 눈엽을 따던 즐거움, 제자들과 돌을 쌓고 물을 끌어 만든 석가산이 있는 못, 약천藥泉 그 옆에 정丁이 살다 간 흔적을 남기고자 정석丁石이라고 손수 써서 새긴 바위, 가을이면 온통 은빛 숲을 이루는 갈대밭, 가우도 근해에서 펄펄 뛰는 도미를 낚아다 주던 표서방, 열여덟 명의 제자들의 얼굴들, 그리고 무식하나 사물의 원리를 깨닫고 있었던 늙은 주모—.

그는 가볍게 한숨을 쉬었다. 그것은 분명히 그리움이었던 것이다. 음산하고 무섭고 황량하고 불안하고 언제나 죽음의 냄새로 차 있는 것이 유배지라는 개념에서는 멀리 떨어진 애틋하고 그리운 고장이 굴동이었다.

'내 불민한 주책일까? 섭리일까?'

밖에서 조심스러운 기침 소리가 들렸다. 어느 사이엔가 장지문이 닫혀져 있고 그 장지 창호지 저쪽은 벌써 어두움이었다.

"누구냐?"

"네, 소인이옵니다."

"아범이냐?"

"네, 그러하와요. 마님께서 진지상 올려 드려라 합시지오닛까."

"그래 늦었구나."

상전의 말이 떨어지기 무섭게 미닫이 장지문이 양쪽으로 열리고 우람한 석이가 큰 상을 받들고 들어오는 뒤에 가냘픈 비녀가 곁상을 들고 서 있다. 장이의 누이 '옹이'였다.

'면천免賤을 해 주어야지.'

부녀의 모습을 보며 오래전부터 하던 생각이 머리를 스쳐 갔다. 전 가족이 함께 일을 하는 것을 볼 때마다 가지는 송구함 같은 느낌이었다.

찬은 마재 같은 두멧골에서는 성찬이랄 수밖에 없이 꾸며져 있었다. 조기젓, 준치젓, 북어자반, 닭구이, 북어구이에 소내의 강에서 잡히는 쏘가리 생선 조치에 맑은 무국이었다. 한창 자라고 있는 싱싱한 배추소박이 김치가 깨끗하고 맛있었다.

그러나 다산은 종심이 민망해 하지 않을 정도로밖에 수저를 움직이지 않았다. 그는 향제로 돌아온 후부터 왠지 엄격한 극기 생활을 하고 있었다. 오랜 귀양에서 풀려 돌아온 남편의 구완에 마음을 쓰던 홍씨 부인도 큰아들 학연이 재취한 며느리도 곤혹을 느끼고 당황해 했지만 그는 소식小食과 소식素食을 하였다. 아주 단식을 할 때도 있었다.

"귀양살이 허시면서 속을 자주 버리신 거야."

홍씨 부인의 짐작으로 의술에 밝아 의원 구실을 하다가 아버지의 노여움을 산 일도 있는 학연에게 속을 편하게 하는 약 처방을 하게 한 일도 있고 보제를 몇 제 다려 구완을 한 일도 있지만, 다산은 몰래 그런 좋다는 약들을 버리곤 하였다.

그러면서 여전히 붓을 놓지 않는 생활이 계속되었다. 마재 향제에 돌아온 것은 무인년 구월 열나흗날, 바로 6년 전 오늘이다. 돌아오자마자 그는 몇 해 전에 죽은 며느리 심씨의 묘비명을 어버이의 애틋한 뜻이 절절히 흐르는 글로 엮었다.

그는 이듬해 여름에 그의 대표작 소위 '1표2서一表二書' 중의 하나인 『흠흠신서欽欽新書』(형행제도에 관한 저서)를 완성시키고 겨울에는 해가 가기 전에 『아언각비雅言覺非』(언어학에 관한 책)

를 저술했다.

다음 해에는 유배 생활 때의 친구인 윤서유尹書有의 묘비문을 지어 보낸 후 잠시 몸을 쉬었다가 육순에 이른 그 이듬해에는 다시 붓을 들어 『사대고례산보事大考例刪補』(외교)에 관한 저서와 『목민심서牧民心書』를 썼다. 겨울에 백형 약현의 상을 당하여 또 묘비문을 썼다.

백형의 졸곡이 끝나기 전에 해가 바뀌고, 이 해 임오년은 다산의 회갑년이었다. 그는 회갑날인 6월 16일이 오기 전에 자신의 자서전 『자찬묘지명自撰墓誌銘』을 짓고 육경사서六經四書 학문을 끝마치고 경세실용經世實用의 학문을 마무리하여 "남아로서의 할 일은 대강 마쳤으니 이제 죽어도 두려울 것이 없노라"라고 기술했다. 『자찬묘지명』에 기록된 자신의 저서 목록을 보면 경집經集이 232권이고 문집文集이 260권으로 되어 있다. 실로 500권에 달하는 방대한 저서가 아닌가. 그는 자기 인생을 마무리 짓겠다고 자서전을 쓴 후에도 같은 해에 『육향지제六鄕之制』를 썼고 『상서고훈尙書古訓』, 『지원록知遠錄』 합편合編 21권, 『매씨서평梅氏書平』을 쓴 것은 고희古稀를 넘기고 3년이 되는 73세 때 일이다.

하상이 찾아온 것은 종심이 사흘을 묵고 돌아간 날이었다. 하루만 더 일찍 왔더라도 그를 만날 수 있었을 것을 하며 아쉬워하는 그는 혈색이 더 좋아져 있었다. 볼수록 의젓하고 믿음직스러운 조카였다. 마치 그가 희보喜報를 전하러 왔었던 것처럼 그가 오던 날이 해배된 날이었었다. 귀향살이 풀리는 데 환향날을 한 달이나 잡은 것은 십유팔년에 정든 사람도 많고 처리할 일도 있고 했던 까닭이었다. 하상도 숙부를 모시고 함께 환향하고 싶었으나 쇳골 홍 마테오에게 너무 오래도록 마리아를 맡겨 둘 수는 없어 사흘 후에 귤동을 떠나 쇳골로 향했던 것이다.

안채 숙모에게 문안을 올리고 사랑으로 다시 나간 하상이 좌정하자 다산은

"종심이 올해도 비자과를 가져왔더구나"

하며 목기에 담은 비자과를 권하고

"권씨 댁 따님은 잘 지내느냐?"

하고 물었다. 서둘러 떠나는 조카를 만류했을 때 하상은 권진사집 사연과 마리아의 처지를 소상히 아뢰었으므로 다산은 그녀를 항상 긍련히 여기고 있었다.

"네, 이젠 어른인걸요. 변함없이 경본과 교리서, 성경, 성인전을 필사하고 있습니다. 요즘은 화기畵技도 놀랍도록 늘어 상본(像本=聖畵)도 잘 그립니다."

다산은 말없이 고개를 끄덕였다. 그는 언젠가 그녀가 베낀 경본을 본 일이 있다. 단아하고 우아하고 유려한 필적이었다.

"재주가 많은 규수구나."

"무엇보다도 마음이 아름답습니다. 요즘은 길가에 버려진 아이들, 부모 잃은 아이들을 몇 데려다 뒤를 보아 주고 있어 신역이 고되죠. 약질이거든요."

"그 애들을 기른다는 거냐?"

"서양의 천주당이나 수도소에서는 그런 기아棄兒, 고아들을 거두는 데가 많답니다."

"애긍哀矜 사업이구나."

"그렇습니다."

"좋은 일이지만 조심해야지."

"동정녀 몇 사람이 아주 바느질을 잘 합니다. 데레사님두 동정녀죠. 혼자 된 분이 둘, 발바라와 마루따라 하는데 아주 칠칠해서 역시 남의 일을 맡아 하시죠. 방물두 팔면서 방물 속에 숨겨 가지고 다니는 교리서 성인서 같은 것을 은근히 여인네들에게 건네어 입교를 권합니다. 옆집 사람들은 날이 갈수록 '과부집 바느질과 다듬이 솜씨'에 놀라고 소문이 퍼져 일거리가 많아요. 주워 온 아이들은 이들이 친척이나 동기들에게 맡겼던 아이들을 찾아온 결루 하고 있지요."

"그럴싸한 말이나 불안하구나. 외인 출입이 많으면 남의 이목을 끌게 되느니라."

"누가 출입해두 무방합니다. 데레사님이나 마리아가 일하는 방은 나무 광 안에 따로 꾸몄어요. 출입하는 곳까지두 땔감으로 막고 있어 광을 들여다보아두 그저 나무 광입니다."

"음."

다산은 착잡한 마음으로 가볍게 신음했다.

"너는 무얼 하고 지내느냐?"

"몇 번이나 여쭌대루 전 소명을 받잡고 있다고 생각합니다. 제가 할 일은 하루라두 빨리 탁덕을 모셔 와서 무너진 성교의 기틀을 다시 세우는 것입니다. 현금은 박해가 그리 극심하지 않아 교우 수도 늘어가구 있어요."

사실 그는 30세에 지나지 않았지만 20대부터 무너진 교회 재건에 누구보다도 열렬히 힘써 왔고 그 신덕과 실천력과 학식으로 교회의 중심인물이며 실질적인 지도자로 인정받고 있었다.

"전 올해도 동지사를 따라 연경에 갑니다."

"왜 그렇게 고달프고 먼 길을 자꾸만 왕래하느냐? 도대체 이번이 몇 번째냐?"

"여섯번쨉니다. 북경 교회두 박해를 받고 있어 저희들에게 탁덕을 보내 줄 경황이 없습니다. 그래두 정축년(1817) 정월에 두 분의 남경 출신 탁덕을 보내셨는데, 한 분은 중도에서 되돌아가고 또 한 분—심씨 성 가지신 분입니다—은 변문까지 당도하셨으나 조선 쪽에선 이 일을 몰랐어요. 연락이 되지 않아 기다리다가 병을 얻어 돌아간 모양이에요."

"북경에 가서 넌 누구를 만나고 무엇을 하려는 거냐?"

"이홍진(李拱辰=북경 교구 총대리 리베이로 신부) 총탁總鐸님을 뵈옵고 탁덕을 보내 주십사고 간청을 하는 것입니다. 이분은 주교님이 아니고 정말 주교님은 마카오에 계시죠. 박해로 북경에 들어가지를 못하시는 겁니다."

"그래도 일찍부터 연행燕行은 어려운 일이라고 듣고 있다. 하물며 너는 종복으로 가장해 간다면서?"

"네 저번까지만 해도 고생이 이만저만이 아니었지요. 하오나 올부터는 고생을 그리 하지 않을 것입니다."

"어째서?"

"동지를 얻었습니다. 연행에 따른 고생이 덜 하리라는 것보다는 그의 도움이 지대할 것이 기뻐요."

하상은 말을 잠깐 끊었다가 다시 이어,

"유진길劉進吉이라는 당상堂上 역관譯官인데 그는 거의 해마다 동지사 행중으로 연경에 갑니다. 대대 역관하는 중인이지요. 지극히 순리롭게 연행을 할 수 있는 데다가 역관이니 청어淸語, 한어漢語가 능숙합니다. 연경에선 필담만으로도 의사가 상통합니다만 말하는데 비길 수는 없지요."

"그렇겠구나. 그런데 그 사람을 어떻게 알게 되었느냐?"

"모두가 천주의 안배시지요."

하상은 앞으로 평생의 동지가 될 유진길의 내력을 말하기 시작했다.

유진길은 대대로 당상 역관을 지낸 집 아들로 태어났다. 거의 해마다 동지사를 따라 북경에 가는 집이니만큼 외국의 진기한 물건과 폐쇄된 나라에서는 볼 수 없는 서적들이 쌓인 속에서 부유하게 자랐다.

신분은 중인이었으나 재물과 학식이 풍부한 집안이었다. 되지못한 사대부들은 역관 따위가—하며 얕보았지만 넓은 시야와 견문, 높은 안목과 교양 속에서 성장했다.

역관은 대체로 세습으로 이어진다. 아무나 할 수 있는 일이 아니기 때문이리라. 진길도 어려서부터 외국어를 익혀 역관이 되었는데, 어학 실력이 뛰어나 젊은 나이에 당상이 되었다. 그는 이때 하상보다 네 살이 위인 34세였다. 역관일망정 소년당상少年堂上의 수재였던 것이다.

그는 어려서부터 학문을 좋아했다. 부유한 환경 속에서 학문에만 전심하니 스무 살이 되기 전부터 학식이 높다는 평을 듣게 되었다. 집이 부유하고 중인의 신분으로 비록 약간의 천시를 받는다 하여도 대궐에 드나들며 고관 대작들과도 면대가 많고 소위 상국인, 중국 사신이 올 때면 상감을 직접 돕기도 하는 지위에 있으면서 그는 항상 미흡하고 목마르게 무엇인가를 원망願望하고 있었다.

일신의 쾌락은 원한다면 얼마든지 채울 수 있는 재력이 있었다. 더 많은 재물을 탐하지 않았고 유자광柳子光같이 신분 사회의 예외적 출신을 할 야망도 없었다. 인간의 야욕의 추악함과 허무함을 궐내에서 일어나는 대소 사건으로 목격하고 있으니만큼 그런 것이 모두 무의미하게만 느껴졌던 것이다.

그의 소망은 보다 더 높은 데 있었다. 인간과 세상의 기원 및 종말을 분명히 알고 싶었다. 그것을 알기 위하여 10년 이상을 주야로 불교 서적을 비롯하여 그 밖의 많은 책들을 철저히 연구하였으므로 그 안에는 만 권의 서책이 들어앉아 있을 것이라는 말을 들었지만 그는 진리의 원칙을 발견하지 못하였고, 따라서 그의 정신은 더욱 불안해지기만 하고 건강도 점점 나빠져 갔다.

신유년(1801)에는 너무 어려서, 혹은 전연 관련이 없는 사람들에게는 관심 밖의 일이어서 그는 천주교 이야기를 듣지 못했었다. 그러나 나중에 와서 그는 그 시기에 학식과 덕망으로 이름 높았던 많은 인사들이 천주교를 믿은 탓으로 처참하게 처형되었다는 말과, 그들이 비상한 기쁨으로 장렬하게 죽어 가더라는 말을 들었다. 이 말을 듣고 그의 관심과 호기심은 천주교로 쏠렸다. '혹 그것이 진리가 아닐까?' 하여 그때부터 천주교인을 만나거나 천주교 서적이라도 구해 보려고 했던 것이다. 그러나 이 삼엄한 금교령 아래서 그 책을 어디서 구하며 어디에 가야 그 사람들을 만날 것인가? 그의 천주교에 대한 관심은 높아만 갔다.

그러던 어느 날 대궐에서 돌아와 보니 집안이 여느 때와는 달리 어수선하다.

"장롱들, 손을 보라셔서요."

묻지도 않는데 청지기가 송구스러운 듯이 말했다. 그는 관복을 벗고 동저고리 바람으로 뜰에 나갔다. 소목小木들이 부지런히 장롱들의 어그러진 사괴를 맞추고 장식을 고쳐 박고 있었다.

무료한 대로 그는 그들의 날렵한 손놀림을 지켜보기 시작했다. 순간 장 속을 바른 종이가 눈에 들어왔다. 대궐에서는 간혹 장 속을 비단으로도 바르지만 비단은 종이보다 좀이 더 잘 먹기 때문에 보통은 종이를 많이 쓴다. 장 속은 백지로 몇 겹이나 바른 모양인데 그중에 책장을 뜯어 바른 것이 하나 있었다.

그는 무심히 그 속을 들여다보았다. 종이에는 각혼覺魂이니 생혼生魂이니 영혼靈魂이니 하는 낯선 낱말이 쓰여 있었다. 그는 호기심을 느꼈다.

"이 종이를 뗄 수 있겠나?"

그는 소목 중의 한 사람에게 물었다.

"적시면 뗄 수도 있습죠."

소목이 대수롭지 않게 대답했다.

"그럼 이 장 속 종이를 찢어지지 않게 떼어 주게."

소목은 감쪽같이 꽤 여러 장의 종이를 떼어 주었다. 그는 종이가 마른 후에 그 조각들을 이리저리 맞추어 보고 놀랐다. 그것은 『천주실의』의 일부였던 것이다.

그는 차근히 그것을 읽기 시작했다. 그러나 여러 가지가 몹시 분명치 않고 온전치도 못하여 원하던 것을 알 수가 없었다. 그는 항상 품고 있는 모든 회의에 대한 해답을 얻고자 하는 생각이 전보다 더 간절하여 신자들을 만나려 애를 썼다.

뜻밖에도 집안 종중에 교우가 있어 그는 신유사옥 때 순교한 이경도李景陶 가롤로와 그 누이 동정 부부 이순이李順伊 누가루다의 아우 이경언李景彦 바오로를 만날 수 있었다. 그는 경언이 구두로 설명해 주는 몇 마디 말을 듣고 그가 마련해 주는 책을 가지고 돌아가 며칠을 침식을 잊고 그 책을 정독했다. 그러자 천주교가 밝고 선명하게 그 앞에 나타났다. 그의 회의는 사라지고 마음은 믿음과 기쁨으로 가득 차 비로소 그는 마음의 평화를 느꼈던 것이다.

오래지 않아 그는 정하상을 알게 되었다. 그는 하상의 성실함과 깊은 신앙과 교회를 위하는 열성과 애덕(愛德=남을 내 몸같이 사랑함)에 깊이 감복하였다. 신사년(1821)에 괴질(怪疾=콜레라)이 만연했을 때 모든 사람이 두려워 버려 두는 환자들을 생명을 무릅쓰고 희생적으로 돌보아 주고 그 무서운 시체 처리까지 한 사람들이 있다는 소문을 들은 일이 있는 그는 그때 공포로 주저하는 사람들을 독려하며 헌신한 사람이 바로 하상이었다는 것을 알고 네 살 연하인 그를 진심으로 존경하게 되었다.

한편 교회가 지금 원하는 것은 바로 유진길 같은 사람이었기 때문에 하상의 기쁨은 컸다. 진길은 직분이 조정의 역관이었으므로 그가 북경길을 왕래하는 것은 쉬운 일이었다. 그의 직분으로 인하여 의심을 받지 않게 되고 그의 관직은 또한 동료들의 교섭을 유리하게 할 만한 영향력이 있었다.

"이건 정말 천주께서 섭리하신 일입니다. 천만 대군을 얻은들 이토록 든든하겠습니까?"

하상은 상기된 얼굴로 말하는 것이었다.

"흠, 장롱 속이 『천주실의』의 책장으로 발라져 있었다구."

다산도 생각에 잠기며 가만히 입 안에서 뇌었다. 조선천주교회가 선교사의 포교 없이 진리를 탐구하던 학자들의 학문을 통하여 자생한 것처럼 한 개인이 영혼의 목마름으로 인하여 스스로 천주를 찾아 만나게 된 것이 신기하였다.

"결코 우연이 아니올시다. 모두 거룩한 안배입니다."

"글쎄다."

"그는 입교는 했습니다만 아직 성세는 받지 않았습니다. 요번에도 사신 행차에 역관의 직분으로 북경에 가게 되었으니 북경 천주당에서 탁덕님으로부터 성세 성사를 받게 할 예정입니다. 전 그의 종복으로 따라갑니다. 이젠 노자 각출을 할 필요도 없어 교형敎兄들 보기도 민망하지 않지요."

"다행이구나."

그는 이제 귤동 초당을 찾아온 떠꺼머리 천인 차림의 조카를 호통하던 신미년(1811)의 다산이 아니었다.

"영감 마님."

밖에서 굵은 석이의 음성이 들렸다.

"무슨 일이냐?"

"헛간 옆 죽은 감나무를 베어 버릴까 하와요."

"그러려므나."

"죄송하와요. 소인들 깐에는 신칙을 했습지요. 괜히 시들어 버렸지오닛까."

"괜찮다."

석이가 아직도 송구해 하며 머뭇거리고 있는 것 같아 다산은 장지를 열었다. 봄같이 화창한 날씨였다.

"오랜만의 소춘小春의 화창한 날을 보는구나. 밖으로 나가 보려느냐?"

"네."

석이가 고개를 떨구고 서 있었다.

"괘념할 것 없다. 이 세상에 죽지 않는 게 어디 있더냐?"

다산은 가볍게 웃으며,

"올핸 감이 아주 시원찮아. 작년에는 가지가 꺾어지도록 열렸었는데."

"한 해씩 번갈아 열린다죠?"

"글쎄, 지난해 너무 기를 써서 지쳤나 부지."

그는 농담조차 하였다.

그제서야 석이가 고개를 약간 꾸벅한 후 헛간 쪽으로 사라졌다. 다산은 그쪽에는 눈을 돌리지도 않았다.

과수를 심어라, 채소를 가꾸어라, 소 꼴을 비축해라, 비탈도 놀려 두지 말고 약초를 심어라, 돼지뜨물·쇠죽도 헤프게 하지 마라 등등 후생이용厚生利用의 실천을 철저히 하려 하던 왕년의 그의 준엄함은 편린도 없었다.

'세상에 죽지 않는 것이 있더냐?' 했던 것은 진심이었다. 모든 것을 덤덤히 받고 이 소춘의 잠시의 다사로운 햇살을 아끼고 싶었다. 그는 이런 심정을 며칠 전 지은 시에 담기도 하였다.

屛居無念事 猶自惜流暈

琴緩頻旋軫 書殘復改衣

雁聲隨水樂 松影帶雲微

物役嗟何補 吾生會有歸

오히려 흐르는 햇살을 스스로

아까워할 뿐

쉬고 있는 거문고 줄이 풀렸으니

연신 조이며

자주 넘긴 책 표지가 떨어졌으니

갈아 끼운다

기러기 소리는 물을 따라

즐거운데

건너 산 소나무 빛은

구름이 끼어 희미하구나

내 이제 무슨 재물들을

애써 찾으랴

남은 생애에 먹을 만큼 있으면

알맞으리라

"어둡기 전에 돌아가야 하겠습니다."

햇빛에 반짝거리고 있는 소내강을 한참 굽어보고 있던 하상이 불쑥 말하고 안채 쪽으로 발을 옮겼다. 숙모께 작별 인사를 하러 가는 모양이다. 하상은 좀처럼 나오지 않았다. 홍씨 부인이 저녁을 먹고 가라고 하는 모양이었다. 그렇게도 구박을 했건만 북경에서 돌아올 때마다 하상은 숙모에게 조촐하나마 신기한 선물을 갖다 주었다. 두 종형수에게도 때때로 당분 따위를 선물하곤 하였다.

"얼마나 살림을 잘 고여 줄까. 어떤 복 많은 규수가 올꼬."

홍씨 부인은 말하고 얼굴을 볼 때마다 장가를 들어야 한다고 권하는 것이었다.

그럴 때마다 하상은 씨익 웃기만 하였다. 이미 그는

"나는 조선성교회하고 혼인한 몸이야"

하고 공공연히 선언한 지가 오래였던 것이다.

사랑 마당으로 다시 나와 하상은

"해 안에는 다시 뵙지 못할 것입니다. 이 달 그믐께 북행을
하게 되어 있어서요. 내년 삼월 초열흘께 돌아와 뵈옵겠습니
다. 부디 기체 만안하옵시길 기구하겠습니다"

하고 엎드려 절을 올렸다.

그는 숙부에게 말한 대로 그달 그믐날 사신 행차를 따라 유
진길의 종복으로 가장하고 연행길에 올랐다. 길은 여전히 험하
고 지루하고 춥고 고되었으나 이제 추위에도 얼음판에도 그는
이력이 나 있었다.

이번에도 조신철이 동행이 되었다. 나이가 많은 줄 알았던
신철은 뜻밖에도 하상과 동갑이어서 서로가 형이라고 우겼다.
하상이

"내 키가 더 크니깐 내가 형이지"

하면

"내 생일이 먼저니 내가 형이야"

하고 신철이 고집을 했다. 몇 번 고생을 함께하는 동안 그들은
친동기처럼 친숙해져 있었다.

신철은 언제나 변함없는 사람이었다. 거칠 대로 거친 사신 행차 역졸들과 구인驅人, 종복들 속에서 그 홀로 조용하고 부드럽고 사욕 없고 표리 없이 충직하게 일을 하였다. 하상의 가슴에는 그의 성실성과 신의와 의리가 새겨진 지 오래였었고 사귈수록 믿을 수 있는 사람이라는 생각이 깊어만 갔다.

노중에서 동사하는 사람도 있고 병들어 죽는 사람, 사고로 죽는 사람, 병들어 버린 사람들이 없는 것은 아니지만 동지사 행차는 거듭되고, 대체로 예정대로 북경에 당도하여 사신들은 절차에 따라 임무를 수행한다. 북경에서 가장 바쁜 사람은 역관들이었으나 하상은 바쁜 틈을 타서 어느 날 밤에 유진길을 남천주당으로 인도해 갔다.

미리 통기를 해 두었으므로 기다리고 있던 리베이로 북경 교구 총대리는 그들을 반갑게 맞았고, 장려한 성당에서 엄숙하게 진길은 성세 성사를 받았다. 본명은 아우구스띠노, 갑신년 (1824) 섣달 어느 날 밤이었다. 이날 북경은 혹한의 날씨였으나 밤하늘은 맑게 개어 달도 별빛도 몹시 반짝이는 아름다운 밤이었다.

하상은 그가 말한 대로 이듬해 삼월 초에 한양으로 돌아왔다. 그러나 마재의 숙부를 찾아가기 전에 조신철을 먼저 찾아갔다. 의아해 하는 그를 유진길의 고대광실로 이끌어 갔던 것이다.

불안해 하는 신철에게 두 사람은 자기들은 천주교 신자라는 것을 밝히고 입교를 권면했다. 신철의 불안과 놀라움은 너무나 컸다. 그는 공포에 질려 저도 모르게 벌떡 일어나 방문을 연다는 것이 반침문을 열고 더욱 당황해 하여 훗날 세 사람 사이의 웃음 거리가 되었다. 어쨌건 그의 거부는 그처럼 완강했던 것이다.

신철은 어려서 어머니를 여의고 어느 절에 맡겨져 무던 고생을 하다가 자란 후 환속하여 막일 궂은일을 하며 여전히 고생으로 살았는데 어떤 사람의 주선으로 20세도 되기 전부터 동지사 행차의 종자로 따라다니게 되어 이제는 결혼도 하고 작으나마 집도 사고 그런대로 살고 있었다. 하여 자기 깐으로는 이만한 안정도 잃기 싫었기 때문에 그렇게도 놀라고 완강하게 입교를 거부했던 것이다.

그러나 몇 해를 함께 고생해 온 하상의 인품을 그는 알고 있었다. 그리고 유진길의 사는 집의 제도와 규모, 그리고 그의 온후하고 점잖은 행동거지에 충격을 가라앉혔다.

하상은 거의 날마다 그를 찾아가서는 권하여 드디어 신철의 마음은 움직이고 입교를 결심하여 가롤로라는 본명으로 영세를 받았다.

후일 함께 교황 요한 바오로 2세로부터 시성된 이 세 성인은 이리하여 이날부터 순교의 순간까지 항구한 신앙심으로 조선 교회 재건에 힘을 다하게 되었던 것이다.

만남

1

고사告祀상은 대청에 마련되어 있었다. 제물은 정결한 소반 위에 하얀 대접에 가득한 탁주가 한 대접, 북어 두 마리가 놓여 있을 뿐 옆에 나란히 놓인 좀더 큰 상은 비어 있었다.

오늘따라 소복이 더욱 청아한 만년은 그 앞에 깔린 초석에 앉아 두 손을 비비며 축원을 외웠다. 그때 큰 시루를 두 비녀가 맞잡고 들어와 비어 있던 상 위에 놓았다. 붉은팥을 소담하게 얹은 떡에서는 김이 연기처럼 무럭무럭 오르고 있었다.

비녀들이 물러서자 만년은 상 밑에 놓였던 식칼을 들고 떡 위에 깊숙이 ╋자로 칼집을 넣고 그 식칼을 ╋자 한복판에 꽂았다. 순간 만년 옆에 앉아 있던 나비는 극심한 현기를 느꼈다. 떡 위에 그어진 ╋자가 눈 앞에서 부웅 떠서 대들보 밑 큰 기둥에 높이 달리고 가운데 꽂혔던 식칼이 그녀의 바른손을 칼등으

로 몹시 치고 나뒹굴었던 것이다. 반사적으로 그녀는 왼손으로
그 손을 잡았다. 칼등으로 맞은 바른손은 떨리면서 그 손을 벗
어나 가슴 앞으로 갔다. 이윽고 무엇인가에 조종이나 되는 것
처럼 그 손은 저도 모르는 사이에 가슴 앞에서 十자를 그었던
것이다.

모든 것은 환상 속에서 보였고 무의식중에 행해진 일이었다.
그러나 성주신과 조상신에 드리는 치성이 끝나기도 전에 나비
는 현기를 이기지 못해 그 자리에 쓰러지고 말았던 것이다.

나비의 의식이 돌아온 것은 술시(戌時=오후 여덟 시에서 열 시
사이)가 지날 무렵이었다. 고사가 시작된 것이 유시酉時 초였으
니 세 시간 남짓 정신을 잃고 있었던 것이다. 마침 사또는 신임
관찰사 환영연에 참석차 전주에 가 있어 실내부인의 입장은 그
리 난처할 지경은 아니었으나 만년은 송구하고 죄스러워 몸 둘
바를 몰랐다. 축원 중에 무녀가 기함을 하였으니 부정도 이만
저만이 아니지 않은가. 치성 중에 곁에 있던 나비의 짓거리를
보았더라면 그녀도 그 자리에 실신하고 말았을 것이었으나 그
녀는 눈을 감고 축원을 하고 있었던 것이다. 어쨌건 이날 치성
은 허사일 수밖에 없다. 오히려 제신諸神을 덧들여 노여움을 샀
으니 무슨 수단을 쓰든 그 노여움을 풀어야 한다고 마음 다짐
을 하고 있었다.

궁중에서도 여인들은 무巫를 바치는 경향이 짙어 은밀히 굿

도 하고 점도 치곤 하였으나 무는 나라에서 금하고 탄핵하는 음사淫祀라 관가에 무녀가 어엿이 출입할 처지는 못 된다. 굿청을 벌인다는 것은 언감생심 있을 수 없는 일이었다. 침착하고 다부진 만년도 황황 망조할 수밖에 없었다.

그러나 그녀는 나비를 탓하거나 나무랄 생각은 없었다. 식은 땀에 젖어 착 까부러진 나비는 열여덟 살의 과년한 처자로는 도저히 믿어지지 않는 앳된 얼굴로 괴롭게 쌔근거리고 있어 가엾고 애처로운 마음이 앞섰던 것이다.

실내부인은 삼십을 갓 넘은 가인이었다. 고의는 아니었지만 치성 중의 불상사는 마음을 불안케 하고 찌뿌드하게 하였으련만 그리 동요하지 않고 나비의 머리맡에 앉아 이마에 송알송알 맺힌 땀방울을 닦아 주곤 하였다.

신임 사또는 소년등과 한 사람으로 청렴결백한 인품이라 무를 불러 치성 드리는 것을 허락할 사람은 아니었고, 실내부인 역시 사대부가의 부녀로서 요사한 일은 삼가고 있었지만 역대 사또를 섬겨 온 관속들과 비녀들의 능소능대한 권유로 만년을 불렀던 것이다.

춘추로 은밀히 치성을 드려 준 사또가 내직으로 영전되어 간 데 비해 다음 사또는 지나치게 근엄하더니 어느 날 평지에서 낙상한 것이 원인이 되어 불구가 돼 고을을 떠났고, 다음으로 부임한 사또 역시 정도(正道=유교)만 지키는 사람이었는데 재임 중에 한양에 두고 온 아들의 참척을 보았다는 것이다.

"온체 오래 덴 집이지라우. 성주, 터주, 조령님, 조앙님, 장독신, 모다모다 섬기야 하지라우. 통시(변소)에도 몽당빗자루에도 잡기(잡귀=雜鬼)가 붙어 있지라우. 오래 베레 두믄 온갖 잡기가 몰려드닝게 몽달기 손각시 굶어 죽은 기신, 매 맞아 죽은 기신, 물에 빠져 죽은 기신꺼정 득실거리지라우. 생각해 보시시소. 매 맞아 죽은 기신이 얼매나 많을갑시. 이 집은 제인(죄인)을 다루는 관가지라우"

하여 영검한 단골 만년이 불려 온 것이었다.

고사는 시월 상달上月에 지내는 것이 관례로 되어 있었으나 사또의 출타 중에 서둘러 거행한 것이었는데 일이 야릇하게 된 것이다.

뜻하지 않았던 충격으로 의식을 잃었던 나비는 혼명 중에서 환각을 보았다—정갈하고 깊숙한 방에 식구들이 꿇어앉아 있었다. 점잖으면서 온후한 중년의 남성과 빼어나게 아름다운 젊은 여인 앞에 빨간 제비댕기를 물린 꼭 같은 모습을 한 동녀들이 셋 앉아 있다. 곱게 옆어 땋은 귀밑머리 밑이 모두 한결같이 향기를 뿜고 있는 것만 같다. 동녀들 뒤에는 사십에 손이 닿을 것 같은 여인이 동녀들을 대견스럽게 지켜보고 있다.

가장인 듯한 남자는 책을 한 권 펴 들었다.

"자, 우리 조과를 바치자."

뒤에 앉아 있던 중년 여인이 무릎걸음으로 몇 권의 책을 고루 건네고 동녀들은 일제히 책장을 넘겼다.

주인이 읽기 시작했다.

"일은 텬쥬랄 밋고 일체 샤망한 일을 다 끊어 버리나이다."

아내와 딸들이 다음을 받아 봉송한다.

"이는 텬쥬 우리랄 보우하시고 모든 죄과랄 샤하심을 바라나이다.

삼은 지극히 높으시고 어지신 쥬랄 만유 우헤 사랑하고 공경하나이다.

사는 일심으로 우리 죄과를 아파 뉘우쳐 마암을 뎡하야 다시 감히 쥬의 명을 범치 아니려 하나이다.

오는 간절히 셩모께 비나니 젼차로 텬쥬께 구하샤, 우리게 죽을 때까지 션에 항구한 마암을 주시게 하쇼셔."

가장이 계하고 가족들이 응하며 염경은 계속되고 있었다.

염경은 오래 계속되었는데 아무도 지루해 하는 사람은 없고 어린것들은 언문을 깨친 듯 경문을 봉송할 수 있는 것이 자랑스럽고 즐거운 모양이었고, 그중에서도 둘째딸은 총기가 불꽃 튀듯 번쩍거리는 것이었다.

처음 보는 광경, 처음 듣는 경문이었으나 이상하게도 오랫동안 익혀 온 자신의 일과처럼 눈 설지 않고 그녀 역시 다른 사람들과 함께 한마디도 더듬거리지 않고 경문을 외우고 있었다.

다만 그에게는 책이 없을 따름이었다.

드디어 긴 염경이 끝났다. 그러나 그녀는 입속에서 되풀이하고 있었다.

"하날에 계신 우리 아비신 자여. 네 일홈의 거룩하심이—아멘."

이윽고 오른손의 중지와 약지를 모아 가슴에 십자를 그었다.

"이제 정신이 드나 부다."

입술을 달싹거리고 있는 나비를 보고 실내부인이 말했다.

"나비야 나비야, 에미 알아보겠냐? 에미 여깄다."

만년은 그만 울음을 터뜨리며 나비를 미친 듯이 끌어안았다.

"침착해야지. 아이가 가슴이 몹시 답답한 모양이 아니냐. 가슴을 뜯구 있지 않아."

실내부인이 가볍게 나무랐다. 나비의 손놀림을 그녀는 그렇게 보았던 것이다.

"예, 예. 미련헌기이 미처 모르고—"

그제서야 만년은 나비의 저고리 고름을 끄르고 치마끈을 풀었다. 새하얀 가슴이 나타났다. 순간, 두 여인은 끔찍한 것을 본 거나처럼 저도 모르게 눈을 감았다. 나비의 가슴은 그렇게도 아름다웠던 것이다. 그 아름다운 가슴 위에 나비는 다시 한번 십자를 긋고 눈을 떴다. 아직은 아물거리는 눈에 만년의 얼굴이 어리자 그녀의 맑은 눈에는 공포의 빛이 또렷이 떠올랐다.

이런 일이 있었던 후부터 나비는 자주 시름에 잠겼다. 열 살도 되기 전에 만년이 구전하는 무가巫歌 사설을 줄줄 외우는 총기와 출가를 한 후에야 굿청을 따라다니며 시어머니로부터 굿상 차리는 법, 굿하는 법과 춤을 배우는 세습무 단골의 관례를 어긴 만년의 처사로 나비는 일찍부터 요기가 서리고 매몰지고 접근하기 두려운 뛰어난 무巫가 되어 있었다.

하여 그녀에게는 고인(鼓人=남무)들도 농담 한마디 하지를 못했다. 처녀 나이 열여덟이면 과년했으나 딴 단골판에서 청혼이 들어온 일도 없었다. 그녀는 언제부터선가 막연히 만년의 시앗이 낳은 아들의 아내가 될 것으로 알려져 있었다.

만년의 남편 고인 명明가의 첩도 역시 무계巫系의 딸로 그들은 딴살림을 차리고 있었으나 단골판의 물림은 남계男系로 이어지기 때문에 만년은 명가의 단골판에 속해 있을 수밖에 없었다. 따라서 굿청에서 만년이 굿을 할 때는 명고인은 잽이로 젓대를 불었다. 굴욕의 삶이었으나 그것은 무가 여인의 숙명이었다.

시앗이 낳은 아들 봉출은 열여덟 살이 되어 있었다. 나비는 물론 그 정확한 나이를 모른다. 나타났을 때의 어림짐작이 봉출 또래였으므로 그녀의 나이는 봉출과 동갑이고 그날이 그녀의 생일이었다.

어쨌건 만년의 딸로 되어 있으니 이들의 결합은 소위 상피相避다. 강신무降神巫의 경우 예외가 없지는 않으나 세습무의 경우는 성性에 그리 까다롭지 않다. 그러나 유달리 깔끔한 만년은 이들의 결합이 달갑지 않았고, 나비를 제하고는 모든 사람이 아는 사실이었으나, 나비가 그녀의 친딸이 아닌 것을 새삼 폭로하는 것도 되어 마음이 내키지 않아 실질적 혼인을 질질 끌고 있는 중이었다. 그렇다고 진실을 끝내 숨겨 둘 수 있을 것인가? 하여 만년이 아직 미혼인인 나비를 굿청으로 데리고 다니며 굿과 가무를 가르치고 처녀인 나비가 굿을 하는 것도 단골판의 규약을 그리 어기는 것은 아니었다. 만년은 언젠가는 나비의 시어머니가 될 사람이고 미운 시앗의 아들이었지만 석녀인 그녀의 가슴 밑바닥에는 그렇게라도 해서 실감적으로는 자신의 소생 혈육이 분명한 목숨보다도 사랑하는 나비를 곁에 두고 싶은 염원이 깔려 있었다.

뛰어난 미모와 총기와 기능을 지닌 데다가 만년의 극진한 사랑으로 교만하고 냉철하고 안하무인이기도 하였으나 맑고 밝았던 나비의 성격이 차츰 어두워지고 차고 표독하게까지 되어 간 것은 열네 살 되던 해에 우연히 '봉출이 각시'라는 말을 들은 후부터였다.

'봉출이 각시? 그람 내는 머랑가? 엄니는 달라도 내랑 봉출인 아부지는 같은 동기가 아닌가벼?'

의혹과 괴로움과 짜증이 때를 가리지 않고 엄습하는 날이 많아 갔다.

'나는 참말 울 엄니의 딸일까?'

그런 의심이 문득 들어 그녀를 괴롭혔다. 아무리 애를 써도 기억은 어느 날 만년의 가슴에 안겨 정례네가 입에 떠넣어 주는 조미음을 받아먹던 일부터 더 거슬러 가지는 않는다. 그전 일 생각은 왜 나지 않을까? 언젠가 그녀는 만년에게 물은 일이 있었다.

"엄니, 내가 쪼맨 했을 때 엄니 젖 묵었지러?"

"그람, 애기사 젖 묵고 자라재."

"그래도 오동나무집 정심네 아줌이 '단골네(만년)는 젖 빨린 일이 없으닝게 안즉도 가슴이 처자 같으당게' 히었지라우?"

"싸가지 없는 지집이 헐 일도 없었나벼. 나므 젖꺼정 쳐들고 그랴."

만년은 몹시 화를 내었다. 나비는 그렇게 화를 내는 만년을 본 일이 없었다. 그녀의 의혹은 좀더 짙어졌다.

"엄니, 내는 참 미련하지러? 워찌 에렛을 때 일을 쪼맨도 생각해 내지 모단디야?"

언젠가 나비는 이렇게 호소한 일도 있었다. 만년은,

"지잡아가 벨소리 다 한당게. 누구는 젖 묵을 때 일까정 외고 있당가"

하고 가볍게 흘려 버렸으나 영리한 나비는 당황한 빛이 그녀의 얼굴을 스쳐 가는 것을 놓치지 않았다.

나비의 마음은 얼룩져 가기만 했다. 에미에 대한 태도도 종잡을 수 없을 때가 많았다. 살뜰하고 지극히 효성스러운가 하면 냉기가 돌도록 쌀쌀맞게도 굴었다.

"내 배 앓지 않고 얻은, 피도 살도 섞이지 않은 자슥은 범 새끼라닝게. 쯧쯧."

사정을 아는 주막집 주모는 혀를 차며 고개를 설레설레 흔드는 것이었다.

참꽃(진달래)이 피는 무렵의 어느 날이었다. 굿 잘하고 춤 잘 추는 맑고 구성진 사설로 사람들을 울리고야 마는 기찬 처자 단골 나비는 쉴 날이 없었다. 그런 그녀는 개울가에 나가는 일조차 드물었는데 그날은 굿 든 집이 없었다.

무巫도 굿청 밖에서는 여느 사람들과 다름이 없다. 남들이 먹는 것 먹고 남들이 입는 옷과 같은 옷을 입는다. 더구나 호남의 세습무 단골들은 빙신憑神의 체험이 없어 평상시에는 눈빛조차 예사롭게 보인다. 굿을 할 때와는 달리 저마다 지닌 성격대로의 인간으로 사는 것이다.

쌀쌀하고 오만한 요정같이 보인다 하여도 나비는 그때 열여섯에 지나지 않았다. 굿청으로 돌아다닐 때에는 눈에 뜨이지 않았던 참꽃들의 아름다움에 이끌려 들에 나갔고 모처럼의 해방감으로 냇가까지 간 것이다.

개울을 따라 얼마를 걸었을까? 눈에 들어오는 것은 연두빛

실가지를 늘어뜨린 수양버들 외에는 온통 연분홍빛 참꽃뿐이었는데, 꽃에 취했던 눈을 무심히 들었을 때 저만치에 이쪽으로 걸어오는 남녀가 보였다.

봉출이와 정심이었다. 단골판의 누구나가 가신家神과 동구신洞口神과 천신天神께까지 수많은 신들에게 굿이라는 제의祭儀를 통하여 자기들의 제화초복除禍招福을 빌어 주는 사제司祭로서 심적으로는 의지를 하면서 누구나가 말을 놓아 하고 천시하는 것이 무였다. 남녀 내외 따위는 딴 세상의 규제요, 딴 세상의 생활 예절이었다. 누구하고 걷건 누구하고 같이 있건 탓할 것은 아니었으나 나이가 나이고 처지가 처지였다. 두 사람은 눈 둘 곳을 몰라할 정도로 당황해 했다.

"나비 아녀?"

냉정하게 지나치려던 나비에게 봉출이가 기어 들어가는 소리로 말했다.

나비는 한마디의 대꾸도 않고 발을 옮겼다. 그러나 차갑게 흘긴 눈초리는 정심의 저고리 등에 묻어 있는 참꽃물을 놓치지 않았다.

차게 무시해 버렸으나 가슴이 떨렸다. 그것은 질투도 아니고 책망도 아니고 배신감도 아니었다. 자존심조차도 상하지 않았다.

'천한 놈이 발칙하게시리. 고인의 자식으로 고인이 될 놈

이…….'

그저 괘씸할 뿐이었다. 그 느낌은 윗사람이 외람된 짓을 한 아랫사람을 호되게 꾸짖을 때 내리는 호통 같은 것이었다. 그러면서 그녀는 쓰게 웃고 있었다.

그럼 자기는 무얼까? 세습무계의 자녀들은 단골과 고인으로 짝 맞추어진다. 봉출이 고인의 아들이라면 자기는 단골의 딸, 한 코의 짚신만큼이나, 한 매의 젓가락만큼이나 걸맞는 짝일 것이다. 허나 그녀는 단 한 번도 그를 자기와 같은 평면에 서 있다고 생각한 일이 없는 것이다. 봉출이뿐만이 아니고 다른 모든 무巫들에 대하여도 공동체 의식을 가져 본 일은 없다.

남다른 총기와 만년의 열성으로 익힌 굿솜씨로 어느 누구보다도 제신諸神의 감응感應을 다른 사람들에게는 느끼게 하여 영검하다는 소문이 자자했지만 나비는 빙신의 황홀감도 접신接神의 외경과 삼감도 체험한 일이 없다. 삼백에 가까운 제신에게 제의를 바치며 어느 신과도 만난 일이 없었던 것이다.

세습무라면 강신무와는 달리 누구나 영력靈力의 근원으로 모시는 몸주신을 갖지 않아 몸주신을 봉안하는 신단도 없는 집에서 자란다. 모두가 나비와 같은 처지였지만 나비는 영적으로 한 번도 만나지 못하는 신의 존재 자체가 허망이 아닌가, 아니면 자기는 무의 피를 받지 않았기 때문이 아닌가 하는 회의에 사로잡히는 것이었다.

일찍이 만년도 접신을 체험하지 못하는 데 회의를 가졌지만 그녀는 제신의 존재를 회의한 일은 없다. 다만 자기의 제의가 축원이 아니고 의식이 아닌 단순한 놀이이며, 가무도 치성이 아니고 재주 부림이 아닌가 하고 반성을 했던 것이다. 즉 만년은 무로서의 자기 자격을 회의한 것인데 나비는 제신 자체를 회의한 것이었다.

참꽃 피는 냇가에서 있었던 일은 아무에게도 알려지지 않았지만 나비는 그날부터 더욱 '자기'를 알고 싶어했다. 나는 누굴까? 나는 누굴까? 나는 누굴까? 그러면서 그녀는 거의 날마다 굿청에 나가 사설을 부르고 부채와 방울, 신칼, 삼지창 등을 번갈아 쓰며 잽이들의 가락에 맞추어 춤을 추었다. 덩실덩실 느리게 추던 춤을 불타나는 도무蹈舞로 바꾸면 굿 주인을 비롯하여 구경꾼까지도 흥분의 도가니 속으로 빠져드는 것이었다.

날이 갈수록 나비는 조용해지고 침착해지고 온순해지면서 그 굿솜씨는 더욱 신묘해 가서 만년이마저도 눈물을 글썽하게 할 때도 있었다. 나비의 가슴속의 아수라阿修羅를 알 길 없는 만년은 성숙한 딸이 기특하고 대견하여 어느 곳에나 그녀를 데리고 다녔다. 관가의 내아에서 지내는 고사에도 그녀를 대동했던 것인데 그런 일이 벌어졌고, 나비는 깨어난 후에도 시들시들 앓고 있었다.

시월이면 상달〔上月〕이라 단골판에서는 누구 집에서나 햇곡식과 햇과일로 신들을 대접하며 제화초복을 비는 굿을 벌인다. 만년은 나비 없이 굿을 해야만 했다.

그러던 어느 날 굿청에서 돌아와 만년이 심상치 않은 얼굴로 나비가 누워 있는 방으로 들어와 털썩 주저앉고 꺼질 듯이 한숨을 쉬었다. 벽을 보고 누워 있던 나비는 돌아누우며,

"엄니, 머리 우에 갈이파리가—"

하고 보일락말락하게 미소를 보였다.

순간 만년은 격렬한 몸짓으로 나비를 끌어안고 울음을 터뜨렸다.

"불쌍한 내 자슥아, 불쌍한 내 자슥아."

느껴 울며 넋두리를 늘어놓는 에미의 머리에 붙은 갈잎을 떼어 준 후 나비는 그 머릿결을 다정하게 쓰다듬었다. 만년은 아무 말도 하지 않고 울기만 하였으나 나비는 무슨 일로 에미가 그토록 통곡을 하는지 알 것 같았다.

그녀의 짐작대로 봉출과 정심이 사이가 얼마 전부터 표면화하여 단골판 참새들이 재재거리기 시작했는데, 정심의 배가 점점 불러 온 것이다. 그래도 설마설마 하였는데 그날 굿청에서 돌아오는 길에 정례네로부터 봉출이 에미가 하더라는 소리를 들었다.

"차라리 잘 됐지러. 그런 요물 같은 지집아보당."

만년의 눈앞에서 길가의 장송나무가 한 바퀴 비잉 돌았다.

그날부터 만년은 며칠을 앓고, 일어난 후에도 잔병이 잦았다. 멀거니 초점을 잃고 있다가 불쑥,

"무신 동티로 에미 자슥이 대를 이어 원수가 덴당가!"

중얼거리고는 살기에 찬 눈이 되는 것이었다.

그런 에미를 지켜보며 나비의 마음은 차라리 덤덤했다. 노여움조차도 괘씸한 생각조차도 없었다. 그것은 안도 같은 느낌이었다. 내가 어찌 봉출이 따위의—그녀는 싸늘하게 웃었다.

그러나 그녀 역시 에미같이 멍하니 앉아 있을 때가 많았다. 그것은 혼인도 하기 전에 시앗을 본 분노라든가 버림받은 서글픔 따위가 아니었다. 좀더 근원적인 것에 대한 궁금증과 안타까움이었다. 에미와 한마음으로 멍한 얼굴이었으나 그녀의 눈은 비어 있는 것 같으면서 불타고, 무엇인가를 전력으로 다하여 더듬고 있는 것같이 보였다.

관가 내아에서 고사를 지내던 저녁에 일어났던 일을 그녀는 잊을 수가 없다. 김이 무럭무럭 오르는 떡 위에 그어졌던 열십자가 부웅 떠서 대들보를 받치고 있는 굵은 기둥 한가운데 높이 매달리던 광경이 또렷이 떠오르면 그녀는 전율을 금할 수가 없었다. 떡 위의 열십자가 가운데 꽂혔던 식칼을 무서운 힘으로 튕기던 것도 선명하게 기억에 남아 있었다.

그러면서 정신을 잃고 있던 중에 본 것 같은 환상은 기억에

서 완전히 떨어져 나가고 환상 속의 인물들과 함께 합송했던 경문 같기도 하고 주문 같기도 했던 것도 떠올릴 수가 없다. 다만 '하늘에 계신 우리 아비신 자여'라는 구절과 '아멘'이라는 알 수 없는 한 마디가 남아 있을 뿐이다.

'하늘에 계신 우리 아비신 자'라면 또 모른다. 무들이 섬기는 천신도 하늘에 있다고 말하니깐 말투가 좀 이상할 뿐이지 억지로는 수긍이 안 될 바도 아니었으나 '아멘'이란 말은 무슨 뜻일까?

이 '아멘'의 뜻을 풀면 자신의 출생의 비밀도 풀릴 것만 같았다.

나비는 점점 말수가 적어지고 생각에 잠길 때가 많아졌다. '아멘'은 그녀의 머리를 떠나지 않고, 나비는 그 뜻풀이에 골몰하게 되었던 것이다.

불안과 안타까움과 외로움 속에 날이 가고 해가 두어 번 바뀌었다. 봉출이와 정심이 사이에 태어난 동이가 아우를 보아 봉출이가 살구를 얻어 갔다는 소문이 돌던 무렵부터 단골판에서는 이상한 다른 소문이 돌기 시작했다. 나비가 실성을 한 모양이라는 것이다.

"이 눈으로 떽떽히 밧당게로. 머엉허니 앉아서 입속에서 중얼중얼 하고 있었당게. 그리고 가심(가슴)을 뜯지 않드랑가."

"그랄 만도 히어. 서방을 빼사간 년이 마를 새도 없이 애기를 갖는디 매암이 워찌 아프지 않을가벼."

동네 아낙네들의 수근댐은 거짓이 아니었다. 나비는 저도 모르는 사이에 입속에서 '아멘'을 뇌이고 역시 저도 모르는 사이에 가슴에 십자를 그을 때가 많았다. 어떤 때는 굿을 하면서도 관가 내아 큰 기둥에 높이 달렸던 십자가가 어른거리고, 구성지게 사설을 외우고 있을 때 불쑥 '아멘'이란 말이 떠올라 사설을 더듬기도 하였다.

어느 날 단골판에서는 재물이 가장 넉넉하다는 집에서 재복발원財福發願의 성주굿을 하는데 신대에 신이 오르지 않은 일이 있었다. 단골의 축원이 신의 감응을 얻으면 대잡이가 붙들고 있는 신대가 불가사의한 힘으로 떨린다. 신이 내린 것이다. 굿은 이때부터 절정에 달하고 이러한 신비스러운 현상으로 굿마당은 일상을 벗어나 신성한 공간으로 바뀌는 것이다.

그런데 이날 성주거리가 끝나고 제석帝釋거리, 대감거리 사설을 다 부를 때까지 신대가 조금도 움직이지 않았다. 이윽고 대감거리가 시작되었으나 신대는 꼿꼿하게 서만 있었다. 굿청은 이상스러운 분위기로 바뀌어 갔다. 모인 사람들은 의아한 눈으로 서로의 얼굴을 마주 보고는 고개를 가로저었고, 굿 주인의 얼굴은 버얼겋게 달아올랐다가 창백해 갔다.

이 사실은 좁은 단골판에 이내 알려졌다. 이제 나비는 영검한 단골이 아니란 말인가? 어렸을 때의 그 깜찍한 요기 서린 모습은 사라지고 그녀는 굿청에 서기에는 너무나 우아한 기품이 흐르는 절세의 가인이 되어 있었다. 그런 만큼 어쩌다 그녀가 제대로 굿을 하면 타고난 고운 음성과 닦고 익힌 기량에 범할 수 없는 기품이 얹혀져 사람들의 감동은 더욱 깊었다. 그녀는 여전히 뛰어난 무녀였던 것이다.

해가 바뀌어 다시 참꽃 필 때가 왔다. 만년은 꽃맞이굿을 준비하고 있었다. 꽃맞이굿은 '진적'이라는 굿으로 남을 위한 굿이 아니고 무가에서 무업의 번창을 위하여 무신巫神에게 올리는 굿인데 봄진적은 꽃맞이굿이라 하고 가을진적은 단풍맞이굿이라고 한다.

원래 활달하고 도량이 남달리 넓은 만년은 손이 컸다. 인근의 단골들을 청해 와 종가집 맏며느리까지 춤을 추지 않고는 배길 수 없게 만들도록 성대하고 흥겨운 굿청을 벌였다. 화창한 봄날씨, 저절로 어깨가 들썩거려지는 풍악, 구성진 사설, 풍성한 제물 등으로 만년의 집 앞마당에서 하는 굿이지만 당산제(堂山祭=동신제) 못지않게 사람이 모여들었다.

나비는 이날 홍천릭紅天翼에 새깃이 달린 홍갓을 쓰고 오른손에 활짝 편 부채, 왼손에 방울을 들고 흔들며 기가 막히게 꽃노래를 불렀다.

　　　성인군자 이른 말씀

전공여대 이른 집에

석가석문 구지 잡고

사해를 바라보니

일모청상 하직하고

시절이 분분하야

지산천리 인접해야

사시풍경 자시하고

화초가 임자 없이

사시장철 노닐다가

금일당대 임 잘 만나

꽃도세계 절로 난다

　평시에 잘 웃지 않는 그녀는 이날따라 입 언저리에 보일락말락 잔잔히 미소를 머금고 있었다. 그 미소가 오히려 오싹한 느낌을 주어 구경꾼들은 여느 때 같으면 무의 움직임에 따라 함께 덩실덩실 춤을 추는 것이었지만 부신 것을 보는 것처럼 넋을 잃고 그녀를 바라만 보다가 저도 모르게 두 손바닥을 맞부비고 있는 사람도 있었다. 나비는 이때 찬신讚神과 기원을 신께 드리고 있는 사제司祭인 무녀가 아니고 신 그 자체로 보였던 것이다.

　굿은 사흘 계속될 예정이었다. 이 제의는 부정거리에서 뒷전

거리에 이르기까지 열아홉 거리나 되는 제차를 가질 때가 많다. 그리고 굿의 여러 과정 중에서 특히 신령거리, 대신거리, 조상거리가 강조되는 것이 보통이다.

불상사가 일어난 것은 이튿째 되던 날이었다. 나비는 전날에 이어 절묘한 노래와 춤으로 굿을 이끌어 가고 있었다. 노래로 시작되고 노래로 끝난다는 것이 호남 지방의 굿이다. 나비는 이틀을 쉬지 않고 노래하고 있었으나 목도 쉬지 않았다.

이 굿의 가장 중요한 과정의 하나인 조상거리의 차례가 왔다. 나비는 진분홍 치마에 다홍 반회장 놓은 연두저고리 차림이다. 오른손에 부채를 활짝 펴 들고 왼손으로는 방울을 흔들며 느린 가락으로 춤을 추었다. 한바탕 추고 나서 안방으로 들어가 시렁 위의 '말명' 상자를 모두 들고 나왔다. 말명은 조령祖靈을 말한다. 상자 속에는 망자들의 옷이 들어 있다. 나비는 상자를 열고 그 옷을 꺼내어 손에 들고 또 춤을 추었다. 화창한 봄 햇살 아래 그 해묵은 옷들은 퇴색되어 흉흉해 보였지만, 나비는 그것을 든 채 춤을 추고는 그 옷을 입고 다시 춤을 추었다. 그러다가 죽어 나자빠지는 흉내를 내는 것이 이 제의의 절차의 하나이다. 그러면 구경꾼들이 옆으로 가서 손바닥을 맞부비며 비는 것이다. 장고가 둥둥 울린다. 그 소리에 맞추어 죽은 흉내를 내고 있던 무는 서서히 몸을 일으켜 다시 춤을 춘다.

나비도 순서에 따라 춤을 추다가 나비가 날개를 접고 떨어지듯 하늘하늘 땅바닥에 쓰러져 갔다. 구경꾼들이 다가가서 손바닥을 맞부비며 빌기 시작했다. 장고가 둥둥 울렸다. 그러나 나비는 몸을 일으키지 않는다.

사람들은 더욱 열심히 손을 부비며 빌고 장고는 재촉하듯 장단을 빨리 했다. 그래도 나비는 일어나지 않는다. 진분홍 치마에 연두색 회장저고리, 하늘을 똑바로 쳐다보는 자세로 나자빠진 하얀 얼굴, 그것은 한 무더기의 봄꽃같이 황홀하기만 했다.

굿마당에 일진一陣의 바람처럼 긴장이 달려왔다. 상스럽지 않은 농밀한 정적이 지나간 후 술렁거림이 왔다.

"나비가 죽었다."

그러나 나비는 죽지 않았다. 다홍 고름 밑의 앞섶이 보일락 말락 오르내리고 있지 않은가. 그런 모양으로 사흘이 지났다.

뿌우연 젖빛 안개가 걷히고 청회색으로 맑게 개인 밤하늘이 나타났다. 그 하늘을 가리듯 무수한 반디가 어지럽게 날고 있었다. 그것은 어두운 밤하늘에 튀고 있는 파아란 불꽃 같았다. 밤하늘에 떠 있던 가장 크고 빛나는 별 하나가 떨어지면서 부서져 파아란 별 가루를 뿌려 놓은 것 같기도 했다.

나비는 황홀해지면서 외쳤다.

"반디, 반디, 반디 잡아 줘!"

그녀는 자기가 외치는 소리에 긴 잠에서 깨어났다.

'꿈을 꾸었는가벼.' 그러나 깨어나고도 반디는 눈앞에서 사라지지 않았다. 어느 날 어디선가에서 그녀는 그 반딧불을 보았던 것이 분명한 것 같았다.

　나비는 내아에서 쓰러졌을 때보다 좀더 오래 자리에 누워 있었다. 열이 있는 것도 아니고 어디가 곪는 것도 아니고 폭폭 쑤시는 것도 아니면서 기운이 없고 나른해서 일어날 수가 없는 것이다. 그녀는 바로 누워 천장을 쳐다보며 전보다 더 무엇인가를 더듬는 눈이 되곤 하였다. 반디도 '아멘' 못지않게 자기의 출생과 정체를 밝혀 주는 것의 하나가 아닌가 하는 생각에 자주 사로잡혔다. 그러나 숲 속을 별 가루같이 파아랗게 반짝거리며 어지럽게 날고 있던 꿈속의 반디를 쫓으면 그 별 가루들은 마치 흩어졌던 수은이 다시 모여 도로 한 덩어리가 되듯 한데 모여 다시 하나의 빛나는 큰 별이 되고 높이 하늘로, 그녀의 손이 영원히 미치지 않는 높은 하늘로 돌아가는 것이었다.

　그런 그녀를 지켜보는 만년의 가슴은 찢어질 것만 같았다. 나비의 고뇌를 알 길 없는 그녀는 그저 나비의 잦은 실신과 병을 버림받은 여인의 속앓이 까닭으로 짐작하고 뼈가 녹듯이 딸이 불쌍해지는 것이었다.

　'연눔으 꼬라지 비이지 않는 데로 잠시 데불고 가서 매암을 달래야 쓰겄다.'

　만년이 나비에게 한양 구경을 시켜 줄 결심을 한 것은 정심이가 또 아들을 낳았다는 말을 듣고부터였다. 모녀는 녹음이 짙어지기 전에 임실을 떠나 한양으로 향했다.

　머슴으로 있는 돌쇠에게 짐을 지게 하고 점잖은 집 아낙의 행차처럼 그들은 말도 타고 가마도 탔다. 천한 무의 처지면서 만년은 장옷마저 장만하고 있었다. 병후의 나비를 아끼면서 가느라고 길이 더뎌 노들나루를 건널 때는 겨드랑이에 땀이 배는 날씨가 되어 있었다.

　노량에서 하룻밤을 묵고 성안으로 향하는데 전날에는 행인이 그리 보이지 않던 거리에 구름같이 사람이 모여 있는 것이다. 한양은 지척이지만 문 밖이라 길은 대로라 할 수는 없다. 그래도 임실에 비길 것인가. 그들에게는 처음 보는 큰 길이다. 그 큰 길을 꽉 메우고 있는 것이 사람들이었다. 장옷을 쓴 모녀는 이리 밀리고 저리 밀리면서 앞으로 나갈 수가 없게 되고 말았다.

　"나비야, 견딜 수 있겠나?"

　만년이 걱정스러운 듯 나비의 여윈 어깨를 껴안았다. 나비는 말없이 고개만 끄덕였다. 앞뒤로 사람이 꽉 차 나아가지도 물러나지도 못하니 견디지 못한들 어찌할 것인가. 만년은 그녀의 어깨를 더욱 조여 안았다.

　"무슨 일이여. 웬 사람들이여."

　굵은 소리가 바로 뒤에서 투덜거렸다.

　"큰 구경 났나 봐."

먼저 소리 못지않게 탁한 소리가 말하고 카악 가래를 뱉는다.

"어디다 가래를 뱉는 거야."

옆의 사람이 질색을 하며 화를 버럭 낸다.

"왜들 이러슈. 조용하지 못하우?"

다른 음성이 말리고 있는데 짐을 지고 모녀의 곁에 서 있던 돌쇠가 뒤에서 떠밀려 비틀거렸다. 만년은 재빨리 그의 소매를 끌어 잡고 뒤를 돌아보았다. 날카롭게 날이 선 눈에 가마 두 채가 들어왔다. 오색 수실이 달린 옥교다. 큰 갓에 흰 도포 차림의 점잖은 중년이 곤혹에 찬 얼굴로 가마 앞에 서 있고 비녀에 틀림이 없는 아낙들과 고리를 진 건장한 사내들이 가마를 에워싸듯 몰려 서 있다.

"워쩌! 새각씨 신행인가벼."

만년이 속삭였다. 촌티가 더덕더덕 나는 돌쇠가 겨우 몸을 가누고 두리번거리다가,

"이보시소. 무신 일이 일어났지라우?"

하고 옆사람에게 물었다.

옆에 서 있던 사람은 맨상투에 수건을 질끈 맨 장정이다.

어처구니없다는 듯이,

"무슨 일이 일어났냐구? 천작쟁이들이 천당인가 하늘인가에 가는 걸 보러 나온 거지."

"천작쟁이? 그기 머당가?"

"천작쟁이는 천작쟁이지. 바로 이 짓 하는 것들이지."

장정은 오른손으로 가슴에 십자를 그었다.

"요상하네요잉?"

돌쇠가 미련하게 말했다.

"옳아, 요상하구말구."

주위의 사람들이 모두 웃었다. 떠드는 소리가 듣기 싫어 나비는 싸늘한 눈으로 그들을 흘겨보았다. 순간 나비의 가슴은 덜컥 소리가 나도록 내려앉았다. 십자를 긋는 시늉을 하는 장정의 짓거리가 눈에 들어왔던 것이다. 내아의 고사 날 이래 저도 모르는 사이에 마치 손만의 의사로 그러듯 가슴에 그어 왔던 열십자! 무슨 짓을 하고 있는지 저도 몰라 정신이 들면 번번히 흠칫했던 그 같은 짓을 이 사람은 하고 있지 않은가? 나비의 몸은 신이 내린 신대처럼 떨리기 시작했다.

"아가, 나비야, 정신 채리라."

만년이 울음 섞인 음성으로 속삭이며 나비를 두 팔로 껴안았다.

"관치 않지러, 관치 않지러."

나비는 만년의 팔에서 몸을 빼내면서도 여전히 몸을 떨었다.

"잠시만 참으라이, 잠시만 참으라이."

만년이 다시 그녀의 어깨를 당겨 안으려 할 때였다. 누군가가 큰 소리로

"저기 온다아, 저기 온다아!"

하고 외쳤다.

사람들은 술렁거리기 시작했다. 돌쇠가 미련스럽게 고개를 늘여 사람들이 손가락질하는 곳을 보려고 애쓰면서 또 물었다.

"저 사람들은 뉘랑가?"

"가만히 있어요. 어디서 굴러 온 무지렁인데 자꾸 사람을 귀찮게 굴어?"

짜증을 내다가,

"천작쟁이를 끌고 가는 포청 관원들이지."

"끌고 가서 머한당가?"

"뭐하긴 뭐해. 모조리 이렇게 쌍둥 하는 거지."

그는 목을 탁 자르는 시늉을 했다.

"헷, 워쩌……."

돌쇠의 눈이 휘둥그레진다.

"하여튼 총각은 재수가 좋았어. 한동안 이런 구경은 할 수 없었거든. 더구나 오늘 목이 잘릴 천작쟁이들은 모두 아낙들이야. 기가 맥힌 절색이 하나 끼었다나. 그래서 다른 때보다 이렇게 구경꾼들이 더 많은 거야."

"조용해요. 조용해."

옆 사람들이 야단을 쳤다. 그래도 사나이는 말을 덧붙였다.

"천작을 하면 다 그렇게 죽여 버리는 거야. 임금님두 모르구 부모두 모르는 금수만두 못한 것들이거든."

이상한 행렬이 눈앞에 나타났다. 병거지에 검은 더그레를 걸치고 행전을 친 포졸들이 몰려드는 군중을 끝에 소담한 홍수실을 단 창 자루로 밀어내며 연신

"비켜서지 못할까! 물러서지 못할까!"

하고 목이 쉬도록 고함을 지르며 간다.

　다음에는 굵은 밀화를 꿴 구슬 끈이 달린 벙거지를 쓰고 전대 띠를 띠고 목화木靴를 신은 장년의 말 탄 모습이 나타났다. 숱이 많은 콧수염과 구레나룻만으로도 위풍이 당당한데 환도를 차고 등채를 손에 들었다. 다투어 앞으로 나아가려던 군중은 멈칫하고 마상의 위장부를 두려운 눈으로 올려다본다.

"드믄 귀갱(구경)꺼리라닝게 앞으로 나오시오."

　돌쇠가 억지로 사람들 사이를 비집어 만년 모녀를 앞으로 밀어 넣었다.

"왜들 밀구 야단이야. 사람 밟혀 죽겠네에."

　누군가가 비명을 지른다.

　바로 뒤에서는 가마 두 채가 밀고 닥치는 인파에 몰려 둘레의 하인배들이 필사적으로 막고는 있지만 오색 수실이 벌써 떨어져 나갔다. 가마 머리에 서 있던 선비가 하는 수 없다는 듯이,

"헐 수 없구나. 교군이 깨어지겠다. 새 애기씨(새댁)를 밖으로 모셔 내야겠다."

　교군꾼이 허리를 구부리고 송구한 듯이 가마 문을 열었다.

앞에 바짝 붙어 있던 아낙이 재빨리 쓰고 있던 장옷을 벗어 신부 머리에 덮었다.

"나오셔야 쓰겠습니다."

전라도 억양이나 얌전한 말씨다.

"색씨두 나오셔야겠어요."

뒷가마에서도 젊은 처자 하나가 가마 밖으로 나온다. 열예닐곱쯤이나 되었을까. 가무잡잡한 매끈한 피부의 그녀는 쌍꺼풀 진 큰 눈에 겁을 잔뜩 담고 있었다. 사람들의 눈길은 일제히 그쪽으로 쏠렸다.

그때,

"저것 봐! 헛소문이 아니었어. 정말루 일색이다! 절색이다!"
하는 큰 소리가 들렸다. 모든 사람들은 황급히 고개를 돌렸다.

말 뒤를 홍술 달린 창을 든 몇 사람의 포졸들이 따르고 바로 그 뒤에 사형수들을 태운 두 개의 소달구지가 덜커덕거리며 움직이고 있었다.

달구지에는 각각 네 사람씩 사형수들이 홍사紅絲줄로 포박된 채 실려 있다. 모두 낙산 밑 과부집의 여인들이었다.

데레사와 마리아는 발바라와 마루따와 함께 앞 달구지에 실려 가고 있었다. 모두 흰 옷차림이었으나 소복이란 정갈한 느낌에서는 먼 때묻고 핏방울로 얼룩진 옷을 입고 있다. 잘 빗지 못한 머리카락은 덜커덕거리는 달구지에 시달려 산발이 되어 혹독한 형심과 옥고로 초췌한 얼굴들을 더욱 작게 보이게 하고 있었다.

모든 궁녀들이 그렇듯이 긴 궁녀 생활로 약간 등이 굽은 데레사는 이날 그 등을 펴고 항상 밑으로만 깔던 눈을 들어 먼 곳을, 높은 곳을 바라보고 있었다. 엷은 미소가 입가에 감돌고 있는 그녀의 얼굴은 이미 이 세상의 것이 아니었다.

발바라와 마루따의 창백한 얼굴도 평화와 기쁨으로 차 있었다. 소생 없는 청상과부로 절망과 고독과 고통 속에서 살던 이 두 여인들은 이날 성스러운 잔치에 초청받아 가는 영광과 기쁨에 떨고 있었다. 다만 거두어 주고 있던 불쌍한 고아들의 처지가 안타까워 그것만이 이 세상에 남기고 가는 유일의 유감이었다. 그들은 야유와 매도와 욕지거리와 동정도 섞인 아우성을 치고 있는 구경꾼들에게 죽음으로 실려 가는 소달구지 위에서 줄곧 호소하고 왔었다.

"낙산 밑의 불쌍한 우리 아이들을 돌보아 주십시오. 이 세상의 모든 불쌍한 고아들을 거두어 주십시오."

이에 구경꾼들은 모두 콧방귀를 뀌었다.

"미친 것들……. 내 자식두 기르기 어려운데 남의 새끼까지 맡아 달라구. 천주학인가 천작인가를 버리구 니가 기르면 되잖아."

돌멩이가 날아와 달구지 너머로 떨어졌다.

마리아는 아무것도 보이지 않고 아무 소리도 들리지 않는 것 같았다. 다소곳이 고개를 숙이고 가만히, 그리고 열심히 무엇인가에 귀를 기울이고 있는 자세로 무참하게 포박된 몸을 단아하게 앉히고 있었다. 다른 여인들의 흩어진 머리카락과는 달리 푸르도록 검은 머릿결은 검은 새의 젖은 깃털처럼 윤이 자르르 흘렀다. 삼단 같은 머리였다. 그 무겁게조차 보이는 머리를 지탱하고 있는 것이 안쓰러운 곱고 가는 목에서 어깨로 흐르는 선의 아름다움만으로도 그녀는 절세의 가인이라고 할 수 있었다. 몹쓸 고문도 무더운 날씨도 소달구지의 괴로운 흔들림도 때묻고 핏방울로 얼룩진 더러운 옷도 그녀의 아름다움을 손상시키지는 못하고 있었다.

뽑아 다듬은 것 같은 반달눈썹, 빗어 붙인 것 같은 높도 얕도 않은 곧은 콧날, 가볍게 다물어진 자그만 입매, 그녀는 귀도 턱도 쳐다보면 눈이 먼다던 어머니를 그대로 찍어 낸 아름다움을 지니고 있었다. 투명하도록 맑은 피부의 그녀는 소달구지 위에 얹은 나무 우리에 갇히어 마치 운반되어 가는 명장의 절묘한 걸작 조상같이 보였다. 아우성을 치던 구경꾼들은 그녀가 탄 달구지가 눈앞에 나타나면 모두 말을 삼켰다.

군중은 아무리 포졸들이 막아도 극성으로 밀려들어 혼잡은 점점 더해 갔다. 달구지가 지나면 길 양쪽에 널려 있던 구경꾼들은 이 절세의 미녀의 목이 잘리는 것을 보고자 달구지 뒤를 따랐던 것이다.

"이 미련한 놈들아, 조용하지 못하겠냐. 조용하란 말야."

포졸들이 횡포하게 사람들을 밀어붙이고 작대기를 마구 휘두르는 것을 보고 있던 데레사가 가볍게 웃으며 말렸다.

"모두들 보게 놔두세요. 우마牛馬를 죽이려 해두 구경을 하고 싶은 게 사람 마음이 아닙니까? 하물며 사람을 죽이려는데 어찌 보구 싶지 않겠어요?"

이윽고, 그녀는 큰 소리로 천주경을 외우기 시작했다.

"하늘에 계신 우리 아비신 자여—."

여덟 명의 여인들은 일제히 포박된 몸을 가누며 경문을 합송했다.

"네 일홈의 거룩하심이 나타나며 네 나라히 림하시며 네 거룩하신 뜻이 하날에서 일움같이 따헤서도 일우여지이다—."

지켜보고 있던 나비의 몸은 더욱 격렬하게 떨렸다.

"아가, 나비야, 못 참겄냐? 못 참겄냐? 쪼매만 지내면 길이 풀릴꺼닝게 쪼매만 겐디 보아라."

만년은 당황하여 어쩔 줄을 몰라하며 나비의 몸을 껴안기만 했다. 나비는 팔꿈치로 그녀의 손을 뿌리쳤다. 망실 상태에서 입술이 움직이고 알 수 없는 말이 새어 나오고 있었다.

"—오날날 우리게 일용할 량식을 주시고 우리 죄랄 면하여 주심을 우리가 우리게 득죄한 자랄 면하여 줌같이 하시고 우리랄 유감에 빠지지 말게 하시고 또한 우리랄 흉악에 구하소서 아멘."

거침없이 술술 외우고 가슴에 십자 성호를 긋는다. 만년은 기겁을 하며,

"나비야, 니 머하고 있냐? 정신 채리야재. 정신 채리랑게."

반 광란이 되었으나 나비는 에미 쪽에는 눈도 주지 않고 거듭

"아멘"

하고는 다시 성호를 긋고 잠시 명해졌다. 다음 순간 그녀의 머리를 강렬한 섬광이 꿰뚫고 지나갔다. 그녀는 저도 모르는 사이에 절규하고 있었다.

"그렇다! 어머디다! 언니다!"

구경꾼들은 놀라 모두 그녀 쪽으로 눈길을 돌렸다. 나비의 눈에는 아무것도 보이지 않는다. 그녀는 무서운 힘으로 사람들을 헤치며 길 한복판으로 튀어 나갔다. 그 서슬에 압도되어 구경꾼들은 지싯지싯 물러서 길을 내준다. 달구지는 벌써 눈앞을 지나 저만큼을 덜커덩거리며 가고 있다. 나비는 미친 듯이 두 팔을 뒤흔들어 밀고 때리며 그 뒤를 쫓아 달구지에 얹힌 나무 우리의 살을 붙잡고 매어달렸다.

"어머니! 언니! 나예요. 세실리아예요. 반디마을의 권진사님의 딸 세실리아예요. 마리아 언니!"

웃으며 울며 그녀는 소리소리 지르고 있었다.

고개를 숙이고 있던 마리아는 잊을 수 없는 음성을 들었다. 갑자기 날카로운 것에 찔린 것 같은 충격을 느끼며 그녀는 눈을 들었다. 나무 우리 살을 으스러지도록 붙잡고 세실리아는 종종걸음으로 달구지를 따라 걸으며 연신

　"언니! 언니! 언니! 언니!"

하고 같은 말을 되풀이하고 있었다.

　마치 잃었던 오랜 세월에 못했던 그립고 정다운 그 말을, 못했던 만큼의 양으로 모조리 쏟아 놓으려고나 하듯이.

　마리아는 무릎걸음으로 포박된 부자유한 몸을 간신히 움직여 우리에 상반신을 던지듯 하고 우리 살에 얼굴을 대었다. 격한 감정이 복받쳐 그는 말을 할 수 없었다. 말없이 눈물만 흘리는 형의 얼굴을 세실리아는 우리 살 틈으로 손을 넣어 어루만지며

　"언니다! 언니다! 정말 우리 언니다!"

하고는 울고 웃었다.

　일곱 살 때의 일이 생생하게 떠올랐다. 남달리 총명한 세실리아는 일곱 살 때에 눈에 새겨 둔 어머니의 얼굴을 또렷이 기억할 수 있었다. 그 어머니를 그대로 옮겨 놓은 것 같은 이 아름다운 여인! 마리아는 그녀의 친언니가 아닐 수 없었다. 이윽고 어머니와 꼭 같은 모습의 형을 보고 열광하고 있는 그녀도 한 개의 표주박을 둘로 갈라 놓은 것처럼 꼭 같은 모습을 하고

있었다.

뜻밖에 벌어진 사태에 어리둥절하고 있던 포졸들이 그제야 몰려와 우리 살에 매어달려 있는 세실리아를 난폭하게 뜯어내려 했다. 안 떨어지려고 안간힘을 쓰는 그녀의 등을 다른 포졸이 창 자루로 후려친다.

"어디서 똥딴지 같은 기집이 튀어 나왔어. 비켜, 비키라구."

"이러다간 해 안에 새남터까지 가긴 틀렸어. 야, 이 기집애야, 물러서지 못하겠냐?"

또 한 포졸은 좀더 난폭했다. 세실리아의 가는 허리를 발길로 차며,

"망나니 목이 빠지겠다. 이 미친 기집아, 칼에 녹이 슨단 말야."

우악스럽게 덤벼들어 그는 세실리아의 몸을 끌어당겼다. 그녀는 더 이상 버틸 수 없어 그만 땅에 나둥그러지고 말았다.

마리아가 비명을 질렀다.

"여보세요. 다치겠어요. 너무 험하게 굴지 마세요. 연약한 여자가 아닙니까?"

그러나 포졸은 눈을 부라리고

"이 천작쟁이 기집이 건방지게 누굴 나무래?"

하고 후려치려 하다가 우리 살에 걸려 손을 다치고는 화풀이를 세실리아에게 한다.

"이 미친년아. 죽기 싫거던 어서 물러나!"

마구 짓이기려는 그 다리를 세실리아는 필사적으로 껴안았다.

"여보세요, 나으리, 포졸님, 나두 죽여 주세요. 저두 천주를 믿습니다. 제 본명은 세실리아, 어엿한 천주교우예요."

이때 만년이가 땀을 뻘뻘 흘리며 달려왔다. 인파에 막혀 시달리던 그녀의 머리는 산발이 되고 장옷은 어디론가 달아나고 고름도 떼어진 채 눈에는 핏발이 서 있었다. 그녀는 황급히 딸의 몸을 싸 감으며,

"나비야, 이기 워쩐 일이당가. 이 무신 봉빈(봉변)이랑가. 싸게 이 자리를 떠야 쓰겄다. 인자 질(길)도 풀렸으닝게"

하고는 포졸들에게 애원을 했다.

"보시오, 나아리들. 야아는 방금 임실서 올라온 처자지라우. 아무 제(죄)도 없는 촌닭이지라우."

두 손을 맞비비며 꾸벅꾸벅 절까지 한다.

포졸들은 그녀의 아래위를 쓰윽 훑어본 후,

"재수없게 굴지 말구 빨랑 이 미친 기집을 데리구 가요. 괜히 귀찮게 굴지 말구."

퉁명스럽게 말하고 세실리아를 밀어젖혔다. 그러나 그녀는 악착같이 다시 달라붙는다.

"정말이에요. 찾고 찾았다가 겨우 겨우 다시 만난 친동깁니다. 저도 함께 데리구 가 주세요."

"안 돼요. 안 됩니다. 놓아 주세요."

우리 속에서 마리아가 소리소리 질렀다.

"나비야, 니 지정신으로 이라는 거냐? 싸게 에미랑 사또 댁에 가장게."

만년도 못지않게 큰 소리로 채근을 한다. 구경꾼들이 다시 술렁거리기 시작했다.

"곡절이 있납지. 그나저나 쌍둥이 형젠가봐."

"둘이 다 일색이구나."

"저봐, 저 기집애가 달구지 위에 뛰어올랐어."

"몸 하나 가볍구나."

세실리아는 정말 가볍게 몸을 날려 달구지 위에 뛰어올라 있었다. 두 손으로 우리 살을 붙들고 오똑하게 선 그녀는 몸도 마음도 불꽃을 튕기고 있었다. 아무도 불덩어리 같은 그녀를 끌어내릴 수는 없었다.

2

마음이 씻기어질 것 같은 푸르름이었다. 밤, 은행, 느티, 감, 산수유, 목련, 있는 대로의 나무들이 있는 대로의 힘을 다하여 마구 녹색을 뿜어 올리고 있는 것이다. 가슴속마저도 녹색 공기를 들이마셔 녹색으로 물들어 있는 느낌이다. 어디선지 숨막힐 듯한 달콤하고 강렬한 꽃향기가 푸른 바람에 실려 온다. 밤골인 양주 지방답게 초여름 마재는 밤꽃 향기로 공기마저 농밀하다.

다산은 사위를 돌아보았다. 바로 눈앞에 목수국이 뭉게구름 한 자락이 떨어져 내린 듯 하얗게 피고 있다. 등꽃이 보랏빛 꽃술을 드리우고 함박도 활짝 피었다. 눈이 머문 곳의 보리밭은 녹색의 바다처럼 초여름 바람에 물결치고 있다.

유락 십팔 년에 몽매에도 그리던 향리의 초여름, 다산은 마재의 이 계절을 다시없이 사랑했다. 우러러볼 만한 높고 수려한 산도 없고 눈길을 한없이 뻗는 들판도 보이지 않는 조촐한 고장이다. 바람이 향기롭다 해도 송뢰松籟라고 부르기에는 울울창창한 소나무가 있는 것도 아니고 청람靑嵐이라고 부르면 과장이 될 것이다.

그러나 출렁이는 강물도 맑고 그 강을 선두른 백사장도 맑고 무성한 풀산도 맑은 깨끗한 고장이다. 여유당 앞에 서 있는 아름드리 은행나무를 제하고는 대목도 거목도 그리 없지만 초여름이 되면 저마다 나무들은 녹색 분수를 뿜어 올리고 초여름 꽃들이 다투어 피는 이 마을은 아늑하고 다정하고 궁기가 없으면서 번다하지 않아 좋다. 압해 정씨 일문이 모여 살아 타성바지가 많지 않은 까닭인지 내 고장이라는 실감이 묵직하게 자리

잡아 마재는 언제나 돌아가는 곳이라고 알고 왔었다.

허나 지금 그리던 내 고장의 사랑하는 계절 속에 있으면서 다산의 심회는 깊기만 하다. 그리고 그리던 고향에 돌아와 보니 귤동의 초당보다 더 웅장해 보이지도 않는 퇴락해 버린 집과 노파가 된 아내의 탄식과 아비의 눈치를 살피고만 있는 것 같은 초로의 아들들이 기다리고 있었다. 유배지의 생활일망정 살뜰하고 정다운 벗이 있었고 정성껏 섬겨 주는 여인이 있었고 마음속으로부터 경모를 바치는 제자들이 있었다. 초가 누옥이었으나 거처는 정돈되고 저술에 골몰할 수 있는 분위기도 있었다.

그는 마음속으로 고개를 흔든다. 고향이 아무려면 유배지만 못할까. 그러면서 왠지 서운하다. 배신당한 심정이다. 그리운 고향집은 선비의 거처답게 좀더 그윽하고 말쑥하고 정돈되어 있어야 했다. 아내는 사대부가의 대부인답게 외모부터 단정하고 행동거지도 좀더 신중하고 점잖아야 했다. 아들들도 명문가의 자손답게 겸손하면서도 좀더 의젓해야 했다. 허기야 도무지 마음에 차지 않는 그러한 것들을 이해 못하는 것은 아니다. 유락 죄인의 본제本第를 조심조심 숨을 죽이며 지키던 사람들이 아닌가. 마음이 있어도 능력이 있어도 어쩔 수 없는 처지였을 것이었다. 자신도 당호조차 '여유당'(조심조심 전전긍긍하고 산다는 뜻)이라고 짓고 조심조심 살아온 목숨이 아닌가?

그는 입가에 쓴웃음을 흘린다. 귀양살이 십유팔 년에 몽매에

잊지 못한 내 집, 처자들, 내 고장은 있는 그대로의 것이 아니고 그러하리라고 생각했던 낙원이었던 것이다.

그러나 그런 심정도 이제 모두 버렸다. 그는 일흔셋, 불유구 不踰矩의 경지에 있었다. 옛부터 드물다는 칠십을 살고 삼 년을 더 넘기고 있으면서 붓을 놓지 않고 작금에는 『상서고훈尚書古訓』과 『상서지원록尚書知遠錄』을 고치고 있었다. 학문은 그의 숙명이었다. 회갑을 맞아 생애의 저서를 일단 마무리하려 정리를 끝마쳤던 것이었으나 그는 여전히 붓을 놀리고 있었다. 삼십여 년 전부터 돋보기를 써야 했던 시력과 역시 유배 초부터 아들들에게 호소했던 중풍기와 신경통에 시달리는 늙은 몸으로 붓을 움직이고 있는 모습은 숭고하고 비장하기조차 했다. 요즘 와서는 자주 피로를 느낀다. 의학 지식이 뛰어난 그는 쇠진해 가는 생명력을 자각하기 시작하고 있었다. 여생을 사는 여유로 피로를 느끼면 뜰로 나간다. 그리고 강을 굽어보는 것이다.

소내의 강물은 봄이 되면 더욱 수량이 부는 느낌을 준다. 초여름에는 기슭의 녹음으로 물빛이 더욱 곱다. 다산은 눈부신 연둣빛으로 마치 녹색의 꽃이 피어난 것 같은 은행나무 밑에 놓인 돌 위에 앉는다. 이 한때의 조촐한 휴식은 쇠잔해 가는 목숨에 얼마큼의 활력을 넣어 주는 것이었다.

향기로운 푸른 바람 속에 자신을 맡기며 그는 눈길을 먼 데로 던졌다. 바람은 마파람이다. 서남쪽 강 너머서 강을 건너 기슭의 은사시나무와 보리밭을 이쪽으로 쓸며 불어와서 얼굴에 맞닿는다. 그러다가 방향을 바꾸어 기슭의 나무들과 풀, 보리밭을 강 건너 쪽으로 쓸며 불어 간다. 은사시나무 잎사귀가 뒤집혀지고 마구 쏟아지는 초여름의 햇살을 받아 은 세편細片같이 반짝인다.

다산은 『삼국사절요三國史節要』에 실려 있는 신성한 사람들 이야기를 상기한다. 아득한 신라 때의 이야기다. 어디 사람인지 아무도 모르는 관기觀機와 도성道成이라는 두 신성한 사람이 포산包山이란 이름의 산중에 숨어서 살고 있었다. 관기는 남쪽 고개에 살고, 도성은 십 리쯤 떨어진 북쪽 굴속에서 살았다. 우정이 두터운 두 사람은 서로 찾아가서 만나 즐거운 한때를 지냈는데, 그들은 벗이 찾아오는 것을 미리 알고 있었다.

즉, 포산의 나무들이 북풍을 만나 남쪽을 향하여 나부끼면 북쪽 굴속에 사는 도성은 '바람이 남쪽으로 부니 이것은 나 보고 남쪽 고개에 사는 관기를 찾아가라는 뜻이겠다' 하고 벗을 찾아 나서는 시간으로 삼았고, 남풍이 불어 산속의 나무들이 북쪽으로 쏠리면 남쪽 고개에 사는 관기는 그때를 북쪽 굴속으로 도성을 찾아가는 시간으로 했었기 때문이다. 그들은 바람이 불어 가는 방향에 따라 친구를 찾아가는 시간을 정했던 것이다. 부지하허인不知何許人인 이들은 신선이었을까? 인위에 구애되지 않는 유장한 자연인의 영원의 시간이 부럽다.

다산은 바람의 행방을 눈으로 좇았다. 지금 그것에는 일정한 방향이 없다. 뉘라서 초여름의 훈풍을 청람이라 불렀던가. 녹색의 향기를 싣고 어지럽게 방향을 바꾸며 불고 있다. 강 건너에서 불어왔다간 강 건너로 불어 간다. 강 건너는 배알리, 셋째 형 약종이 묻혀 있는 곳이다. 기옥羈獄이며 삼구三仇의 하나인 육신을 벗어난 지 오래인 영혼이지만 때로는 돌아와 핏줄인 자기를 찾아오고자 하는 것인가. 언제나 그리웁고 사랑하는 향리의 향기로운 계절 속에서 다산은 차라리 마음이 비창하다.

잠시 잦던 바람이 또 불기 시작했다. 눈 아래 강기슭의 수양버들가지가 어지럽게 흩어진 여인의 긴 머리카락처럼 엉키며 흔들린다. 바람이 잦다 일었다 하는 것은 자연의 기상 현상이지만 새삼 신비스러움을 느낄 때가 있다.

문득 권진사의 여식 마리아가 포청에서 문초를 받았을 때 했더라는 말이 상기되었다. 관장이 천주학 신자를 문초할 때 으레 상투적으로 쓰는 순서로 천주를 본 일이 있느냐고 물었을 때 마리아는,

"시굴 사람들이 임금님을 뵙지 못했다구 임금님 계신 것을 믿지 않습니까? 저는 천지만물을 보고 이것들을 만드신 지고의 임금님, 지고의 아버님이 계심을 믿습니다."

관장이 버럭 화를 내며,

"저 요망한 것이 망령된 주둥아리를 함부로 놀리는구나. 매우 쳐라."

애처롭게도 마리아는 혹형을 받았단다. 그래도 그녀는 조용히, 그러면서 단호하게

"아무도 바람을 본 사람은 없습니다. 하오나 저 나뭇가지를 보십시오. 저렇게 나뭇가지가 흔들리고 있지 않습니까? 바람이 움직이게 하고 있는 것이지요. 그와 같이 천주는 엄연히 계시옵고 저는 뵙지 못하는 천주를 굳세게 믿습니다"

하고는 기진하여 눈을 감아 버렸다는 것이다.

그때도 초여름, 포청 뜰에 서 있는 단 한 그루의 느티나무 가지가 푸른 바람에 마구 흔들리고 있었더란다.

언제나 조용하고 말수가 없던 마리아의 문초 광경은 놀랍도록 명석하고 그 신심의 항구함과 연약한 몸으로 혹형을 참아내는 인내심에는 그런 형심에 익은 포장마저도 감탄하지 않을 수 없었다고 들었다.

그때가 을유년 여름이니까 꼭 9년 전 일이다. 오랜만에 찾아온 하상은 어딘지 힘이 없어 보이고 눈빛마저 어두웠다.

해배되어 향리에 돌아와서도 다산은 남과의 접촉을 일체 끊고 명상과 독서와 저술로 날을 보내고 있었다. 가족들은 두 아들의 몸에서 생긴 손자녀까지 합해 적은 권속은 아니었으나 모두가 여유당의 소속답게 다산 앞에서 조심조심 말소리마저 삼

가고 있는 느낌을 주었다. 아무도 하상처럼 직솔直率하게 자기 생활과 소신을 아뢰고 외부 세상의 작태와 움직임을 전해 주는 사람은 없었다. 나이들수록 하상은 신중해지고 심려가 깊고 과감한 행동력과 밝은 판단력을 지녀 지도자의 풍모를 갖추어 가고 있었다. 사실 그는 지금 다시 일어서고 있는 교회의 실질적 지도자로 교우들의 지주가 되어 있었던 것이다.

하여 다산은 하상이 언제나 반갑다. 그는 오랜만에 찾아온 조카를 은행나무 밑에 놓인 대평상으로 인도하여 마주 앉았다.

"안색이 그리 좋지 않구나. 어디 불편한 데라두 있느냐?"

다산이 자애롭게 물었다. 하상은 무표정한 얼굴로 잠시 대구가 없다가 의아해 하는 다산의 시선을 느끼자,

"아, 아니올시다."

약간 당황해 했다. 무슨 일이 있었구나— 짐작하며 다산은,

"서중이니 조심해야지. 체기가 있을지도 모른다."

언중에 자애로움과 다정함이 서렸다. 하상은 오히려 꾸중이라도 들은 것처럼 송구해 하면서 눈을 떨구었다.

침묵이 흘렀다. 다산은 조카를 지켜보았다. 여전히 완강하고 늠름한 모습이다. 워낙 큰 키니만큼 그는 선키도 앉은키도 크다. 손을 두 무릎 위에 하나씩 얹고 정좌하고 있는 모습은 바위처럼 듬직하고 믿음직스럽다. 길고 숱이 많은 눈썹, 높은 콧마루에는 위엄마저 서려 있다. 떡 벌어진 어깨, 구릿빛으로 탄 살

빛, 험한 일로 마디진 거친 큰 손, 몸 전체가 모두 그의 사람됨
과 걸어온 험하고 장한 길을 말해 주고 있었다.

'장부로다!'

다산은 마음속으로 감탄을 한다. 천인 차림을 하고 귤동 초
옥을 찾아온 하상을 처음으로 보았을 때의 청신하고 밝은 인상
을 그는 언제까지나 잊을 수 없다. 스물이 불원하면서 성명 석
자밖에 모른다던 무식하면서도 구김살 없던 소년, 어려서부터
남들이 학대하고 구박하던 사학 형폐 죄인의 아들로 형용키 어
려운 가난을 겪으면서도 꿋꿋하고, 맑고, 밝았던 소년, 실로
하상이야말로 장한 남아가 아니겠는가. 굳건한 신념을 가지고
하나의 목적을 위하여 전신을 투입하고 있는 모습은 참으로 아
름답다고 생각하는 것이었다.

다산은 마음으로 그의 나이를 꼽아 보았다. 신미년 귤동 초
옥을 찾았을 때 열일곱이라 하였으니 그는 을유년인 올해로 갓
서른이 되어 있을 것이었다.

'벌써 삼십이 넘었구나.'

다산은 감개 어린 눈으로 조카의 얼굴을 응시하였다. 하상은
오늘따라 평시에 보인 일이 없는 어두운 얼굴로 말없이 앉아
있다. 다산이 그의 그런 표정을 보는 것은 이번이 두번째이다.

무인년 다산이 해배되어 향리로 돌아온 이듬해였다. 그때도
몹시 더워 숙질은 지금처럼 어두운 얼굴로 말이 없었다. 하룻

밤을 머물고 돌아갈 무렵에야 우리 나라 두번째 동정 부부 조숙 내외의 치명순교를 알렸다. 아내인 권 데레사는 다산도 숙면이던 권일신의 막내딸이다. 그녀는 하상과는 친오누이나 다름없는 사이로 언제나 살뜰하게 그의 뒤를 거두어 준 은인이기도 했다.

그때와 같은 얼굴로 말없이 앉아 있는 하상을 지켜보며 다산은 흥조를 느낀다. 그래도 그는 먼저 침묵을 깨었다.

"무슨 일이 있었구나?"

하상은 여전히 대구 없이 앉아만 있다. 이윽고 다산은 못 볼 것을 본 것 같은 경악에 사로잡혔다. 하상은 눈물을 흘리고 있었던 것이다. 다산은 가늘게 떨리고 있는 그의 완강한 어깨를 보며 무연히 수염을 쓸었다. 어려서부터 가난과 고독과 학대와 온갖 서러운 일을 다 이겨 온 이 불굴의 사나이는 무엇을 이토록 슬퍼하고 있는 것일까. 까닭도 알 수 없었지만 지금 다산이 할 수 있는 일은 그를 그렇게 가만히 놓아두는 것밖에는 없었다. 이름 모르는 새가 은행나무 잎을 스치며 고운 소리로 울며 날아갔다. 한여름의 쨍한 해가 모든 것을 표백해 버리기나 한 것처럼 정적에 싸인 한낮이었다.

얼마가 지났을까. 드디어 하상은 큰 손바닥으로 눈물을 닦고 고개를 들었다. 눈물에 벅찬 감정을 씻어 버린 듯 담담한 표정으로 돌아가 있었다. 비로소 다산은 입을 열었다.

"무관하면 작은애비에게 무슨 일이 있었나 말해 주려무나."

하상은 잠시 망설이다 마리아와 그녀와 함께 살던 낙산 밑 그 집의 여인들의 순교를 전했다.

이 소식은 적지 않게 다산을 놀라게 했다. 거듭되는 박해로 천주교는 오히려 상하의 모든 사람에게 알려지게 되었다. 천주교인은 애초에 당파 싸움의 희생양으로 애매하게 박해를 받은 것이었으나 이제 조정이나 벼슬아치들이 경계하고, 시샘하고, 적대시할 만한 인물은 교중에는 남아 있지 않았다. 지방에서는 산발적으로 박해가 일어나고 치명자도 생겼으나, 한양에서는 비교적 평온한 상태가 계속되었던 것이다. 이제 교우를 보고 무군무부하며 인륜을 끊고 통화색(通貨色=재물과 여인을 공동으로 가진다는 뜻)하는 금수만도 못한 무리들이라고 생각하는 사람은 드물었다. 성교의 열 가지 계명 중 네번째가 부모에 대한 효도와 윗사람과 아랫사람이 지켜야 할 본분을 계시한 것이고, 특히 남녀간에 대하여는 두 개조로 다스릴 만큼 준엄한 것임을 알게 된 사람도 적지 않았다. 또 어떠한 천인도 의연히 신앙을 고백하면서 유순하고 남을 아껴 주는 것도 보고 있었다. 아직은 그들을 전적으로 이해하지는 못하였지만 초기처럼 무조건 국가와 사회의 적으로 말살하려 들지는 않는 것으로 알고 있었다.

"아직도 한양에서 그런 일이 일어나고 있다니 한심하구나."

다산은 길게 개탄했다.

"인심두 별루 나아진 것이 없었어요. 그들은 짐승처럼 우리
에 가두어 싣고 가는 함거檻車를 향하여 욕설을 하는 자두 있었
구, 투석을 하는 자까지 있었습니다."

하상의 음성은 떨리고 있었다.

"그것이 군중들의 작태니라. 본심은 따로 있으면서 상황에
휩쓸리는 거지."

"왭니까? 우리 성교의 어긋난 것이 무엇입니까? 우리 교우
들이 잘못한 일이 무엇입니까? 신덕信德에 굳건하고 망덕望德
에 간절하고 애덕愛德에 돈독하며 착하게 사는 것이 죄가 됩니
까? 천지만물을 창조하시고 주재 생양生養하시는 전지 전능하
시고 지고 지자至慈하시고 무량無量 공의公儀하신 천주를 믿는
것이 잘못입니까? 상하 없이 모두가 천주의 자녀되어 서로 사
랑하고 돕고 사는 것이 잘못입니까? 왭니까? 외지에서 온 믿음
이라 안 된다는 것입니까? 그러면 외지에서 들어온 물건은 왜
모두 귀히 여기는 것입니까?"

침착하고 신중한 그에게서 처음 보는 격정이었다. 억울하고
분하고 안타까운 몸부림이었다. 다산은 어루만지듯,

"언젠가는 오해가 풀리고 그런 포악한 만행이 종식되겠지.
그때까지는 참고 조심하며 견뎌야지. 아직은 김대비의 토사교
문이 살아 있지 않느냐. 그래서 언젠가도 내가 이른 바 있었느
니라. 조심하고 신중해야지."

한꺼번에 쌓였던 말을 토해 버렸는지 하상은 또 대꾸를 하지 않고 있다가 풀이 죽어 작은 목소리로,

"조심은 했었지요."

"그래두 어딘가 미진했겠지."

"모든 것은 아이들 때문에 일어난 일이었어요."

"아이들부터 단속해야 하는데."

다산은 탄식했다.

"단속은 늘 했습니다만 워낙 철부지들입니다. 마당에서 저희끼리 놀며 한 아이가 동무의 이름을 무심히 불렀던 겁니다."

다 듣기도 전에 다산의 가슴은 덜컥 내려앉는다.

"그 아이의 본명이 베드로였었지요. 베드로야, 여기 와 봐, 하는 것을 마침 바느질거리를 가지고 왔던 아낙이 들었습니다. 이튿날 포졸들이 들이닥쳤답니다. 아이들이 그랬다는 것을 전혀 모르고 있어서 손쓸 틈이 없었지요."

하상은 좀처럼 체념이 되지 않는 모양이었다.

두 사람은 안에서 나온 시원한 오미자 냉차에도 뒤꼍에 있는 복숭아나무에서 딴 복숭아에도 손을 대지 않았다. 그런 불행한 대사건의 원인이 천주교 신자라면 모두 갖는 본명에서 발생했는데도 이제 다산은 굴동에서처럼 망칙한 이름이란 말을 쓰지 않았다. 두 사람이 주고받는 말은 마치 비밀 동지의 밀담 같기도 했지만 그는 그것을 자각하지 못했다.

무거운 침묵이 또 흘렀다. 은행나무 그림자가 대평상 위를 얼룩지우고 동쪽으로 길게 뻗었다. 고개를 숙이고 있던 하상이 다시 말을 이었다.

"어쨌건 두 동기의 만남은 참으로 애절한 것이었어요. 쌍둥이같이 생긴 그들은 하나같이 절색이어서 구경꾼들의 입에서는 한결같이 감탄의 소리가 흘러나왔었어요."

"만나자마자 이별이라니 기구하구나."

하상은 펄쩍 뛰듯이,

"이별이라뇨. 그들은 함께 손잡고 영원한 복락소로 갔어요. 다시는 그 손을 놓지 않을 것입니다."

"그럼, 그 아우도 참수를 당했단 말이냐?"

"네, 그는 세실리아라는 교우라고 큰 소리로 고백했습니다. 일곱 살 후에는 경문을 봉송한 일도 성경을 봉독한 일도 신공을 드린 일도 만무했으련만 어찌나 총기가 번득이는지 주모경(천주경과 성모경)을 한 마디도 빼지 않고 줄줄 외웠습니다."

"애절한 이야기구나."

"애절하지만 그들은 승리한 거지요. 정말입니다. 치명자들은 모두 문초하는 관원들에게 의연하게 교리를 설명했답니다. 아녀자의 말이 너무나 조리가 서 있어 관원의 말이 오히려 맥히더라고 들었어요. 교리와 성언聖言을 완전히 터득했던 것입니다."

"언해諺解가 큰 도움이 되었겠지."

다산은 혼잣말처럼 입속에서 뇌었다. 조금이라도 식자가 들었다는 위인들은 자기를 포함하여 나라글을 언문이니 언문풍월이니 하고 스스로 비하해 왔지만, 아녀자뿐이 아니고 아주 몽매무지한 사람들까지도 교리를 쉽게, 그리고 깊게 터득하는 것을 보고 느끼는 바가 적지 않았다.

'앞으로는 의사와 언어의 표현과 전달 수단에 변화가 올 것 같다.'

막연히 느끼면서 새삼 셋째형 약종을 떠올렸다. 그는 마음속으로 외쳤다.

'셋째형님은 선각자셨다.'

교회에서는 초창기부터 최초의 회장인 최창현 등의 손에 의해 성교 서적이 국역되기 시작했고 정약종은 우리 나라 최초의 교리서인 『주교요지主教要旨』를 언문으로 써서 누구나가 교회에 쉽게 접근할 수 있도록 하였었다.

자신은 단 한 권의 책도 언문으로 쓴 일이 없었지만 가장 과학적이고 가장 합리적인 글이면서 그때껏 멸시당해 속언이어俗言俚語로 취급받아 왔던 우리 국문이 종교 서적의 저술과 분포를 위하여 비로소 공용어公用語로 채택된 의의를 다산은 인정하지 않을 수 없었다.

생각에 잠겼던 하상이 다시 입을 열었다.

"사오 일 전에야 비로소 허락을 받고 형장 모래 아래 버려졌던 시신을 거두었습니다. 치명 후 달포가 지난 시신은 완전히 육탈肉脫되어 깨끗한 백골만—."

하상은 목이 막혀 말을 잇지 못했다. 다산은 다시 오열하기 시작한 그를 또 가만히 지켜볼 수밖에 없었다. 한참을 흐느끼다가 하상은 마음을 돌린 듯,

"어쨌건 그들은 한 사람도 누락 없이 순교의 은총을 입었습니다."

비로소 밝은 음성으로 앙연히 말하는 것이었다. 이윽고 잠시 망설이다가,

"아까도 말씀 드린 대로 전 줄곧 그들 뒤를 따라다녔는데 구경꾼들 속에 홍님이가—."

하상은 말을 끝맺지 못하고 입을 다물었다. 사촌형 학연의 모습이 보였기 때문이다.

외탁을 하여 학연 형제는 체구가 그리 당당하지 못하다. 상당한 학자로 의술에도 밝아 부탁을 받으면 진맥도 해 주고 처방도 하는 모양이었다. 사람됨도 곧고 방정 단정하여 가히 단사端士라 할 수 있었는데 다산은 항상 그가 마음에 차지 않는다. 마음의 깊은 갈피 속에 아직도 남아 있는 세속에의 미련 까닭일까. 가문의 영예를 위하여 좀더 출중한 인물이 되어 줄 수는 없을까 하는 바람은 정배定配받았을 때 아예 버려야 했을 욕

망일 것이었다. 그러면서 그는 아들이 두메에 사는 촌부들의
손목을 잡고 진맥을 하는 것이 싫다. 자신도 의술에 밝아 의학
서인 『마과회통麻科會通』 열두 권과 『의령醫零』 한 권을 쓴 바
있지만 그것은 학문이고 생업은 아니다. '사대부가 의원 노릇
을 하다니' 괘씸한 생각이 드는 것이었다. 신분이나 출신 지역
차별 철폐를 부르짖어 온 그로서는 가져서는 안 될 생각이었지
만 이런 모순으로 다산은 어디까지나 인간이었다.

어쨌건 아들들은 아버지 앞에서는 언제나 주눅이 든다. 아버
지의 해배를 위하여 갖은 굴욕을 참으며 노력했건만 아버지의
눈에는 그것이 줏대 없는 행동으로 보였다. 아들은 호되게 꾸
짖는 아버지의 하서를 받아야 했다. 그러면서 다산은 유배지에
서 헤아릴 수 없이 많은 서한을 아들들에게 보냈다. 그는 편지
를 통하여 가르치고, 타이르고, 격려하고, 칭찬하고, 꾸짖었던
것이다. 칭찬도 꾸짖음도 부정父情에서 우러나는 사랑이었다.

그것을 모르는 것은 아니었으나 학연은 지금도 아버지 앞에
서 기를 펴지 못하면서,

"윤집이 득남했다는 소식이 왔습니다."

양수거지한 채 조용히 말했다.

윤집이란 유배지에서도 '억유녀憶幼女'라는 시를 지어 애틋
한 부정을 달래던 다산의 사랑하는 막내딸이다. 윤씨가에 출가
하였으므로 친정인 정씨 집안 어른들은 출가한 딸을 부르는 사

대부가의 관습에 따라 딸의 시가의 성씨 밑에 '집'자를 붙여 '윤집'이라고 불렀다.

윤집은 하상보다 두 살 아래인 스물아홉이었다. 유배 죄인을 아버지로 가진 가련한 처녀는 그래도 취해 주는 집안이 있어 먼 곳에서 귀양살이하고 있는 아버지를 그려 울면서 시집을 갔었다. 가슴이 찢어질 것 같던 그날의 아픔은 아직도 가슴 한구석에 남아 있다.

다산은 귀양이 풀린 후에야 사위의 얼굴을 보았다. 집을 떠날 때 다섯 살이었던 동녀는 스물이 넘은 두 여아의 어머니가 되어 있었다. 남편은 무매독신無媒獨身이라는데 윤집은 딸만 내리 셋 낳다가 처음으로 아들을 얻은 것이었다.

"그것 참 잘했다. 기특하다. 신통하다."

다산은 기쁨을 숨기지 않았다. 거듭거듭 같은 말을 되풀이하는 그는, 손자를 보고 좋아하는 시골 노인처럼 소박했다.

학연은 그제야 긴장에서 풀려 난 얼굴이 되며,

"하상이 와 있었구나. 오랜만이다."

덤덤히 말했다.

"안녕하셨어요?"

하상의 대답도 덤덤했다. 그는 이 종형이 자기를 몹시 싫어하는 것을 알고 있었다. 집안의 모든 불행을 초래한 것은 천주교라고 학연은 믿고 있었다. 생각할수록 원통한 일들이 모두 천주교에 기인하고 있다고 천주교를 증오하고 저주하다시피하고 있는데, 골수 천작쟁이인 듯한 이 사촌 아우는 무엇 때문인지 이따금 아버지를 찾고 그가 찾아오면 아버지도 반기고 즐거워하는 것이 서운했다.

그는 공손하게 아버지께 읍한 후 못마땅한 눈으로 아들인 자기보다 자기 아버지를 더 닮은 종제를 일별하고 그 자리를 물러났다.

그의 모습이 사라지자 하상은 끊겼던 말을 다시 이었다.

"구경꾼들 속에 홍님이가 있었어요. 홍님이 모친두. 많이 커서 고운 처녀가 되었더군요."

다산은 말을 잃은 사람처럼 눈을 크게 뜬 채 하상의 얼굴을 응시했다. 하상은 공연히 당황해 하며,

"지가 잘못 보았는지 모르겠어요. 홍님이가 한양에 있을 리두 없구 있다 해두 과년한 처녀가 그런 구경을 하러 나다니겠습니까?"

하고 얼버무렸으나 다산은 짚이는 데가 있었다.

지난해 비자와 차, 비자과 등을 가지고 왔던 종심의 말이 상기되었던 것이다.

"짓자 목자 댁 아주머니 본댁이 임실이었지요. 그 댁에서 아주머니의 오라버니댁이 그 아이의 기막힌 장례 때 오셨었지요. 그분은 홍님이 모친이 칠칠하게 일을 도우고 계신 것을 보았답

니다. 그래서 애지중지하는 외동따님 혼사일을 거들어 달라고 간청을 하셨던 거예요."

군이 사양하다가 간청에 못 이겨 초옥을 먼지 하나 없이 깔끔히 치우고 떠났다는 모녀였다.

아마도 그 댁 규수는 한양 어느 댁으로 출가를 한 게고 그날을 신부례新婦禮날로 택일하여 길을 떠난 것이 한양성을 눈앞에 두고 그런 끔찍한 행렬과 마주쳤었을 것이었다. '어느 신행길에 섞여 있었었지?' 하고 물으려다 다산은 말을 삼킨다. 홍 님이도 자신의 혈육임에는 틀림없지만 그녀의 득남 소식이 전해진다 하더라도 윤집의 득남을 듣고 했듯이 드러내 놓고 뛰듯이 좋아할 수 있었을까. 착잡한 마음으로 그는 눈길을 떨구었을 뿐이다.

다산의 추측대로 홍님은 좌수 댁 외동따님의 신행을 따라 한양에 당도하고 있었다. 이윽고 성안으로 들어가는 길에서 형장으로 끌려가는 천주교인들의 행렬과 마주쳤던 것이다.

무인년 가을, 아버지와 영원한 생이별을 할 때 열두 살이었던 홍님은 이제 열아홉의 과년한 처녀가 되어 있었다. 까무잡잡하나 기름을 바른 듯 윤기 있는 피부와 쌍꺼풀 진 눈이 여자로서는 너무 크고 길어서 예쁘지는 않아도 시원스럽게 생겼다고 보는 사람마다가 생각하는 용모는 아버지로부터 받은 것이었다.

신행을 따라 한양에 왔지만 모녀는 좌수 댁 하인이 아니다. 무사히 대사가 끝나면 어디론지 가야 하는 신세의 모녀였다.

얼마를 함께 지내는 동안 홍님이와 정이 들어 버린 좌수 딸 국님은 사직동 김교리집 둘째며느리가 되어 홍님 모녀를 데리고 신부례를 치르러 가는 길에서 불상사를 겪었다. 신행길에서 정법(正法=사형) 죄인들을 만나 신부가 가마에서 내려야 했다는 것이 예삿일인가. 후행後行으로 따라간 신부의 당숙은 저절로 미간이 찌푸려졌다. 불길한 징조나 아닌지? 미간에 서린 먹구름은 언제까지나 걷혀지지 않았다.

신부 국님이 받은 충격은 그에 비할 바가 아니다. 부득이 가마 밖으로 나갔을 때 눈앞에 벌어졌던 광경은 너무나 극적이어서 도무지 현실감이 없었지만 마리아, 세실리아라는 이름이 거듭 불려지는 것을 듣자 전신에 한기가 서리는 것을 느꼈다. 듣던 이름이었다. 정다운 이름들이었다. 그녀는 기억을 더듬었다. 그러나 자주 불렀다가 세월에 씻기어 버린 이름들이 분명했다. 지난날을 아무리 헤집어 보아도 주위에는 그런 이름이 없었다. 그러면서 마구 몸이 떨린다. 잡힐 듯 잡힐 듯하며 잡혀지지 않는 기억의 가닥이 물러섰다 다가섰다 하는 것이었다.

한 차례의 심한 폭풍이 지나가듯 형장에의 행렬이 지나가 버리고 다시 오색 수실이 떨어져 나간 가마에 올랐을 때 번개처럼 기억이 되돌아왔다. 국님의 경우 기억은 상실되었던 것이 아니고 너무나 어려 애초부터 기억으로 새겨 두지를 못했던 것이다.

"그렇다. 언니들이었다. 나는 율리엣다! 국아라구도 불렸었재."

아득한 유년 시대였다. 복스러운 부인이 어린 계집아이의 재롱을 보고 있었다.

"니 나이가 몇 살이재?"

어린것이 대답했다.

"다섯 살."

아이들 재롱을 보며 흔히 묻는 말이다. 그러나 다섯 살이라면 어딘지 좀 이상하게 들린다. 그런 물음과 대답은 대개 말 배우기 시작할 때 오가는 것이 아닌가. 허나 국님의 기억은 항상 이 말로 시작된다.

"이름은 머재?"

"국아? 율리엣다라구두 해요."

"국아, 유리다? 요상한 이름이요잉? 그래그래, 국님이라고 하자. 국님이, 좋은 이름 아닌가벼."

후덕스러운 부인은 손뼉을 치며 좋아했다. 지금 생각하니 그때 국아는 묻지 않은 말을 한 것 같다.

"큰언니는 마리아구요. 작은언니는 세실리아예요."

"무신 이름이 그렇디야. 참말로 요상한 이름이랑게."

부인은 일소에 붙였다. 그때 국아는 국아라는 이름과 율리엣다라는 본명을 가슴속에 접어 넣었다. 마리아와 세실리아라는 이름도. 그러나 오랜 세월이 흐른 지금 갑자기 전개된 뜻밖의 현실은 그 이름들을 연결시키지를 못했다. 그녀는 당혹만 느끼다가 가마를 탄 후에야 모든 것을 상기하게 된 것이다.

그녀는 부지중에 가마 바닥을 짚고 일어서려다가 다시 몸을 주저앉혔다. 그래서는 안 될 몸이었다. 엄니라고 불러 온 좌수 부인의 깊은 사랑과 높은 은혜를 저버릴 수는 없었다. 엄니는 그녀를 장중의 주옥처럼 사랑했었다. 국님이는 세상의 온갖 호강을 다 하며 자랐다. 아름다운 자태와 익히고 닦은 여공, 찬찬하고 온순한 성격의 규수로 성장한 그녀는 좌수 부인의 보람이요 자랑이었다. 많은 재물을 가지고도 언제나 고독한 마음 넓고 부드러운 이 어머니를 배반할 수는 없었다. 낳아 준 어머니가 있을지는 모르나 기억에는 없고, 이 부인은 이 세상에 오직 하나뿐인 어머니이기도 했던 것이다.

그녀는 단정히 앉아 마음의 충격을 가라앉혔다. 덜커덕거리는 쇠달구지에 실려 가던 마리아의 기품 높은 단아한 모습과 화려한 나비처럼 광란하면서 쇠달구지 위의 우리 살에 매어달려 가던 세실리아의 격렬한 아름다움을 아프게 가슴속에 새겨 넣으면서 그녀는 곱게 성적한 얼굴에 얼룩이 가지 않게 소매 속에서 꺼낸 명주 수건으로 연신 눈물을 찍어 내고 있었다.

은근히 소식을 기다리고 있던 다산에게 홍님 모녀는 한마디 인사말도 전하지 않고 종적을 감추었다. 그로부터 9년이 지난 지금까지 그들의 소식은 묘연하기만 했다.

그날 저녁 다산은 오랜만에 취하도록 술을 마셨다. 향리로 돌아와서 더욱 극기 생활을 하고 있던 그로서는 드문 일이었다. 상을 물리자 이내 잠이 들었다가 깨어 보니 달빛이 칩거하는 방 한가운데까지 들이비치고 있다. 회포에 겨워 다산은 툇마루에 나가 달빛 속에 앉았다. 기망旣望의 달은 강 속에도 있고 하늘에도 있었지만 달그림자를 담은 술잔도 이제 허무하기만 하고 달빛이 어렸던 눈동자도 감겨 혼자만 남아 있는 외로움이 조이도록 실감되는 것이었다. 그는 저도 모르게 입속에서 뇌이고 있었다.

"주여, 우리랄 긍련히 여기소서."

전혀 자각 없이 그는 가슴 앞에서 십자 성호까지 그었다. 마음이 한없이 가난해지고 그 가난한 마음속을 달빛이 가득 채우는 것 같았다. 사랑하는 향리의 초여름 바람 속에서도 비창만 했던 심정이 차차 가라앉아 가고 있었다. 그러나 회포는 통한처럼, 그리움처럼, 위안처럼 그를 붙들고 놓아주지 않았다. 그는 방으로 들어가 촛불을 켜고 경상 앞에 앉았다.

경상 위에는 새로 맨 책 한 권이 놓여 있다. 농선 오배지로 겉장을 한 책이다. 다산은 연상硯床 위의 벼루에 물을 부어 먹

을 갈고 붓을 들었다. 한숨으로 '만천유고蔓川遺稿'라고 내리

쓰고 명상에 잠겼다.

만천은 신유년에 서소문 밖에서 사학죄인으로 참수된 이승

훈李承薰의 아호다. 그는 을진년(1784) 이월에 북경 북천주당

에서 예수회의 불인 신부 양동재(梁棟材=드 그라몽)의 손으로

영세領洗한 우리 나라 최초의 영세자이다. 우리 나라 교회의 반

석이 되라는 뜻으로 양신부는 그에게 베드로(바위)라는 본명을

주었었다. 그의 아내는 다산의 친누이이니 그는 다산의 매부이

기도 했다.

마리아 등이 순교한 지 2년째 되던 해의 초여름이었다. 그날

다산은 하루 종일 방문도 열지 않고 방에 들어앉아 있었다. 심

기가 언짢았던 것이다.

회갑을 넘긴 후에도 다산은 여전히 칩거를 하고 있었으나 신

작申綽, 김기서金基敍, 김매순金邁淳 같은 큰 선비들과는 서찰

을 교환하기 시작하고 있었다. 바로 그날 아침에도 인편으로

전해진 신작의 서찰에 다산을 등용하자는 의견이 조정에서 제

의되었으나 또 반대파의 저지로 오히려 옥에 갇힐 뻔했다는 소

식이 담겨져 있었던 것이다.

진실로 지긋지긋한 되풀이였다. 반대파란 노론의 서용보徐龍

輔와 목만중睦萬中 같은 남인이면서 가장 악랄하게 다산을 말

살하려 했던 공서파攻西派의 이기경李基慶과 홍낙안洪樂安 등

이었다.

　서용보가 기어이 다산을 죽이고야 말겠다고 벼르게 된 것은 갑인년(1794)부터이니 실로 그 집념은 수십 년이나 계속되었던 것이다. 그해 여름 다산은 아버지의 복을 벗고 시월에는 홍문관 교리를 제수받았다가 같은 달 말에 경기도 암행어사로 임명을 받아 경기 일대를 암행하고 있었다.

　서용보는 후일 정승까지 된 사람으로 이때도 세력가의 일문에 속해 있었다. 그때 연천 향교의 터는 명당이라는 말이 있었다. 마전麻田에 살던 이속 하나가 서용보와 짜고 이 땅을 빼앗으려 음모를 꾸몄다. 향교 터가 매우 불길하니 향교를 옮겨야 된다고 고을 선비들을 협박했던 것이다. 이에 하는 수 없이 향교 관계자들은 향교를 옮기려 명륜당을 헐어 버렸다. 다산은 그 진상을 적발하여 사실대로 조정에 보고를 했던 것이다.

　서용보는 이 일로 앙심을 먹고 일평생 다산을 괴롭혔다. 다산은 그로 인해 몇 번이나 죽을 고비를 넘겨야 했고, 해배가 거론될 때마다 그의 반대에 부딪쳐 18년이라는 긴긴 세월을 유배지에서 보내야 했다. 이제 늙은 몸을 향리에서 달래고자 하는데 또 들고 나서 헤치려 하는 것은 무슨 심사일까? 진저리가 쳐지지 않을 수 없었다.

　홍낙안은 원래가 경솔한 사람인 데다가 상소로 매명賣名을 한 사람이고 다산의 장인 홍화보洪和輔와 그의 부친은 한 집안이면서 일찍부터 불화한 사이였으니 또 모르지만, 성균관에서 같은 태학생으로 함께 면학을 한 동색(같은 당파)의 이기경은 처음에는 자신도 서학에 관심을 갖고 『천주실의』 등을 수사手寫한 바도 있으면서 표변하여 집요하게 다산을 괴롭히는 까닭을 알 수가 없었다. 다산은 자기를 꾸준히 복직시키려 애쓰는 사람들의 호의마저도 성가시고 귀찮았다.

더구나 정해년(1827)인 이 해에는 그 동안 평온 상태에 있었던 교회에 다시 박해의 바람이 불고 있었다. 전주 진영에 들어간 밀고로 경상도 상주에 살고 있던 신태보申太甫와 서울의 이경언李景彦까지 피체되어 문초를 받고 심한 형벌과 옥고로 이경언은 옥사를 하였다. 그런 때니만큼 새삼 자기 이름이 들먹여지는 것은 위험한 일이기도 했다.

우울한 심정으로 책장을 넘기고 있는데 장지 밖에서 인기척이 났다.

"누구냐?"

하고 물으니 작은아들 학유의 음성으로,

"염소청교 현감 댁 아주머니께서 오셨습니다."

"현감 댁?"

"네."

다산은 붓을 던지다시피 하고 벌떡 일어났다.

염소청교는 문 밖에 있는 동네 이름이다. 그곳 현감 댁이라면 매부 이승훈의 집을 뜻한다. 그가 한동안 그곳에 살았기 때문에 아예 택호宅號가 된 것이다.

"그 연세에 어떻게 여기까지."

새삼 놀라며 다산은 한동안 들어간 일이 없는 안채로 바삐 들어갔다.

노부인은 아랫목에 좌정하고 동생의 댁인 홍씨 부인하고 오랜 이회離懷를 풀고 있었다. 동복으로는 맏이의 누이로 다산보다 여섯 살 위이니 칠십 고령을 넘어 있었다.

동생을 보자 일어서려 하는 것을 말리고 다산은 공손히 절을 올렸다. 노부인은 질색을 하며

"영감두 학발의 춘추신데 무슨 망발이오?"

하고 맞절을 하는 것이었다.

"지가 가 뵈어야 하였습니다. 원로를 오시게 하여 죄송합니다."

"아냐, 살아 생전에 친정에 한 번 오구 싶어서."

주름투성이의 푹 꺼진 눈에 이슬이 맺혔다.

"그래두 근력이 그만하시니 다행이십니다."

"나야 신유년에 죽은 목숨이 아닌가?"

노부인의 음성은 떨렸다. 다산은 차마 누님의 얼굴을 바로 볼 수가 없었다.

"모처럼 오셨으니 푸욱 쉬구 가십시요. 앵두두 맛이 들었습

니다. 저녁 진지는 누님과 겸상으로 모시고 들게 해 주세요. 그
럼 그때 뵙구"

하고 일어서려 하는 다산을 노부인은 붙들고

"실은 죽기 전에 꼭 한 번 더 내가 난 이 집에 들리구두 싶었
지만 영감께 전하고 싶었던 것이 있었다오"

하면서 한양에서 노부인을 모시고 온 손부란 여인에게 눈짓을
했다.

노부인의 기품 있는 거조에 비해 너무도 범절이 없어 보이는
여인은 무엇인가를 싼 검은 보따리를 다산 앞에 갖다 놓았다.

"이건 무엇입니까?"

다산은 의아해 하며 물었다.

"모두 진서(眞書=한문)니 내가 무엇을 알꼬. 그저 그분의 필
적이라두 남기려는 마음으로 감추어 두었던 것일세."

노부인은 손수 보따리를 끌렀다. 보따리 속에는 찌들고 때
묻은 한 뭉치의 문서 같은 것이 들어 있었다.

"모두 자네 매부의 서함에 있던 거라우. 영감두 잘 아시다시
피 그분은 문장가셨지. 문집두 여러 권 있었구 액자두 족자두
적지 않았지만 그 무서운 바람에 다 날려 보냈어. 이것만이라
두 간직하려구 내깐에는 무진 애를—."

노부인은 말을 마치지 못하고 고개를 외로 돌렸다. 피골이
상접한 안쓰러운 어깨가 가늘게 떨리고 완전히 낙치되어 오므

라진 입술이 경련을 일으키고 있었다.

"영감, 영감두 여러 가지로 어렵겠지만 겨우 간직한 이 필적을 이 누이 불쌍하게 생각하고 자손에게라도 전해 주오. 부탁일세. 부탁일세."

학규學達, 택규宅達, 신규身達 등 몇 아들의 운명도 내일을 모르는 몸, 친정 아우에게라도 지아비의 유필遺筆을 전하고 남기고자 하는 정성은 눈물겨웠다. 다산의 눈시울도 어느덧 젖어 있었다.

만천의 유고에는 잡고雜稿로 농부가가 있고 시고詩稿로는 평천십이곡平川十二曲, 원적산중팔경元積山中八景, 신한초愼韓草, 설월雪月, 잡지삼십조수雜誌三十條首 등이 있고, 수의록隨意錄으로는 창시創始, 본조연기本朝年紀, 북경北京, 일본日本, 유리국도정琉璃國道程, 도성都城, 행로이정行路里程, 중국각성부현中國各省府縣 등이 있었다. 대체로 문장이 단아 능숙하고 사상이 깊고 시야가 넓은 높은 수준의 작품들이었다.

그 유작들을 읽어 가며 다산의 감회는 형용키 어려웠다. 사적으로는 남매가 되고 핍박받던 남인의 젊은 재사로서 모처럼 관로에 나가 선왕의 총애를 함께 입기도 했었다. 총명과 패기와 안목으로 일찍부터 중국을 통하여 서구 문물에 접촉하여 새로운 진리 탐구에 전념하다가 마침내 학문으로 수용한 서학을 종교적 실천으로 옮기게 했을 때도 두 사람은 신념을 함께하였었다.

그 후 박해가 시작되자 승훈은 '벽이시闢異詩'를, 자신은 '자명소自明疏'를 써서 각기 배교를 했었다. 그때 승훈의 '벽이시'는 몹시 모호하여 해석에 따라서는 배교하는 글이 아니기도 했으나 자기는 자명하게 천주교를 부인하고 비방했을뿐더러 선왕의 배려로 금정찰방金井察訪으로 옮겨졌을 때는 그곳 교우들을 적지 않게 못살게도 굴었었다. 그뿐인가. 신유년 사옥邪獄 때에는 옥대獄對에서 추악하게도 매부에게 불리한 공술을 하지도 않았던가.

결국 승훈은 형식적으로 몇 번을 배교하다가 신유년 2월 26일날 셋째형 약종과 함께 서소문 밖에서 참수되었었다. 46세의 한창 나이에 그렇게 처참한 죽음을 당하면서 한 편의 사세辭世의 시를 남겼다.

月落在天 水上池盡

달은 비록 지더라도 하늘에 그저 있고
물은 비록 치솟아도(증발하여) 그 못 속에 온전하다

이 사세시는 결코 배교자의 것이 아니다. 오히려 달이 비록 서산에 떨어졌다 하더라도 하늘에 그저 있음같이 남이 비록 나를 아무리 떨어졌다(배교) 하더라도 신앙은 내 속에 변함없이 온전하며, 물이 비록 못 위를 치솟아도 그 못 속에 온전함같이 내 목숨을 아무리 앗아 가도 내 신앙은 내 안에 변함없이 온전하다는 뜻일 것이다. 그는 온갖 누명을 쓰면서도 죽음으로써 그 신앙을 증거한 것이었을 것이다.

그 후부터 다산은 몇 년을 신유교난으로 인하여 순교한 남인 신서파信西派를 중심으로 서학에 연루되었던 학자들의 산일된 유고를 수집하는 데 힘을 기울였다.

만천의 유고를 비롯하여 성호星湖 이익李瀷의 『천주실의발天主實義跋』과 정약전의 『십계명가』, 이벽의 『천주공경가』, 이가환李家煥의 『경세가警世歌』와 이벽의 『성교요지聖教要旨』 등이 모여져서 다산은 그것들을 정리 편찬하여 56장 112면의 책을 만들었다. 책 이름을 무엇으로 할까 궁리하다가 오늘 승훈의 호를 따서 『만천유고』라고 쓴 것이었다. 양으로는 23면을 차지하는 『성교요지』에 훨씬 미치지 못했으나 그는 굳이 만천의 이름을 따서 책명으로 한 것이다.

거기에는 그의 만감이 서려 있었다. 새삼 매부에 대한 존경과 뉘우침으로 감개에 젖으며 그는 몇 번이고 마음으로 되뇌었다.

종도宗徒 백다록(伯多祿=베드로)도 세 번 오주를 배반했지 않았던가. 그는 반드시 성렬에 들었을 거야!

『만천유고』에는 '무극관인無極觀人'이라는 편집인의 서명이

붙은 발문이 실려 있다. 무극관인은 익명이지만 누구나가 쓴 이를 쉽게 짐작할 수 있는 내용의 글이다.

> 평생 옥사로 인한 죄인으로 지내다가 겨우 죽음만을 면하고 30
> 여 년 만에 세상에 나오니 산천은 예와 다름없고 푸른 하늘 흰
> 구름은 변함이 없는데 어진 선비들과 지우들은 어디로 가 버
> 렸는가. 목석의 신세만도 못한 불쌍한 신세로 도처를 전전하
> 였으니, 오로라! 다시 세상에 나갈 뜻을 잃었도다. 만천 공의
> 행적과 아름다운 글들이 적지 않았는데 불행히도 모두 소실되
> 어 읽고도 얻어 보기 어렵더니 천만 의외로 몇 편의 시고와 잡
> 록이 남아 있어 그 연고로 졸필로써 초하고 기록하여 '만천유
> 고'라 이름하였다. 동풍이 불면 얼음이 녹고 새로운 잎이 싹트
> 고 봄이 오면 만물이 소생함이 상주上主의 광대무변한 섭리로
> 다. 모든 우주 진리가 이와 같으니 태극太極과 무극의 차이를
> 크게 깨닫는 자는 상주의 뜻에 접함과 같음이니라.
>
> 무극관인

위의 글 중의 "평생 수옥 사면 어출세 삼십여성상平生 囚獄 死免 於出世 三十餘星霜"이란 문장에서 '수옥'이라 함은 바로 신유년 교난으로 보지 않을 수 없다. 즉 신유옥사의 피해자들은 이승훈, 이가환, 정약전, 정약종, 정약용, 권철신 외 수십 명의

서학 수용의 남인 신서 학자들이다. 『만천유고』의 편자는 이 중에서 '사면'한 사람으로서 죽음만을 겨우 면하고 30여 년 동 안을 살아남았던 사람이어야 하며, 또한 수집하여 갖추어 놓은 문장들이 전체적으로 사상이 깊고 수준이 높은 점으로 보아 편 자는 그 문장 내용을 능히 이해할 뿐만 아니라 그 이상으로 사 상과 학문이 비범한 인물이어야 할 것이다. 또한 편자는 "부접 목석지 신세 전전 도처중不接木石之 身勢 轉轉 倒處中"이라 하여 정착하지 못하고 목석만도 못한 신세로 도처를 전전했다고 쓰 고 있는데 이런 내용으로 미루어 그 인물은 다산 정약용이라는 것을 의심할 여지가 없다. 다산이야말로 신유년(1801) 옥사의 희생자 가운데서 겨우 죽음만을 면하고 그 후 병신년(1836) 그 가 죽을 때까지 30여 성상을 더 생존했던 단 한 사람이 아닌가! 그는 또 유배 초기에는 모든 사람이 두려워 기피하므로 갈 곳 이 없어 '목석지 신세'로 '전전 도처' 해야만 했었다. 여북해야 강진읍 동구 밖 가난한 주막의 노파가 보다 못해 그를 가긍히 여겨 받아들여 주었을까.

　비록 본명은 밝히지 않았으나 수도와 지방에서 끊임없이 박 해가 계속되던 그 시대에 누구라도 쉽게 단정할 수 있는 그런 내용의 발문을 『만천유고』와 같은 친서교적인 문집에 싣는다 는 것은 여간한 용기와 결의로서는 못할 일일 것이었다.

　더구나 무극관인은 대담하게도 "동풍이 불면 얼음이 녹고 봄이 오면 만물이 소생함이 상주의 광대무변한 섭리로다. 우주의 진리가 이와 같아 태극(주자학에서 말하는 최고 존재)과 무극이 무엇인가를 깨닫는 것은 상주의 뜻에 합함이니"라고 하며 서학 사상이 지금은 박해를 받아 수난 중에 있지만 언젠가는 부활하리라는 신념과, 서학으로 인해 비명에 간 그의 지우들의 모든 수난이 영광된 빛으로서 역사 안에서 갚음을 받으리라는 희망을 토로하고 있다. 이것은 기독 사상 중에서도 특별히 부활 사상에 근거를 두는 정신 체계의 소산이라고 할 수 있고, 편자는 자연의 현상을 들어 비유로써 이러한 기독교의 정신을 말하고 있다. 또한 '상주의 광대무변한 섭리'라는 말은 편자가 자신의 고난에 찬 생애를 '상주의 섭리'라고 믿는 신앙심에서 나온 것이라 하겠고, 용이하게 다산임을 짐작하게 하는 무극관인은 기독 신앙을 가진 사람으로 '무극' 즉 무한한 세계, 무한한 존재를 감지하여 볼 수 있었다는 뜻에서 스스로 무극관인이라고 자칭했었음을 알 수 있다.

한 번도 이 땅을 밟아 본 일조차 없는 파리 외방전교회 소속 샤를르 달레 신부는 정확하고 세밀한 『한국천주교회사』를 썼는데, 그는 이 책 중에서 자주 요한 정약용이 썼다는 『조선복음전래사朝鮮福音傳來史』를 인용하고 있다. 이 책은 현재 남아 있지 않으나 초창기 조선 교회 사정과 신자들의 신변과 사건이 대체적으로 다산의 자찬묘지명과 일치되는 점과 다뷜뤼 안 주교가 외방전교회에 보낸 비망기備忘記를 쓰기 위하여 자료 수집을 하였을 때는 초기 교회 시절의 사건을 목격하거나 알고 있는 사람이 거의 사거한 뒤였음을 간주할 때 안주교가 믿을 만한 누군가의 증언이나 저술에 의거하지 않고 비망기를 작성했다는 것은 있을 수 없는 일이다.

또 한 번도 다산을 본 일이 없는 이들이, 상상과 짐작만으로 근거 없이 요한 정약용의 이름과 『조선복음전래사』라는 책명까지 또렷이 명기할 수 있었을까. 아마도 분명히 씌었음에 틀림없는 이 한국 초기 교회사는 안주교 댁에 불이 났을 때 타 버린 것이 아니면 오랜 박해 중에 땅속 같은 데 묻어 두었던 것이 좀먹고 썩어 망실되었으리라고 달레도 교회사에 쓰고 있다.

현재 전해지는 그 방대한 다산의 저서에는 표면상 어느 한구석에서도 서학 신봉자의 편린조차 찾아볼 수가 없다. 한자가 생긴 이래 가장 많은 저서를 남겼다는 대학자 다산은 어디까지나 위대한 경학자였다. 그러나 그가 젊었을 때 저술한 『중용강의』를 보면 그의 상제 사상이 최고의 권위와 권능을 가진 천제에 대한 중국 고대의 경천敬天 외천畏天 사상에 근거를 두었다고는 하나 마테오 리치의 영향을 강하게 느낄 수 있다. 그는 서학 사상도 깊이 이해하고 통달해 있었다는 것을 알 수 있다. 또 『만천유고』의 발문은 간결하나 그는 그 간결한 글 속에 자신의 서교에의 귀의와 신앙을 압축 요약시켰다고 할 수 있을 것이다.

흔히 다산을 '외유내야外儒內耶'니 '주유종서主儒從西'니 하는 사람도 있고, 마테오 리치의 소위 보유론補儒論적인 적응주의자로 보는 사람도 있다. 그러나 그는 외유내야 같은 혼합주의자도 아니며, 마테오 리치처럼 서학의 우위적 입장에서 유교에 적응하려는 보유론자도 아니다. 경학에도 서학에도 완전히 통달해 있던 그에게는 이 상반되는 것 같은 두 개의 사상은 양자택일이 불필요했을 것이다. 서학과 경학은 완전히 대등하게 그 안에서 만나고 공존할 수 있었을 것이다. 그리하여 달레가 『한국천주교회사』에서 언급하고 있듯이 향리로 돌아간 후 다산은 손수 만든 괴로운 고대苦帶를 두르는 등 갖은 고신 극기로 마치 사막의 은수사隱修士처럼 천주교인으로서 신앙과 종교 생활을 하면서 동시에 완전한 유교인으로서 유교 전통에 충실할 수도 있었던 것이다.

언제나 만나면 의기가 상합되는 숙질이었으나 하상은 오래도록 마재를 찾지 못했다. 병자년(1816)부터 무려 아홉 차례나 사제 영입을 위하여 북경을 내왕한 하상의 노력은 보상받아 교황청에서는 이 기적같이 자생한 동방의 작은 나라의 교회를 북경교구로부터 독립시켜 새로이 조선 교구를 설정했다. 신묘년(1831) 9월 9일자로 교황 그레고리오 16세는 조선 교구 설정을 공포하고 초대 교구장으로 부뤼기애르 주교를 임명했다. 이 사실은 그때까지 중국에 예속되어 있던 조선을 하나의 독립국으로 인정한 것이니 외교적으로도 큰 뜻을 갖는 것이었다.

부뤼기애르 주교가 임명을 받은 후 그때까지의 임지인 샴(태국)을 떠나 조선을 향하여 길고 험한 고난에 찬 길을 재촉하고 있을 때 그에 앞서 밀라노에서 수학하고 있던 중국인 유방제劉方濟 빠치삐꼬 신부가 조선 교회를 위하여 일하기를 희망하였으므로 그 기별을 받은 하상은 그를 맞아들이기 위하여 국경으로 향했다.

아직 금교령이 철폐되지 않았으므로 교우들은 또 비밀리에 유신부를 주문모 신부가 입국했던 장소로 같은 방법을 써서 맞아들여야만 했다. 생김새가 조선 사람과 비슷한 유신부는 무사히 한양에 당도하여 하상의 집에 거처를 정하고 하상의 어머니 유체칠리아 부인과 누이동생 엘리자벳의 극진한 공경을 받으며 포교에 착수하게 되었다.

그런 저런 일로 마재를 찾지 못했던 하상은 오랜만에 보는 숙부의 수척에 놀라지 않을 수 없었다. 몰라보게 쇠약해진 다산은 생애의 고난과 과로가 한꺼번에 들이닥치기나 한 것처럼 착 까무러지도록 쇠약해 있었다.

그런 애처로운 숙부의 모습을 보고 슬픔 속에서도 하상은 그 슬픔 이상으로 어떤 의미를 느꼈다. 그는 교구 설정과 탁덕 영입에 드디어 성공한 기쁨을 전한 후 한참을 주저하다가,

"이젠 탁덕을 모셨으니 성사聖事도 받을 수 있습니다."

침중하게 말했다.

"죽을 때두 종부성사終傅聖事를 받을 수 있겠구나."

이심전심으로 다산도 그 말의 뜻을 알아차렸다. 그는 교회
예규에도 밝아 보였다.

"성사를 받구도 오래 산 사람이 많습니다."

다산은 한참을 잠잠히 앉았다가,

"그 탁덕을 만날 수 없겠느냐? 내 생애를 통회하고 깨끗한
영혼으로 차세출리此世出離를 하고 싶구나."

하상은 자꾸만 울먹여지는 것을 참으며 그 길로 한양으로 되
돌아갔다.

사흘 후 하상은 탁덕을 안동하고 다시 마재로 향했다. 다른
동행은 유진길과 조신철이었다. 예년 같으면 세 사람이 모두
연행에서 돌아오는 여정에 있을 때였으나 거년에는 세 사람이
다 사신 절차에 끼지 않았으므로 한양에 있었던 것이다.

전날보다 더 수척해 보이는 다산의 얼굴에는 성사 준비로 상
위에 백포가 덮이고 중앙에 봉안된 십자가 고상苦像 양편에 촛
불이 켜지고 그 앞에 성수聖水 그릇과 성수채와 봉성체함이 놓
인 후 탁덕이 중백의中白衣를 입고 자색 영대領帶를 걸 동안 불
안과 공포가 서려 점점 더 창백해 가서 무사히 성사를 끝마칠
것 같지도 않았으나 탁덕이 성호를 긋고 성수채로 성수를 찍어
방과 꿇어앉아 있는 사람들에게 뿌리며,

"이 집에 평화—"

하고 다시 성호를 그었을 때부터 차차 평온을 되찾아 갔다.

하상의 복사服事를 받으면서 유신부는 침착하고 경건하게 성
사를 집전하고 있었다. 그가 쓰고 있는 나전어는 알아들을 수
없었으나 다산의 가슴은 뜨거운 감동으로 떨렸다.

죽어 가는 사람을 위한 기구와 의식은 시종 경건하게 정중하
게 계속되었다. 이윽고 탁덕이 가만히 세 교우에게 눈짓을 하
자 그들은 조용히 그 자리를 물러났다. 고명告命의 차례가 온
것이다.

다산은 위대한 한학자이지만 중국말을 할 줄은 모른다. 방
안에 두 사람만이 남자, 그는 떨리는 손으로 붓을 들었다. 필담
으로 생애의 죄를 고하려는 것이다. 그가 고백한 죄과는 아무
도 모른다. 천주만이 아는 영원한 비밀이다.

고명을 듣고 탁덕은 훈계와 보속을 필담으로 주었다.

'갈봐리아의 십자가를 바라보며 마지막 순간의 고통을 순교
하는 마음으로 달게 받아라.'

이는 모든 죽음을 맞는 사람에게 주어지는 보속이었으나 다
산은 이 말에 무한한 위안과 감사를 느꼈다. 천주의 인자함이
저리게 느껴져 뜨거운 눈물이 뺨을 타고 흘렀다. 그는 무겁게
자신을 짓누르고 있던 모든 죄가 깨끗하게 제거됨을 느꼈다.
그중에서도 가장 양심을 괴롭혔던 배교의 죄에서도 벗어날 수

있는 것을 느꼈다. 천주교인으로서는 물론 경학자로서도 그는 오상五常을 저버린 죄인이라는 의식이 항시 그를 괴롭혔었다. 진정한 경학자라면 결코 어겨서는 안 되는 의義와 신信을 저버렸던 것이 마음에 박힌 가시처럼 아팠었다. 이제 그는 고통이 보속이 되는 오묘함을 느끼고 있었다. 그것은 구원이었다. 실로 그 숱한 기막힌 고통으로 하여 그의 보속은 완성되고 있었던 것이다.

그 후 다산의 얼굴은 밝아지고 준엄했던 표정도 사라져 증손자들과는 같은 또래의 아이들같이 함께 어울려 놀기도 했다. 그는 건강을 되찾아가는 것같이도 보였다. 이월도 중순에 접어들어 소내강은 얼음도 녹고 봄기운이 돌기 시작하고 있었다.

병신년(1836) 이월 보름날을 전후하여 마재 정씨가에는 친척 제자 지기들이 모여들기 시작했다. 스무이튿날의 경사에 참례하기 위해서였다. 다산은 아직 병상을 걷지 않고 있었으나 그 날은 그들 부부의 회혼례回婚禮날이었던 것이다. 인생 오십이라 하던 시대에 두 남녀가 만나 하나가 되어 함께 60년을 살았다는 것은 경사가 아닐 수 없다. 드문 이 경사날엔 늙은 부부가 백발에 각각 사모와 족두리를 쓰고 할아버지는 정말 초례 때 입는 단령을 입고 할머니는 새색시처럼 활옷을 입고 큰상을 받는 것이다.

장난 같기도 한 이 행사를 다산도 즐거워하며 기다리고 있었다. 선고先考 재원공을 비롯하여 정씨가 사람들은 모두 상처를 했었는데 다산 내외만이 예외적으로 함께 회혼례까지 맞이하니 집안의 큰 경사이기도 하지만 아들 여섯 딸 셋을 낳으면서 차례로 참척을 보아 겨우 삼남매를 건진 아내의 아픈 모정과 어지러운 묘의와 악인들의 참소로 시달리는 남편을 따라 마음 편한 날이 없다가 마침내는 18년이라는 긴 세월을 불안하고 조심스럽게 서러운 공규空閨를 지켜야만 했던 가엾은 아내를 그렇게라도 해서 얼마만큼 위로해 주고 싶었던 것이다.

그러나 그날을 바로 엿새 앞두고 그의 용태는 금방 운명할 듯이 급변하였다. 그러다가 사흘 전인 열아흐렛날에는 또 소강 상태가 왔다. 모두들 숨을 돌렸으나 다산은 자신의 죽음을 예지하고 있었다.

그는 모든 사람들을 불러 모아 유언을 남겼다. 유언 중에는 자신의 상례에 관한 것도 있었는데, 그는 지관地官을 쓰지 말고 여유당 뒤 언덕에 유해를 묻되 '간소한' 유교식으로 상례를 거행할 것을 당부했다. 즉 기독교인으로서 미신에 지나지 않는 풍수설을 부정하면서 경학자로서 전통적인 관습을 따르게 한 것이었다.

그는 머리맡에 앉아 있는 늙은 아내의 주름진 손을 더듬어 잡았다. 쇠약한 얼굴에 잔잔한 미소가 떠올랐다. 서로가 너그럽지 못한 성품의 부부였으나 그는 멀리 배소에서 아내를 위하

여 치마폭에 그림을 그려 보내던 다정한 남편이기도 했다. 그
는 부축을 받고 일어나 앉아 지묵을 청했다. 이윽고 떨리는 손
으로 시 한 수를 썼다.

- 回졸詩(丙申回졸前三日) -

六十風輪轉眼翻 禮桃春色似新婚
生離死別催人老 戚短歡長感主恩
此夜蘭詞聲更好 舊時霞帳墨猶痕
割而復合眞吾像 留取雙瓢付子孫

바람 같은 육십 년 잠깐 사이 지났는데
복사꽃 만발해라 봄빛은 신혼일레
사별이라 생이별에 사람들은 늙어 가나
짧은 슬픔 긴 기쁨 임금님 은혜로다
이 밤 한마음에 소리 더욱 정다워라
헤어졌다 다시 만남 참으로 우리 모습
두 바가지 남겼다가 자손들에 물려줌세

宋載邵 역

회근回졸은 회혼(回婚=60)회 결혼기념일이라는 뜻이다. 쓰라

린 일도 많았으나 실로 척단환장(戚短歡長=슬플 일은 적었고 기쁜 일은 많았도다)의 60년이었다. 모두가 임금님의 은혜니 감사할 따름이라고 읊었던 것이다. 어찌 부부 생활뿐이랴. 시달리고 내침받고 고난 속에 지난 생애였으나 돌이켜보면 모든 것이 섭리요 은혜였었다는 것을 절감하는 것이었다. 그는 '감주은'이라는 구절에 임금에 대한 감사의 뜻을 아울러 보다 큰 절대자에 대한 깊은 감사의 뜻을 경건하게 서려 넣었던 것이다.

쓰기를 마치자 그는 붓을 떨어뜨리듯 놓고 자리에 누웠다. 평화와 감사의 빛이 여윈 얼굴에 가득히 번져 갔다.

사흘 후 바로 회혼례날 진시, 그는 정침正寢에서 조용히 숨을 거두었다. 운명할 무렵 큰 바람이 땅을 휩쓸었고 햇빛이 가리워질 만큼 누런 흙가루를 뿌렸다. 서울에 있던 제자 이강회李綱會는 다산의 운명 전날 밤 꿈에 큰 들보가 무너지는 것을 보았다고 한다.

다산의 유해는 그해 사월 초하룻날 유언대로 여유당 뒤편 언덕에 매장되었다. 흙이 다져지고 봉분封墳이 끝났을 때 무덤 속에서 솟아나기나 한 것처럼 무지개가 섰다. 강을 가로질러 마른 하늘에 걸린 아름다운 무지개 끝을 눈으로 좇던 사람들은 부지중에 일제히 높은 소리로 외쳤다.

"아! 저 끝은 배알리다!"

무지개의 한쪽 끝이 배알리에 있는 약종의 무덤 위에 꽂혔으리라는 것을 의심하는 사람은 아무도 없었다. 일평생을 두고 장렬하게 순교한 셋째형을 의식해야 했던 다산의 영혼은 비로소 모든 상흔을 씻고 바람보다 더 찬란한 무지개를 타고 건너편 형을 찾아갔는지도 모른다. 무지개의 이야기는 지금도 그들의 자손들과 정문丁門 안에서 때때로 화제가 된다고 한다.

기해년의 대교난은 여유당 뒤의 다산의 무덤과 강 건너 배알리의 약종의 무덤에 뿌리를 박고 푸른 하늘에 걸렸던 무지개의 아름다움이 아직 마재 사람들의 뇌리에서 사라지기도 전인 다산의 사후 3년째 되는 해에 일어났다.

그 동안 하상은 여전히 교회 재건을 위하여 동분서주하는 나날을 보내고 있었다. 아홉 번에 걸친 고되고 험난한 연행길, 교우들의 지도와 단합과 구휼 자선 사업 등으로 앉을 틈조차 없었다. 그러한 열의와 노고로 갑오년(1834)에는 중국인 신부 유방제를 영입하고, 이어 병신년(1836)에는 최초의 서양인 신부 모방을, 다음 해에는 샤스탕 신부를, 그 이듬해에는 제2대 조선 교구 주교 앵베르를 차례로 맞아들였다.

조선 교구는 순조의 장인 김조순이 시파에 속해 있었던 까닭으로 천주교에 대하여 관용적인 태도를 취하였기 때문에 파리 외방전교회 소속의 이 세 프랑스 성직자와 정하상 등의 열절 교우들을 중심으로 날로 교세를 뻗어 가 모방 신부 입국시에

6,000명이던 교우 수는 기해년(1839) 초에는 9,000명을 헤아리게 되었다.

그러나 안동 김씨의 세력은 날로 쇠미해 가고 있었다. 8세의 어린 나이로 왕위에 오른 헌종을 위하여 수렴청정을 하던 헌종의 조모 대왕대비 순원왕후를 보필하고 있던 그의 오라버니 김유근金逌根이 말조차 못하는 중병으로 마침내 정계에서 은퇴하게 되었던 것이다.

이에 정권은 당시 오직 한 사람의 재상이었던 우의정 이지연李止淵의 손에 넘어가게 되었다. 이지연은 몹시 천주교를 적대시한 사람이었다. 그는 새로이 세도가로 대두한 헌종의 외척 풍양 조씨를 등에 업고 적극적으로 천주교 박해에 나섰고, 왕의 외조인 풍양 조씨 조만영은 그 아우 조인영과 더불어 안동 김씨의 세력을 완전 제거하는 데 그러한 그를 철저히 이용하기로 하였다. 마치 신유년(1801)에 당시의 어린 왕 순조를 수렴청정으로 보필하던 정순왕후가 시파를 섬멸하는 수단으로 천주교 박해의 대옥사를 일으켰듯이 기해교난 역시 세도 다툼에 말미암은 희생이었던 것이다.

천주교도의 체포는 벌써 박해 전해인 무술년(1838) 말부터 시작되어 감옥은 이미 교인들로 가득 차 있었다. 이듬해 기해년(1839) 3월 5일(양력 4월 18일) 박해자 이지연은 천주교 박멸책을 김 대왕대비에게 올렸다. 무력한 대왕대비는 그 압력에 눌려 하는 수 없이 이 격렬하고 잔인을 극한 주청奏請에 동의하고, 천주교는 나라를 망하게 할 뿐 아니라 신유년의 박해도 만족지 못한 것 같다고 오히려 대신보다도 한층 더 천주교를 가혹하게 비방하기까지 하였다. 이리하여 박해의 회오리바람은 미친 듯이 거세게 불기 시작하고, 세 사람의 불란서 성직자를 비롯하여 수많은 신자들이 비참하고 장렬하게 순교하였다.

정하상이 그 가족과 함께 잡힌 것은 그해 6월 1일(양력 7월 11일)의 일이었다. 그 이튿날 그는 미리 저술해 두었던 상재상서(上宰相書=재상께 올리는 글)를 종사관에게 주어 박해자인 재상 이지연에게 전달케 하였다.

이 글은 별첨 형식의 우사又辭까지 합쳐 모두 3,400여 자에 달하는 것인데 천주교 기본 교리의 설명, 호교론, 신교의 자유를 호소한 세 부분으로 나누어 볼 수 있는 것이다. 즉 첫째 부분에서 그는 보유론補儒論적인 견지에서 천주의 존재를 논하고 천주십계를 들어 천주교의 실천 윤리를 설명하였으며, 둘째 부분에서는 호교론을 전개하여 천주교가 무군무부無君無父의 종교가 아님을 강조하였다. 또한 말미에 '우사'라는 글을 첨가하여 조상 제사와 신주 모시는 일이 이치에 맞지 않음을 지적하였다. 셋째 부분은 천주교가 주자학적 전통에 어긋난 것이 아니며 사회 윤리를 바르게 하는 미덕이 있음을 변증하여 신앙의 자유를 호소하고 있다.

그것은 실로 절절히 가슴을 치는 호교문이요, 신교의 자유를 바라는 피맺힌 호소문이었다. 4·4 혹은 4·6, 6·6, 4·6·6, 6·4·4 등의 대구對句로 된 문장은 아름답고 경서와 고금 고사를 풍부하게 인용한 점과 적절 명료하게 요령을 기술한 솜씨와 정연한 논리로 하여 쓴 이의 학식의 깊음을 엿보게도 한다. 하상이 상재상서를 언제 썼는지는 아무도 모른다. 그는 언젠가는 체포되어 순교할 것을 각오하고 일찍부터 이 글을 준비하고 있었으리라.

　종사관으로부터 이 글을 전해 받은 박해자 이지연은 이 글을 일독한 후 부지중에 큰 소리로 외쳤다.

　"이것은 여문체儷文體다. 사학도 중에 여문체를 구사할 수 있는 자가 있을 리 없다. 이는 분명 역도 하상의 작은애비 약용이 생전에 써 놓았던 것일 게다!"

　여문체란 문장을 아름답게 하기 위하여 4·4, 4·6, 6·6, 4·6·6, 6·4·4 등의 대구를 쓰고 많은 인용으로 학식의 해박함을 과시하는 한문의 한 체로 대과大科를 준비하는 성균관의 태학생들이 특히 열심히 익히던 글체이다. 이십이 가까울 때까지 성명 석 자밖에 쓸 줄 몰랐던 하상은 그 후 여문체를 구사할 만큼 학식을 쌓았던 것인지, 이 가슴을 울리는 호교문은 이지연의 지적대로 숙부 다산의 생존시 그의 지도 아래 이미 작성되었던 것인지는 알 길이 없다. 어쨌건 이지연의 천주교에 대한 광적인 증오는 더한층 격렬해졌다.

주승朱繩에 결박되어 국청에 끌려 나온 하상은 상투를 풀어 헤친 난발이었으나 얼굴은 평화롭고 여전히 육 척 장신의 당당한 장한이었다. 국청 높이 여러 심문관과 함께 앉아 있는 이지연은 그를 일별하자 까닭 모를 전율을 느꼈다. 그의 머리를 번개처럼 어느 한 장면이 스쳐 지나갔다.

'그랬구나! 그놈이었구나! 20여 년 전의 그 장대한 젊은 놈, 그놈이다. 수검 군관의 억센 손으로 벗겨진 하체를 노출시키며 오히려 당당했던 그 불칙한 놈! 그 험난 원로를 십여 차례나 왕래했다는 지독한 놈, 그놈이 틀림없다.'

그의 눈앞에는 삭풍이 우는 북녘 국경에서 목도한 그 광경이 선명히 떠올랐다. 그는 까닭 모를 분노에 떨며 제일 먼저 언성을 높여 입을 열었다.

"묻노라. 너 정하상은 신유년 흉영의 남은 요물로 회포에 싸여 나라를 원망하는 마음이 이 같은 사술을 지었으니 제 죄과를 논한다면 살아남지 못하리라. 평민도 그러하지 못하거늘 어찌 국법을 범배하고 스스로 함정을 파서 율을 거스리는고?"

그의 음성은 흥분으로 떨리고 있었다. 이에 비하여 하상의 답변은 침착하고 흐트러짐이 없었다.

"아뢰옵니다. 소인이 자못 독서를 함에 진실로 부귀공명을 돌아보지 아니하고 오직 천당에 가는 것만 원한 연고로 함께 이교를 익혔습니다. 금함을 범했다 함은 가하오나 역심이 있어 범했다 함은 가치 아니하오이다. 이 점을 명백히 밝히옵니다."

의연한 답변에 이지연은 좀더 언성을 높여 크게 꾸짖었다.

"나라에서 법으로 금함을 네 스스로 배반하고 넘었으니 이는 곧 천명을 거역한 것이다. 천명을 거역한 자가 어찌 역도가 아니겠는가?"

하상은 여전히 침착하고 의연하게

"스스로 사면받지 못할 죄를 범하였습니다. 이외에는 다른 말로 가히 아뢸 길이 없사오니 죄를 가리어 고찰하시고 법대로 처리하여 주옵시오"

하는 것이었다.

형신刑訊은 다른 죄수 때와 달리 주로 이지연이 하였는데 심문관과 죄수의 태도는 오가는 문답의 내용을 모른다면 반대로 받아들여질 정도로 형신을 하는 이지연 쪽이 받는 하상보다 더 흥분하고 냉정함을 잃고 있었다. 그는 발악하듯 행리들에게

"저놈을 몹시 쳐라! 더 몹시 쳐라!"

하고 소리소리 지르기도 했다.

팔주리형〔腕朱牢刑〕, 줄톱질형〔綱鋸刑〕, 대꼬챙이로 살을 찌르는 형, 세모진 막대기로 정강이를 톱질하는 형 등 갖은 악형은 몇 차례나 거듭되고 마침내 하상에게 참수 결안이 내렸다.

하상은 배교자 이순성으로 인해 체포된 앵베르 주교가 그의

권으로 자현自現한 모방, 샤스땅 두 신부와 함께 군문효수를 당한 다음 날인 8월 15일(양력 9월 22일) 하오 4시 경 서소문 밖에서 참수되어 거룩한 일생을 마쳤다. 이때 하상의 나이 45세였다.

그날 밤 이지연은 휘영청 밝은 중추의 달빛이 장지 창호지를 걸러 들어오는 큰 사랑방에서 포도대장과 대작으로 술을 마셨다. 달도 밝고 술은 햇곡으로 빚은 명주이고 왠지 죽도록 미운 그 사얼邪孼도 처형되었으니 사학도 큰 뿌리를 빼낸 셈이어서 큰 짐을 내린 것 같은 후련함으로 그는 취하도록 마시고 객이 돌아가자 곧 잠자리에 들어 깊은 잠에 빠졌다.

―한 강장한 장한이 적나赤裸의 몸으로 그 앞에 서 있었다. 그는 들고 있던 말채찍을 들어 올려 힘껏 그 몸뚱이를 내리쳤다. 순식간에 채찍 자리가 터져 선혈이 흘러내린다. 몸서리가 쳐질 만큼 선렬한 쾌감이 그를 사로잡았다. 그는 팔에 힘을 더 주고 또 후려 때렸다. 먼저보다 좀더 큰 상처가 터지고 좀더 많은 피가 흘러내린다. 그는 또 채찍을 휘둘렀다. 광란이었다. 고통과 쾌감이 맞는 사람보다 더 아프게 그를 저미는 것 같다. 맞고 있는 청년은 아픔을 느끼지 않는지 입가에는 미소까지 흘리고 있지 않은가! 그는 지쳐 채찍을 던졌다. 이윽고 무심히 자기 몸을 내려다보았다. 순간 그는 으악 소리를 지르고 말았다. 어느새 그는 알몸이 되어 있었고 온몸에는 젊은이를 때린 수만큼의 무수한 상처가 나 있어 피투성이가 되어 있었던 것이다.

이지연은 자신이 지른 으악 소리에 잠이 깨었다. 잠이 들자마자 꾼 악몽은 20여 년 전 삭풍이 우는 국경의 장막 속에서 꾼 것과 꼭 같은 악몽이었다. 몸이 오솔오솔 떨렸다. 장지 밖은 여전히 화안한 달밤이었다. 바람이 약간 일어 창호지에 어린 나뭇가지가 흔들린다. 그 흔들리는 나뭇가지를 지고 어느 장한의 얼굴이 또렷이 보였다. 모진 악형을 받으면서도 끝내 의연했던 그 지독한 사도邪徒의 얼굴이다. 죄인의 얼굴은 젊은 날의 싱그러운 그 얼굴이었고, 그를 응시하는 눈은 맑고 연민에 차 있었다. 그는 입가에 잔잔한 미소를 흘리며 서 있었다.

"이 흉측한 놈!"

저도 모르게 그는 소리를 버럭 지르며 반신을 일으켰다. 알 수 없는 압박감이 가슴을 짓눌렀다. 그것은 강한 패배감이었다. 실제로 몹시 맞은 것이나처럼 육신의 여기저기가 아파 왔다.

그가 김 대왕대비의 이름으로 척사윤음斥邪綸音을 지어 반포한 조인영에게 우의정의 자리를 빼앗긴 것은 그로부터 한 달을 채 채우지 못한 10월 21일이었고, 다음 해 10월 14일에는 죄로 몰려 함경도 명천으로 귀양 갔다가 다음 해 8월 17일에 그곳에서 죽었다. 목적을 달성한 조씨 일파에게 그는 무용지물이었던 것이다.

정하상 바오로가 로마 교황의 손으로 복자福者로 시복된 것은 1925년의 일이고, 1984년 5월 6일에는 교황 요한 바오로 2세에 의해 성인으로 시성되었다.

박해자의 이름이 역사의 한 장을 때 묻히고 있을 때 성인의 거룩한 이름은 많은 신자들의 기구 중에 전구자轉求者로서 추앙과 존경과 함께 불려지고 있다. 그리고 오늘을 사는 우리 한국의 적지 않은 천주교 신자들은 성 하상 바오로를 전구자의 이름으로 부를 때 그의 숙부 다산, 요한 정약용을 떠올릴 때가 많다. 그는 수차에 걸쳐 천주를 배반한 사람이었으나 그의 고난과 통회와 값진 생애가 성자를 느끼게 하기 때문이리라.

내가 아는 한무숙 선생님

언제 어디서 뵙더라도 한 점 흐트러짐이 없으시다. 대가집 종손 맏며느님으로서 다지고 다져진 품격이 은연중 배어 감돌았다.

나는 한무숙 선생님의 그런 분위기가 좋았다. 규모 있는 집안에서 우리 나라 개화기 여성의 운명을 대변하듯 전통 가정의 틀을 지켜 오면서, 그런 중에도 강한 자의식으로 자아성취의 표본처럼 창작 의지를 마음껏 꽃피워 무게 있는 역작을 계속 발표해 온 점에 절로 고개가 숙여진다.

시를 쓰는 나의 경우는 평소 소설가 한 선생님을 훌륭한 선배 문인으로 생각하고 있었을 뿐 가까이 대할 기회는 별로 없었다. 그러다가 지난 1990년도 봄, 문인 10여 명이 일행이 되어 지금은 해체된 당시의 소련과 유고슬라비아, 헝가리 등 동구권 여행 기회가 있었을 때, 동행하신 한 선생님을 보름 동안 가까이 겪어 보고 더욱 존경심을 갖게 되었다.

동구권을 휘몰아친 자유화의 물결이 본격화하기 직전, 소련의 고르바초프의 페레스토로이카 정책으로 그 무겁던 철의 문호가 막

개방되기 시작했을 무렵이었다. 문인으로서는 소련 첫 방문자가 된 우리 일행은 낯선 소련 땅에서 얼마간 긴장된 여정이었지만 피곤을 무릅쓰고 한 곳이라도 더 많이 보고자 강행군을 하였다.

그럴 때 한 선생님은 일행 중 고령이심에도 한결같이 밝은 표정으로 남에게 폐가 되지 않게 조화를 이뤄 주셨다. 많이 걸어야 하는 경우에도 발이 아프다고 하시면서도 열심히 메모를 하며 한 곳도 빼지 않고 다 둘러보셨다. 장소를 옮길 때마다 출발 시간에 늦는 사람이 한두 명씩 생겨서 단체 행동이 흔들릴 때에도 한 선생님 때문에 그런 적은 없었다.

헝가리에서 단 한 번 차질이 생긴 적이 있다. 어느 호텔에선가 하룻밤 자고 다음 날 아침에 다시 떠날 때였다. 출발 전날 내릴 때의 위치와는 반대편 문 앞에 버스가 대기해 있었는데, 한 선생님은 당연히 전날 내린 곳에 버스가 있을 것으로 여기고 그쪽으로 나가셨다는 것이다. 버스는 보이지 않았고, 우리 일행 그 누구의 모습도 찾을 수 없자 선생님은 "나만 남겨 두고 다 떠나갔구나" 하고 크게 놀라셨던 모양이다. 망연히 텅 빈 거리를 바라보다가 일단 호텔로 들어오셨다.

우리는 그런 줄도 모르고 선생님을 기다리며 출발을 늦추고 있다가, 절대로 늦는 분이 아닌데 어떻게 된 거냐고 한 사람이 호텔로 찾아 들어갔다. 그래서 마침 선생님을 만나 함께 차에 올랐다.

이 경우에도 보통 사람 같으면 안내 불찰을 탓하며 펄펄 뛰면서 화풀이를 할 수도 있었겠지만 한 선생님은 그렇게 하지 않으셨다. 조용한 가운데 나 때문에 출발이 늦어져 미안하다고 한 말씀하시고는 이내 창밖 경치로 눈길을 돌리셨다.

예정된 여행 코스를 다 마치고 서울에 도착하기까지 그분은 일행에게 힘겨운 원로가 아니라 편안한 선배 문인으로서 품위 있게 보조를 맞춰 주셨다.

피곤한 기색을 보이는 일 없이 아름다운 목소리로 재미있게 화제를 끌고 가실 때면 둘러앉았던 사람에게 절로 친근감이 생기게 했다.

학생 시절부터 그림을 잘 그려 화가가 될 수도 있었겠으나, 결혼 후 시어른들 앞에서 그림 도구 펼쳐 놓고 그리기가 거북해서 밤에 은밀히 원고지만 있으면 쓸 수 있는 소설을 시작했노라는 회고담은 특히 감명 깊었다.

평소 어떤 이들은 한 선생님 자랑거리가 많은 것에 질시도 하지만, 그분은 실제로 살아오신 자세나 생활철학을 있는 그대로 솔직하게 표현한 것일 뿐 과장이나 미화시킨 일은 없다.

부부 금실 좋고, 자녀 잘 키웠고, 층층시하 힘겹던 시댁 생활을 병약한 몸으로 잘도 버텨 오셨다.

높은 담장 무거운 대문의 혜화동 한옥이지만 가난한 후배 문인이 두드리면 하시라도 맞아들여 며칠이고 묵어 가게 돌봐 준 미담도 문단에서는 널리 알려진 이야기이다.

이 모든 일들이 그 자그마한 체구에 남달리 대인의 풍모가 풍기는 인간적 성숙미를 갖게 하고, 그 경륜이 심오한 작품 세계를 이룬 것이라 하겠다. 지금은 고인이 되셨지만 마지막까지 건강이 썩 좋지 않은 가운데서도 많은 문단 행사에 참석하시어 원로로서 자리를 빛내시고 후진들을 격려해 주신 그 마음가짐과 삶의 모습은 우리에게 말 없는 모범으로 그리고 가르침으로 남아 있다.

金后蘭(시인)

1918년 10월 25일	韓錫命, 張淑命 夫妻의 차녀로 외가인 종로구 통의동에서 출생.
1919년 1월	부친의 직업 관계로 경상도로 이사.
1926년	국민학교 2학년 때 베를린 세계 만국 아동 그림 전시회에 입상.
1931년	이 해부터 일본인 화가 荒井幾久代 씨에게 사사, 그림 공부 시작.
1936년	부산고등여학교 졸업. 폐결핵으로 이 해부터 요양 생활에 들어감.
1937년	小康을 얻어 〈東亞日報〉에 연재된 金末峰의 장편소설 『密林』의 삽화를 맡아 그림.
1939년	다시 요양 생활.
1940년	병세가 약간 호전되자 부친의 친구인 金德卿 씨의 차

	남 振興과 결혼.
1941년	장녀 榮起 출생.
1942년	〈신시대〉지 장편소설에 응모, 『등불 드는 여인』당선. 장남 虎起 출생.
1944년	차남 龍起 출생.
1946년	차녀 賢起 출생.
1948년	〈국제신보〉사 장편소설에 응모, 『역사는 흐른다』당선. 삼남 鳳起 출생.
1949년	〈국제신보〉 폐간으로 인하여 『역사는 흐른다』를 〈太陽新聞〉에 연재.
1951년 1월	부산으로 피난.
1953년 8월	서울 수복에 따라 귀경.
1954년	병 재발로 요양 생활 다시 시작.
1958년 3월	1957년도 자유문학상 수상.
1961년	신문윤리위원.

1962~1985년	국제펜클럽 한국 본부 이사. 서울시 도시미화자문위원.
1962년 10월	일본 〈朝日新聞〉 일본 PEN 초청으로 도일, 각 대학에서 강연(연제 : 한일문화의 상봉).
1963년 10월	일본 문예지 〈文學散步〉사 초청 문학 강연(연제 : 한일 두 자연주의 작가, 廉想涉과 島崎藤村의 유사점과 상이점).
1965년	Bled, Slovenia(당시 Yugoslavia)에서 개최된 국제펜클럽 회의에서 주제 발표(주제 : Writers and Korean Contemporary Society).
1969년	Menton, France에서 개최된 국제펜클럽 회의에 한국 대표로 참석.
1970년 2월	차남 龍起, 미국에서 교통사고로 사망.
1971년 5월	일본 여성지 〈主婦之友〉사 초청으로 강연(お茶の水會館, 연제 : 일본에 끼친 백제 문화의 영향).
1971년 11월	일본 교토에서 개최된 '일본문화 세계회의'에 한국 대표로 참석.
1973년 5월 17일	제5회 신사임당상 수상.

1974년 12월	Jerusalem, Israel 국제펜클럽 대회에 한국 대표로 참석.
1976년 6월	제1회 부부 서화전(신문회관).
1976년~	한국중앙박물관회 이사.
1978년	Stockholm, Sweden 국제펜클럽 대회에 한국 대표로 참석.
1978년	한국여류문학인회 부회장.
1979년~	한국소설가협회 대표위원(부회장).
1979년 11월	Mexico City, Mexico에서 개최된 AMPE국제회의에서 주제 발표(주제 : Agony of Workding Women). 미국 하와이대학에서 문학 강연(연제 : Postwar Korean Literature).
1980년	미국 조지메이슨대학에서 문학 강연(연제 : 상대 일본에 끼친 한국 문화의 영향).
1980년 2월	한국여류문학인회 회장.
1980년	한국문인협회 이사.

1984년	한국카톨릭문우회 대표간사(회장).
1985년 6월	제2회 부부 서화전(利馬美術館).
1986년 7월	미국 조지워싱턴대학에서 문학 강연(연제: Shamanism and Korean Literature).
1986년 7월 26일	대한민국예술원 회원.
1986년 10월 20일	대한민국문화훈장.
1986년 11월 14일	대한민국문학상 대상 수상.
1987년 5월 12일	미국 하버드대학에서 문학 강연(연제: Korean Literature in the Era of National Division).
1989년 3월 1일	제30회 3·1 문화상(예술대상) 수상.
1990년 2월 10일	일본문화연구회 회장.
1990년 7월 26일	제3회 부부 서화전(프레스센터 국제회의실).
1990년 12월 28일	한국소설가협회 상임대표위원(회장).
1991년 10월 18일	대한민국예술원상 수상.
1993년 1월 30일	향년 76세를 일기로 타계.

| 참고문헌 |

『韓國天主教會史』Charles Dallet / 安應烈 · 崔奭祐 옮김

『한국천주교회사』柳洪烈

『天主實義』Matteo Ricci

『순교자와 증거자들』한국교회사연구소

『한국 카톨릭사의 擁衛』朱在用

『한국순교사화』金九鼎

『曠菴 李蘗의 西學思想』金玉姬

『闢衛編』李晩采

『自撰墓誌銘』丁若鏞

『自明疏』丁若鏞

『帛書』黃嗣永

『推鞫日記』純祖元年

『茶山學의 理解』李乙浩

『茶山學 入門』李乙浩

『茶山論叢』丁若鏞 / 李翼成 옮김

『茶山詩選』丁若鏞 / 宋載邵 옮김

『流配地에서 보낸 편지』丁若鏞 / 朴錫武 옮김

『哀絶陽』 丁若鏞 / 朴錫武 옮김

『熱河日記』 朴趾源 / 李家源 옮김

『燕行日記』 金昌業 / 權永大・李章佑・宋恒龍 옮김

『韓國巫俗研究』 金泰坤

『韓國巫歌集』 金泰坤

『巫女의 사랑 이야기』 徐延範